두근두근
백화점

The Greatest Store in the World
Copyright © Alex Shearer 1999
All rights reserved

Korean translation copyright © 2012 by Mirae Media & Books, Co
Korean translation rights arranged with Hodder and Stoughton Limited
through EYA(Eric Yang Agency)

이 책의 한국어판 저작권은 EYA(Eric Yang Agency)를 통한 Hodder and Stoughton Limited 사와의
독점계약으로 한국어 판권은 '도서출판 미래엠앤비'가 소유합니다. 저작권법에 의하여 한국 내에서
보호를 받는 저작물이므로 무단전재와 복제를 금합니다.

두근두근 백화점
THE GREATEST STORE IN THE WORLD

알렉스 쉬어러 지음 ◎ **김호정** 옮김

미래인

두근두근
백화점

1판 1쇄 발행 2012년 3월 15일
1판 17쇄 발행 2023년 7월 10일

지은이 알렉스 쉬어러 **옮긴이** 김호정 **펴낸이** 김민지 **펴낸곳** 미래M&B
등록 1993년 1월 8일(제10-772호) **주소** 서울시 마포구 동교로 134(서교동 464-41) 미진빌딩 2층
전화 02-562-1800(대표) **팩스** 02-562-1885(대표)
전자우편 mirae@miraemnb.com **홈페이지** www.miraeinbooks.com
블로그 blog.naver.com/miraeibooks **인스타그램** @mirae_inbooks

ISBN 978-89-8394-697-3 03840

*잘못 만들어진 책은 구입처에서 바꾸어 드립니다.
*미래인은 미래M&B가 만든 단행본 브랜드입니다.

사랑하는 사람과
함께하는 삶은 날마다 기쁨이고
기적입니다.
— 크리스토퍼 리브 (영화배우)

차례

1장 콧수염 아저씨 …… 9

2장 커다란 여행가방 …… 18

3장 달밤의 여행 …… 27

4장 황홀한 백화점 …… 41

5장 유통기한 지난 음식 …… 63

6장 직원 전용 구역 …… 78

7장 야간 순찰 …… 97

8장 갑자기 들이닥친 청소부들 …… 108

9장 유일한 출구는 옥상정원 …… 129

10장 캠핑용품 매장 …… 139

11장 화장실의 숨바꼭질 …… 152

12장 일상이 된 백화점 생활 …… 162

13장 미스터리 아저씨 …… 179

14장 늦잠이 부른 위기 …… 196

15장 마틴 콧수염 …… 219

16장 아이스크림 천국 …… 237

17장 한밤의 침입자 …… 251

18장 도둑의 계획 …… 264

19장 엄마의 비밀 …… 276

20장 친구 …… 293

에필로그 리비의 일기 …… 296

옮긴이의 말 …… 302

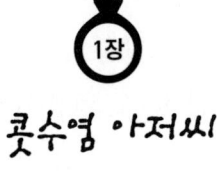

콧수염 아저씨

다음은 올리비아 윌리엄스가 사회복지사 퍼트리샤 도미닉스와 여경 크리스틴 매틀리의 입회하에 베로니카 클라크 경사에게 진술한 내용이다.

올리비아 그러자고 한 사람은 엄마예요. 우리는 분명히 4층에 있었어요. 백화점 문 닫을 때가 다 된 시간이었어요. 침대를 사러 가기에는 좀 어정쩡한 시간이었죠. 하지만 엄마는 서둘렀어요. 그리고 "스코틀리 백화점에 가면 침대가 많으니까 살 수 있어"라고 했어요. 정말로 침대 수백 개, 아니 수십 개가 나란히 진열돼 있는 곳이거든요. 2인용 침대가 늘어선 기숙사를 보는 것 같다고 할까요?
　솔직히 좀 웃기다고 생각했어요. 15분만 있으면 저녁 6시인데, 토요일 저녁 6시면 스코틀리 백화점은 문을 닫거든요. 그 시간에 침대를 사러 간다니 말이 안 되잖아요. 그 시간에 가서는 제대로 고를 수도 없어요. 그뿐이면 말을 안 해요. 하필 스코틀리 백화점에 간다니 정말 어이가 없었어요. 앤젤린한테도 그렇게 말했어요.

클라크 경사 앤젤린이 누군지 말해줄래? 녹음을 해야 하거든.

올리비아 내 여동생이에요. 경사님이 벌써 만나보셨잖아요? 엄마랑 옆방에서 놀고 있는데, 왜 물어보는 거죠?

클라크 경사 진술 중이라서 그래. 확실히 해둬야 하거든.

올리비아 아~! 그럼 내 말을 다 녹음하는 건가요?

클라크 경사 응. 왜? 신경 쓰이니?

올리비아 아뇨. 신경 쓰이진 않아요. 그럼 계속할까요?

클라크 경사 그래, 계속하렴.

올리비아 네, 좀 이상하다는 생각이 들었어요. 하지만 엄마한텐 아무 말도 안 했어요. 말할 수가 없었죠. 엄마는 정말 고생이 많거든요. 우리가 살던 아파트에서도 나와야 했고, 아빠는 유전으로 일하러 가서 언제 돌아오실지 아무도 몰랐어요. 정말 힘든 상황이었죠. 어쨌든 엄마를 귀찮게 하고 싶진 않았어요. 하지만 이상한 건 사실이었어요. 토요일 저녁에, 그것도 15분만 있으면 6시인데 침대를 사러 간다니! 정말 이상하잖아요. 곧 백화점 문을 닫을 텐데 말이에요.

우유나 빵 같은 건 얼른 사 올 수 있어요. 하지만 침대는 아니잖아요. 침대는 크잖아요. 그런 걸 살 때는 시간을 두고 골라야 하잖아요. 급하게 살 수 있는 건 보통 작은 물건들이죠. 물론 보석은 작지만 굉장히 비싸니까 좀 달라요. 비싼 보석을 살 때는 시간을 두고 천천히 골라야 해요. 뭐, 하지만 우리하곤 상관없는 얘기예요. 우리가 보석을 살 일은 없으니까요.

어쨌든 늦은 시간에 침대를 사러 간다는 게 제일 이상했어요. 그다음 이상한 일은 하필 스코틀리 백화점이라는 사실이었어요. 그러니까 내 말은, 음······. 경사님은 혹시 스코틀리 백화점에 가 본 적 있어요? 그럼 왜 이런 말을 하는지 아실 거예요. 스코틀리 백화점은 이 근처에서 가장 멋진 곳이거든요. 어쩌면 세계 최고의 백화점일지도 몰라요. 그렇다고 내가 전 세계의 백화점을 다 돌아봤다는 건 아니고요. 그냥 내 생각에는 그렇다고요.

스코틀리 백화점은 엄청나게 넓어요. 아마 웬만한 마을만 할 거예요. 그리고 그냥 넓기만 한 게 아니에요. 거긴 없는 게 없어요. 정말 그렇다니까요. 스코틀리 백화점에서 팔지 않는 물건이라면 어떤 곳에서도 살 수 없을 거예요. 장난감 매장은 또 어떻고요. 혹시 가보셨어요? 가도 가도 끝이 없어요. 이제 끝이겠지 하고 옆을 돌아보면 또 어마어마한 장난감들이 쌓여 있죠. 스코틀리 백화점에선 먹을 것도 팔아요. 맛있는 게 잔뜩 있죠. 아, 물론 장난감 매장에서 파는 건 아니에요. 식당이랑 카페가 곳곳에 있어요. 어쨌든 내 생각에 스코틀리 백화점이 세계 최고예요.

하지만 그거 아세요? 세계 최고일진 몰라도 세계에서 가장 싼 곳은 아니에요. 절대! 부자들만 스코틀리 백화점에서 쇼핑을 할 수 있어요. 우리는 절대 못 하죠. 우리는 보통 너무 추워서 몸을 녹이고 싶을 때 스코틀리 백화점에 가요. 백화점 안은 따뜻하거든요. 물론 여름에는 시원하고 상쾌하죠. 그게 우리가 스코틀리 백화점에 가는 진짜 이유예요. 겨울에는 따뜻하고 여름에는 시원하니까. 또 봄에는 비를 피하려고 가요. 가을에는, 글쎄, 가을에는 왜 가는지 생각이 안 나네요. 아무튼 가을에도 그냥 가요.

하지만 이제껏 거기서 뭘 산 적은 없어요. 연필 한 자루도 사 본 적이 없어요. 우리는 돈이 없거든요. 스코틀리 백화점에서 연필 한 자루를 살 돈이면 다른 곳에선 다섯 자루는 살 수 있어요. 그렇다고 스코틀리 백화점이 일부러 바가지를 씌운다는 건 아니에요. 분명 다른 곳에서 파는 연필보다 다섯 배는 좋고 여섯 배는 오래 쓸 수 있는 연필일 거예요. 더군다나 그렇게 화려하고 멋진 백화점을 운영하려면 당연히 비싸게 팔아야겠죠. 쇼윈도도 멋지게 꾸며야 하고, 일하는 사람들한테 월급도 줘야 하니까요.

혹시 가본 적이 있다고 하셨나요? 쇼윈도는 정말 멋지지 않나요? 크리스마스 때 보셨어요? 정말 환상적이죠. 정말이에요. 쇼윈도만 들여다보고 있어도 선물을 받는 기분이라니까요.

언젠가 나하고 앤젤린이 딱 한 번 크리스마스 선물을 받은 적이 있어요. 사실이에요. 엄마는 아빠가 프랑스 군대에 가야 한다고 했어요. 아니, 남아메리카 탐험을 떠난다고 한 것 같기도 하네요. 여하튼 둘 중 하나예요. 아빠가 크리스마스 선물을 사라고 돈을 보내셨는데, 그만 일이 꼬여버렸어요. 아빠는 분명 돈을 보냈는데, 우체국에서 사라져버렸대요. 결국 그해 크리스마스는 돈 한 푼 없이 보냈어요. 칠면조는 깃털도 구경 못 했죠. 칠면조가 먹고 싶었던 건 아니에요. 사실 칠면조보단 피자가 좋거든요. 엄마는 굉장히 속상해했어요. 우리한테 그런 얘기를 하자니 마음이 아팠던 거죠. 하지만 결국 사실대로 얘기해줬어요.

"얘들아, 올해는 안 좋은 소식을 전해야겠다. 아빠가 돈을 부치셨는데 우체국 어디선가 사라져버렸어. 그래서 올해는 선물을 사 줄 수 없어. 정말 미안해."

앤젤린과 나는 무척 실망했어요. 하지만 엄마가 걱정했던 것만큼은 아니에요.

"우리 이렇게 하자! 우리한테 특별한 선물을 주는 거야! 지금 스코틀리 백화점은 크리스마스를 맞아서 멋지게 꾸며놨어. 거기 구경 가자. 구경하는 데는 돈이 안 들잖아. 물론 거기까지 가려면 힘이 들겠지. 하지만 걸어서 15분이면 충분할 거야. 그리고 집으로 돌아와서 따끈한 코코아를 마시자."

우리는 엄마 말대로 했어요. 정말로 크리스마스 분위기가 물씬 풍기는 멋진 쇼윈도였어요. 마구간, 별, 사슴, 반짝이는 금줄을 두른 크리스마스트리……. 지붕을 통째로 만들어놓은 쇼윈도도 있었어요. 지붕 위에는 굴뚝이 있었는데, 산타클로스가 굴뚝 밖으로 막 나오려고 하고 있었죠. 얼마나 멋진 광경이었는지 우리 눈을 믿을 수 없을 정도였어요.

물론 진짜 선물을 받은 건 아니지만 진짜 선물만큼 좋은 선물이었어요. 가끔은 스코틀리 백화점에서 진짜 선물을 사는 꿈을 꾸기도 해요. 실제로 그런 일은 없었지만요.

어쨌든 우리는 구경만 했어요. 구경하는 게 바로 선물이었으니까요. 구경만 한다고 뭐라 할 사람은 없잖아요. 그렇죠? 우리가 백만장자인지 누가 알겠어요? 우리가 백화점을 통째로 살 수 없다고 누가 자신 있게 말할 수 있겠어요? 이건 엄마가 한 말이지만, 나도 그렇게 생각해요.

그런데 알려드릴 게 있어요. 스코틀리 백화점에는 아저씨가 한 명 있어요. 그 아저씨는 항상 정문 앞에 서 있죠. 내가 지금까지 본 사람 중에서 가장 깔끔한 제복을 입은 사람이에요. 가장 긴 콧수염이 달린 사람이기도 하고요. 콧수염이 어찌나 긴지 바다코끼리 수염을 몰래 떼다 붙인 것 같다니까요. 엄마가 그러는데 그런 건 팔자수염이라고 부른대요. 수염이 옆으로 쭉 펼쳐진 모양이 한자 팔(八) 자처럼 생겨서 그렇게 부른대요. 정말 그렇더라고요.

경사님이 그 아저씨 제복을 봤어야 하는데……. 어쩌면 봤을지도 모르겠네요. 세상에서 가장 화려한 제복이에요. 번쩍번쩍한 금빛 장식이 여기저기 달려 있어요. 어깨와 소매에도 구불구불한 장식이 달려 있고요. 그뿐이 아니에요. 앙증맞은 새하얀 장갑도 끼고 있어요. 긴 콧수염을 한 사람한텐 좀 안 어울리는 장갑이죠.

어쨌든 자그마한 장갑을 끼고 손목에 있는 단추를 꽉 잠그니까, 멋지더라고요. 바지 양 옆으론 금줄을 죽 박았어요. 주름을 어찌나 날이 서게 다렸는지 양파라도 다질 수 있을 것 같았어요. 물론 그 아저씨가 그런 데 쓰라고 바지를 빌려주진 않겠지만요.

구두도 엄청 반짝거렸어요. 비가 내려 질척거리는 날에도 늘 반짝이는 걸로 봐서는 분명 백화점에서만 신는 구두일 거예요. 그 구두를 신고 출퇴근을 한다면 물이나 진흙이 묻을 테니까요. 연미복은 바지보다 더 놀라워요. 연한 회색 모자도 쓰는데 그것 때문에 모자 쓴 바다코끼리처럼 보이기도 하죠.

그 아저씨의 별명은 콧수염 아저씨예요. 콧수염 아저씨는 문을 열어주거나 잡아주는 일을 하는 것 같아요. 하지만 우리한테 문을 열어준 적은 한 번도 없어요. 돈이 많아 보이지 않으니까 그럴 거예요. 우리가 몸이나 녹이고, 시원한 에어컨 바람이나 쐬다 갈 사람이란 걸 아저씨는 알고 있는 것 같아요.

솔직히 그 아저씨 마음대로 사람을 들여보낼 수 있다면 우리는 스코틀리 백화점에 못 들어갈 거예요. 아니면 우리 몸을 샅샅이 뒤질지도 모르죠. 어쨌든 아저씨는 늘 우리를 뚫어져라 쳐다봐요. 우리가 좀도둑이라도 된다는 듯 말이에요.

우리는 절대 그런 사람이 아니에요. 엄마는 진짜 정직한 사람이에요. 우리한테도 늘 정직하게 살아야 한다고 얘기해요. 엄마는 단 한 번도 남의 물건을 훔친 적이 없어요. 정말 너무 절박한 상황이거나, 굶어 죽고 얼어 죽게 생겼다면 또 모르죠. 하지만 그런 상황이라면 누구나 조금은 나쁜 마음을 먹지 않을까요?

오히려 장롱 가득 담요를 쌓아두기만 하는 사람들이 더 이해가 안 가요. 추위에 꽁꽁 떠는 사람들이 얼마나 많은데요. 하지만 엄마는 정말 정직한 사람이에요. 내가 하고 싶은 말은 이 말뿐이에요. 만약 엄마가 나쁜 짓을 한다면, 그렇다고 정말 나쁜 짓을 한다는 얘기는 아니고요. 아마 우리 때문에 아주 절박한 상황일 거예요. 그래서 어떻게 해야 할지 모르는 게 분명해요. 엄마는 자기만 생각해서 그럴 사람이 절대 아니에요.

콧수염 아저씨는 가끔 손님들의 짐을 차까지 들어다 줘요. 큰 휘파람 소리를 내어 택시를 잡아주기도 하고요. 물론 우리한텐 그런 친절을 베푼 적이 한 번도 없어요. 하지만 휘파람은 굉장히 잘 불어요. 두 손가락을 입술 사이에 끼고, 힘껏 불면 멋진 휘파람 소리가 나요. 맑고 경쾌한 휘파람 소리가 울려 퍼지면, 택시만 서는 게 아니라 가끔씩 다른 차들도 멈춰 서요. 구급차나 소방차가 지나간다고 생각하나 봐요.

아저씨는 손가락으로 모자를 잡고 살짝 기울여 인사를 해요. 물론 부자들이나 큰 핸드백을 든 여자들한테만요.

"상쾌한 아침입니다. 제가 문을 열어드릴까요, 부인? 기꺼이 해 드리겠습니다. 전혀 힘들지 않습니다."

이런 식으로 말하면서요.

그런 다음 한 손으로 문을 열고 다른 손으로 모자를 살짝 기울여요. 그런 인사를 받는 사람들은 좋은 기분이 들 거예요. 다른 사람들이 그걸 보며 어떻게 생각하겠어요? '저 사람은 누구지? 중요한 손님인가 봐' 하고 생각하지 않겠어요?

하지만 모두 그렇게 중요한 사람은 아닐 거예요. 돈은 많을지도 모르죠. 하지만 돈이 많다고 중요한 건 아니잖아요. 그저 부자일 뿐이죠. 물론 부자라면 참 좋을 거예요. 그건 분명해요. 하지만 부자라서 좋은 것과 중요한 건 다른 얘기니까요.

사람들이 백화점을 나설 때도 콧수염 아저씨는 모자를 살짝 기울여 인사를 해요. 그리고 택시 잡는 걸 도와주죠. 그러면 사람들이 아저씨한테 돈을 주더라고요. 아저씨는 얼마인지 슬쩍 확인한 다음 주머니 속으로 집어넣어요. 우리는 아저씨한테 돈을 준 적이 한 번도 없어요. 그저 웃지 않으려고 애쓰며 콧수염을 훔쳐볼 뿐이에요.

언젠가부터 엄마는 정문을 이용하지 않아요. 아저씨를 피해 옆문으로 들어가기 시작했어요. 아저씨가 우리를 환영하기는커녕 도대체 왜 왔느냐는 표정으로 불편하게 쳐다보니까요. 어쩌면 우리가 멋진 백화점하곤 어울리지 않는다고 생각하는 것 같아요. 중고품 가게나 가보라는 것 같다고요.

2장
커다란 여행가방

어쨌든 우리는 침대를 사러 백화점 안으로 들어갔어요. 그것도 토요일 저녁에 말이죠. 갑자기 침대라니, 정말 말도 안 된다고 생각했어요. 우리한테 새 침대가 왜 필요한지도 도무지 알 수 없었죠. 게다가 엄마는 큰 침대를 사겠대요. 도대체 스코틀리 백화점에서 파는 크고 비싼 침대가 우리한테 왜 필요할까요? 그래서 엄마에게 물었어요. 아직 어린 앤젤린에겐 말해봤자 소용없으니까요.

앤젤린은 유모차처럼 누가 미는 대로 움직이는 아이예요. 그렇다고 앤젤린한테 바퀴가 달렸다는 건 아니고요. 휠체어 같은 걸 타고 다닌다는 건 더더욱 아니에요. 질문이 많은 아이가 아니라는 거죠. 어디로 가는지 쓸데없이 묻지 않아요. 엄마하고 나만 옆에 있으면 어딜 가든 별로 신경 안 써요. 버스에 올라타면서 "앤젤린, 이제부터 우린 버스 안에서 살 거야"라고 해도, 아마 "알았어"라고 할걸요. 금방 적응하고 이리저리 돌아다니면서 사람들한테 인사를 할 게 뻔해요. 앤젤린은 그런 아이예요.

어쨌든 침대를 산다니 정말 이상하다고 생각했어요. 그래서 엄마에게 물었어요.

"엄마, 이걸 꼭 사야 해요?"

"무슨 뜻이니?"

"그러니까, 스코틀리 백화점에서 꼭 침대를 사야 하냐고요?"

"왜, 안 될 이유라도 있니? 우린 스코틀리 백화점에서 침대를 사면 안 되는 거야? 우리도 다른 사람들하고 똑같은 사람이잖아, 안 그래?"

엄마가 좀 짜증을 내는 것 같아서 질문을 바꿨어요.

"맞아요, 엄마. 우리도 다른 사람들하고 똑같은 사람이에요. 하지만 다른 사람들처럼 부자는 아니잖아요. 걱정이 돼서 그래요."

엄마의 좋은 점이 뭔지 아세요? 물론 엄마가 완벽하다는 건 아니에요. 당연히 실수도 해요. 실수는 누구나 하니까요. 하지만 우리 엄마는 '걱정된다'는 말을 하면 귀를 기울여요. 다른 엄마들처럼 "말도 안 돼. 뭘 그깟 일로 걱정하니?"라며 무시하지 않아요.

"무슨 말이니, 리비? 도대체 뭐가 걱정이야?"

아시다시피 내 이름은 올리비아지만, 엄마는 리비라고 불러요.

"우리한텐 큰 침대가 필요 없잖아요. 그런 걸 사는 데 돈을 쓴다니까 걱정이 돼서 그래요. 더군다나 여긴 스코틀리 백화점이잖아요. 왜 하필 스코틀리 백화점이에요? 중고품 가게도 있는데. 그리고 같이 쓸 사람도 없잖아요. 아빠는 유전에 일하러 가서 언제 돌아올지도 모르고요."

"아빠를 위한 깜짝 선물이야."

엄마가 말했어요. 하지만 엄마 말을 믿진 않았어요. 엄마도 내가 그 말을 믿을 거라곤 생각하지 않았을 거예요.

"그럼 왜 하필 스코틀리 백화점이에요? 왜 스코틀리냐고요?"

"스코틀리는 가장 좋은 백화점이니까. 스코틀리 백화점보다 더 좋은 물건을 파는 곳은 없어. 어디선가 꼭 침대를 사야 한다면 스코틀리 백화점이야말로 완벽한 곳이야."

우리는 어느새 침실 가구 매장에 도착했어요. 막 문을 닫을 시간이었기 때문에 바빠 보이진 않았어요. 북적거리던 토요일 영업도 끝나가고 있었죠. 점원들도 우리를 반기는 눈치가 아니었어요. 그만 정리하고 싶어 하는 것 같았어요. '손님이 그만 왔으면' 하는 눈치였죠. 그래야 15분 동안 조용히 쉬다가 문을 닫을 테니까요.

점원은 앤젤린을 보더니 더욱 언짢아했어요. 우리가 침실 가구 매장에 들어서자마자 앤젤린이 가장 큰 침대 쪽으로 쏜살같이 달려갔거든요. 그러고는 신발을 냅다 벗더니 침대 위로 폴짝 뛰어 올라갔어요. 깡충깡충 뛰기까지 했죠. 앤젤린은 좀 예의가 없는 편이에요.

엄마가 얼른 내려오라고 하니까 앤젤린은 시키는 대로 했어요. 하지만 점원은 그다지 기분이 풀린 것 같지 않았어요. 앤젤린을 불쾌하게 바라봤죠. 그러고는 나를 아래위로 훑어보더니 엄마 쪽으로 눈을 돌렸어요. 하지만 그런 건 어림없는 짓이에요. 엄마는 마음만 먹으면 아주 쌀쌀맞은 사람이 되거든요. 돈을 버는 데는 운이 따르지 않지만 다른 일은 굉장히 야무지죠. 누구든 엄마를 불쾌하게 쳐다보면 본전도 못 찾는다니까요. 엄마는 화가 났는데 아무렇지 않은 척하는 건 잘 못 해요. 바로 가서 따져 묻죠. "그래서, 뭐요? 도대체 왜 그런 눈으로 날 쳐다보는 건데요?" 하고요. 미리 대답을 생각해놓지 않았다면 엄마를 그런 눈으로 보지 않는 게 좋아요.

점원은 엄마를 보던 시선을 슬며시 거뒀어요. 그리고 흐릿하면서도 멍한 표정으로 엄마한테 말을 걸었죠.

"도와드릴까요, 부인?"

점원의 말에 웃음이 나오는 걸 겨우 참았어요. 왜냐고요? 이제까지 엄마를 '부인'이라고 부른 사람은 아무도 없었거든요. 사실 엄마를 '부인'이라고 부르긴 쉽지 않아요. 안 그래요? 경사님도 우리 엄마를 봤으니까 내 말이 무슨 뜻인지 알 거 아니에요.

앤젤린과 나는 키득거리기 시작했어요. 하지만 얼른 멈췄어요. 엄마가 우리를 쏘아봤거든요. 우리가 조용해지자 엄마는 점원에게 웃음을 지어 보이며 말했어요.

"참 친절하시네요. 침대 가격을 알아보고 있는 중이에요. 물론 사려고요."

"네, 편하게 둘러보세요."

"매트리스에 좀 앉아봐도 될까요?"

"물론입니다. 누워보셔도 됩니다. 하지만……."

아마 점원은 '신발은 꼭 벗어주세요'라고 말하고 싶었을 거예요. 하지만 말을 끝까지 잇지 못했죠. 나는 그 이유를 잘 알고 있어요. 점원을 바라보는 엄마 얼굴이 이렇게 말하고 있었거든요.

'감히 우릴 신발도 벗지 않고 침대에 드러눕는 사람으로 보는 거예요?'

결국 점원은 아무 말도 못 했어요. 대신 얼른 분위기를 바꿔서 이렇게 말했죠.

"그런데 백화점 문을 닫을 시간이 15분밖에 남지 않았습니다. 알고 계시는지 모르겠네요."

"물론 알고 있어요. 걱정 마세요. 오래 있지 않을 거예요. 결정하는 데 오래 걸리지 않을 테니까요."

엄마가 웃어 보였어요.

"알겠습니다. 그럼 저는 다른 직원들과 상의할 것이 있어서 잠시 자리를 비우겠습니다. 필요한 일이 있으시면 불러주세요."

"네, 알겠어요. 그럴게요."

다른 직원들과 상의할 게 있다는 건 '수다 떨러 간다'는 말이에요. 점원은 우리를 침대 곁에 남겨두고 자리를 떴어요.

"와, 엄마. 정말 신나. 진짜 침대에 누워봐도 돼?"

앤젤린이 떠들어댔어요.

"그래, 하지만 신발을 신고 올라가면 안 돼. 침대 기둥에 매달려도 안 되고. 그러다가 다치면 큰일이니까."

앤젤린은 침대 사이를 걸어 다니기도 하고, 침대 밑에 기어 들어가기도 했어요. 침대 위에서 깡충깡충 뛰기도 했죠. 엄마는 앤젤린이 멀리 가지 못하게 지켜봤어요. 그러면서 수다 떨러 간 점원을 살폈죠. 마치 뭔가를 기다리는 것 같았어요. 적절한 때를 기다린다고 할까요? 뭔가를 꾸밀 기회를 기다리는 것 같았어요.

엄마는 침대 사이를 걸어갔고, 나는 뒤를 따랐어요. 여전히 마음에 걸리는 게 좀 있었어요. 저녁 시간이란 것도 그랬고, 침대를 사러 간 것도 이상했죠. 하필 스코틀리 백화점이란 점은 더 마음에 걸렸고요. 그뿐만이 아니에요. 엄마는 여행가방을 들고 있었어요.

그래요. 아주 커다란 여행가방이에요. 우리 가족이 너무나 잘 알고 있는 가방이죠. 엄마가 그 가방을 꺼낼 때면 '앞으로 중요한 일이 생기겠구나' 하는 느낌이 들어요. 그 여행가방에는 특별한 의미가 있거든요. 엄마가 가방에 짐을 쌀 때는 보통 어디론가 이사를 가요. 그렇다고 항상 그런 건 아니고요. 아무 이유 없이 짐을 쌀 때도 있어요. 그러면 우리는 "왜 가방을 싸요? 또 이사 가요?" 하고 물어요. 그렇다고 이사 다니는 게 지겹다는 뜻은 아니에요. 그럴 때, 엄마는 "아니, 그렇지 않아. 그냥 이사하는 꿈을 꿔보는 것뿐이야"라고 대답해요.

엄마는 언제나 꿈을 꿔요. 가끔 우리한테도 꿈 얘기를 들려주죠. 우리는 몇 시간이고 엄마 얘기를 들어요. 엄마는 우리가 앞으로 시골에 가게 될 거라고 했어요. 거긴 하얗고 노란 꽃이 피는 덩굴이 가득한 정원도 있대요. 대문 옆에는 장미꽃이 잔뜩 피어 있고요. 아니, 덩굴이 대문이고, 장미가 정원인가? 어쨌든 둘 중 하나예요. 정확하게 기억나진 않네요.

엄마가 왜 그렇게 시골을 좋아하는지 모르겠어요. 엄마는 시골에 산 적이 한 번도 없거든요. 소 머리랑 엉덩이나 제대로 구별할 수 있을지 모르겠네요. 어쨌든 시골에 간다 해도 엄마는 5분도 못 버티고 다시 여행가방을 꺼낼 거예요. 아무래도 엄마는 어디론가 가지 않으면 발이 간질간질한 모양이에요. 엄마도 그렇게 말했어요. "집시의 영혼이 깃들어 있는 것 같다"고요.

엄마가 앤젤린에게 처음 "발이 간질간질하다"고 했을 때, 앤젤린이 어떻게 했는지 아세요? 앤젤린은 얼른 엄마 신발을 벗기더니 엄마 발을 긁어댔어요. 엄마가 깜짝 놀라서 "앤젤린, 지금 뭐 하는 거니?" 하고 물었어요. 앤젤린이 말했어요.

"엄마 발이 간지럽다면서요. 안 간지럽게 해주려고요. 그럼 커다란 여행가방을 들고 이사 다니지 않아도 되잖아요. 그다음엔 집시를 모두 쫓아버릴 거예요. 그럼 다신 이사를 안 가도 될 거예요. 그죠?"

엄마는 슬픈 표정으로 앤젤린을 가만히 바라봤어요. 너무 미안

하지만 어쩔 수 없다는 표정이었어요.

"우리 예쁜 앤젤린, 그건 그런 식으로 없앨 수 있는 게 아니야. 발을 긁는다고 간질간질한 게 사라지진 않아. 어디 다른 데로 가서 새로운 것을 구경해야만 사라지는 거야. 간질간질한 발을 낫게 하는 방법은 그것뿐이란다. 집시도 그래. 집시의 영혼이 들어오면 사람은 집시로 변해버려. 집시의 영혼을 쫓아내는 방법은 없어. 피부색을 변하게 할 수 없는 것처럼 말이야."

솔직히 말해서 엄마도 어쩔 수 없을 거라고 생각했어요. 그게 꼭 나쁘다는 말은 아니에요. 그게 엄마인걸요.

한곳에서만 사는 게 나쁘다고 하는 사람은 없잖아요. 그러니까 이사 다니는 것도 나쁘다고만 할 수 없는 거 아닌가요? 나는 어느 한쪽이 더 나쁘다거나 옳다고 생각하지 않아요. 단지 서로 다를 뿐이죠.

뭐, 아무래도 한곳에서 사는 게 편하긴 하겠죠. 짐을 풀었다 쌌다 하지 않아도 되니까요. 새로운 학교에서 새로운 친구들을 사귀어야 하는 일도 없을 테고요. 막 사귄 친구와 헤어져 다시는 못 만나게 되는 일도 없겠죠.

이제까진 그랬어요. 학교를 얼마나 많이 옮겨 다녔는지 몰라요. 앤젤린도 놀이방과 유치원을 여러 번 옮겨 다녔어요. 아마 사람들이 따뜻한 저녁을 먹는 것보다 더 자주 옮겨 다녔을 거예요. 차갑게 식은 저녁을 먹는 것보단 당연히 자주 그랬죠. 우리는 늘 식어

빠진 저녁을 먹어요. 그것도 못 먹는 날이 많고요.

 하지만 식어빠진 저녁을 먹는 것보다 더 힘든 건 학교를 옮겨 다니는 일이에요. 힘든 걸로 치면 역시 그게 최고예요. 적응하고 진도를 따라가는 일이 어렵거든요. 나는 아직 배우지 못한 걸 다른 아이들은 다 배웠을 때가 많아요. 내가 모르는 걸 이미 다들 알고 있죠. 그걸 따라잡으려면 정말 힘이 들어요. 새로운 교칙을 익히는 것도 끔찍하죠. 학교는 다 달라요. 겉보기에는 비슷하지만 다녀보면 완전히 달라요.

3장
달밤의 여행

 어쨌든 여행가방이 문제예요. 엄마는 발이 간질간질할 때마다, 집시의 영혼이 나타날 때마다 어김없이 여행가방을 꺼내요.
 사실 항상 집시의 영혼이나 간질간질한 발 때문인 건 아니에요. 어쩔 때는 돈 때문이죠. 엄마는 아무 말도 안 하지만 생활비 때문에 힘들다는 걸 알고 있어요. 엄마가 나하고 앤젤린 때문에 얼마나 고생하는지 경사님은 설명해도 잘 모를 거예요. 둘 중 하나가 아프기라도 하면 엄마는 일을 나갈 수 없어요. 그래서 직장도 자주 옮겨야 했어요. 월급도 많이 주지 않았으니까 좋은 직장은 아니었지만, 그래도 직장을 옮기는 건 힘든 일이잖아요.
 사정이 이러니 이사를 하고 싶지 않아도 할 수밖에 없어요. 이사는 주로 늦게, 날이 어두워지고 난 다음에 해요. 이제 조용히 저녁 시간을 보내야겠다 싶을 때쯤, 엄마가 여행가방을 끌고 나오죠.

"애들아, 엄마 발이 또 간질간질하구나. 더 이상 여기선 견딜 수 없어. 이사를 가면 깨끗이 나을 것 같아. 엄마랑 같이 갈 거지?"

우리가 어떻게 엄마랑 같이 가지 않을 수 있겠어요. 나랑 앤젤린 둘이서 엄마 없이 살 순 없잖아요. 더구나 엄마가 이미 여행가방 안에 우리 짐을 모두 싸버렸는데 말이죠.

사실 앤젤린이 한번 고집을 부리면 아무도 못 말려요. 엔젤린은 발을 동동 구르며 마구 소리를 질러대요.

"안 가, 안 갈 거야. 엄마랑 안 가. 여기가 좋아. 엄마 발이 간질간질하든 집시가 엄마 양말인지 어디에 들어갔든 난 몰라. 그냥 여기 있을 거야. 그냥 있을 거야!"

나도 앤젤린하고 같은 마음이지만 말할 수가 없어요. 어쩔 수 없다는 걸 아니까요.

일단 앤젤린을 진정시키고, 우리 물건들 중에서 좋은 것들부터 가방에 챙겨 넣어요. 그러고 나서 코트를 입고 밤길을 나서요. 차가운 거리를 타박타박 걷죠. 자동차들이 요란한 소리를 내면서 우리 옆을 지나가요. 나랑 엄마, 꼬마 앤젤린은 커다란 여행가방을 들고 어딘지도 모르는 곳을 향해 걸어요.

여행가방에는 바퀴랑 끌고 다닐 수 있는 손잡이가 있어요. 그래서 무겁게 들고 다닐 필요는 없어요. 그걸 계속 들고 다닌다면 팔이 빠져버릴 거예요. 굉장히 좋은 여행가방이긴 해요. 엄마가 그걸 어디서 구했는지 모르지만 정말 멋진 가방이에요. 어쩔 때는 보고만 있어도 기분이 좋아진다니까요. 얼마나 튼튼한데요. 사람들이 진짜 여행을 갈 때 갖고 다니는 가방처럼 아주 튼튼해요. 비행기를 타고 가는 진짜 여행 말이에요. 그런 여행가방을 들고 간다면 갑작스럽게 하는 이사라도 그리 나쁘지만은 않아요.

　솔직히 그럴 때면, 엄마도 우리가 어디로 가는지 확실히 모르는 것 같아요. 엄마는 '방 있습니다'라는 표지판이 걸린 창문을 찾아 이리저리 헤매죠. 한번은 몇 시간 동안 걷기만 한 적도 있어요. 앤젤린이 걸으면서 졸 정도였어요. 그래서 나는 최대한 오랫동안 앤젤린을 업어줬어요. 물론 내가 할 수 있는 최대한요. 하지만 힘이 들어서 그리 오래는 아니었을 거예요.

　우리는 걸음을 멈추고 여행가방에 앉아서 쉬기도 했어요. 언젠가 그렇게 쉬고 있는데 지나가던 경찰차가 멈춰 섰어요. 경찰 아저씨 두 사람이 우리 쪽으로 걸어왔어요. 우리는 잘못한 게 하나도 없었는데 말이에요.

　다행히 경찰관들은 좋은 사람인 것 같았어요. 혹시 도울 일이 없냐고 묻기까지 한걸요. 경찰 아저씨와 엄마는 몇 발짝 걸어간 다음에 개인적으로 조용히 얘기했어요. 어른들은 다른 사람 얘기를 할 때 많이 그러잖아요. '개인적으로 조용히' 말이에요. 특히 대화의 주인공이 같은 자리에 있을 때는 더 그렇죠.

　셋이 하는 얘기는 잘 들리지 않았어요. 하지만 경찰 아저씨의 말 한 마디는 분명히 알아들을 수 있었어요. '사회복지 시설'이라고 했어요. 엄마가 화를 내면서 말했어요.

"거긴 절대 안 가요. 더 이상 모욕하지 마세요. 고맙지만 사양하겠어요."

다른 경찰 아저씨가 말했어요.

"하지만 아주머니를 아이들과 이대로 두고 갈 순 없습니다."

엄마는 동생한테 잠시 맡길 거라고 하는 것 같았어요. 엄마한테 동생이 있다는 말을 들은 건 그때가 처음이에요. 하지만 경찰 아저씨들은 그 말에 안심하는 것 같았어요. 그리고 우리들을 남겨 둔 채 차를 타고 가버렸어요.

"엄마, 이모는 어디 살아요?"

내가 엄마한테 물었어요. 하지만 엄마는 "그런 건 신경 쓰지 마"라고 짧게 대답할 뿐이었죠.

우리는 '빈 방 있습니다'라는 표지판을 찾아 그렇게 거리를 헤맸어요. 그러다 다행히 표지판을 발견하면 얼른 안으로 들어갔죠. 그리고 엄마 발이 다시 간질간질해지거나 집시의 영혼이 엄마를 어지럽힐 때까지 거기서 살아요.

한밤중에 갑자기 떠날 때, 엄마는 특별한 표현을 써요. 바로 '달밤의 여행'이죠. '달밤의 여행'이란 말은 정말 멋지고 신나게 들려요. 왠지 악어나 사나운 짐승이 우글대는 정글을 탐험하러 가자는 말처럼 들리잖아요.

"자, 어서 준비해. 커다란 가방을 챙겨서 달밤의 여행을 떠나는 거야. 리비, 어머니? 앤젤린, 넌 어때?"

엄마가 맨 처음 그 말을 했을 때, 우리는 좋아서 폴짝거렸어요.

"와, 좋아요! 얼른 달밤의 여행을 떠나요. 모두 같이 떠나요. 정말 재밌겠다!"

그때는 달밤의 여행이 어떤 건지 잘 몰랐거든요. 하지만 달밤의 여행을 한두 번 떠나다 보니, 그게 뭘 뜻하는지 알게 됐어요. 이젠 엄마가 달밤의 여행을 가자고 하면, 신나서 호들갑을 떠는 대신 얼굴을 찌푸려요. "꼭 가야 해요? 지금 떠나야 하는 거예요? 다음에 가면 안 돼요?" 하고 묻기도 하죠.

하지만 반대하기에는 너무 늦었다는 걸 금방 알아차리죠. 엄마는 이미 커다란 여행가방을 꾸려놨고 우리에겐 선택권이 없거든요.

그렇다고 오해하진 마세요. 그러니까 내 말은 엄마가 우리를 굶긴다거나 그러는 건 아니라는 거예요. 엄마는 언제나 우리를 잘 돌봐줘요. 우리 엄마만큼 좋은 엄마는 세상에 없을 거예요. 나랑 앤젤린은 외롭다는 생각은 한 번도 해본 적이 없어요. 엄마는 늘 우리한테 사랑한다고 말해줘요. 하루에 20번, 아니 30번도 더요.

우리는 이상한 곳에서도 많이 살았어요. 사실 어디든 가리지 않죠. 버스 안에서 산 적도 있어요. 23번 버스는 절대 아니에요. 혹시 궁금하실까 봐 말씀드리는 거예요. 우리가 살았던 버스는 고장 난 버스였어요. 구급차에서도 살았죠. 아무 데도 가지 않는 구급차였어요. 한동안은 낡은 열차 안에서도 살았어요.

또 강 건너편에 있는 천막에서도 살았어요. 엄마는 그걸 인디언 천막이라고 불렀어요. 그런데 거긴 우리 말고 다른 사람들도 많았어요. 엄마는 그 사람들을 여행자라고 했어요. 이상하긴 했어요. 그 사람들이 여행 가는 걸 한 번도 본 적이 없거든요. 그 사람들은 하루 종일 아무 데도 가지 않았어요. 여행자가 아니라 붙박이라고 해야 한다니까요.

겨울이 오니까 천막은 너무나 추웠어요. 그래서 엄마는 다시 여행가방을 꾸렸어요. 엄마는 앤젤린이 있을 만한 곳이 아니라고 했어요. 앤젤린은 감기에 잘 걸리거든요. 엄마는 사방이 벽으로 막혀 있는 곳에서 추위를 피해야 한다고 했어요. 그래서 천막을 떠나 마을로 돌아와 지낼 곳을 찾으러 다녔어요. 사실 방에서 지내기 시작한 건 그때부터예요.

그러다 여기까지 오게 된 거예요. 하품을 하시네요. 혹시 지루하세요? 아, 맞아요. 정말 긴 얘기였죠. 하지만 여행가방 얘기를 꼭 해둬야 했어요. 그래야 앞으로 할 얘기들을 바로 이해할 수 있을 테니까요.

우리가 커다란 여행가방을 끌고 스코틀리 백화점 침실 가구 매장으로 들어갔을 때, 엄마가 뭔가를 꾸미고 있는 것 같다고 했잖아요. 엄마는 그날 오후만큼은 간질간질한 발이나 집시의 영혼 얘기를 하지 않았어요. 하지만 늘 그랬듯 여행가방을 꺼내 짐을 꾸렸죠. 우리는 왜 그러냐고 물었어요. 아침에 찾아왔던 사람들 때문이냐고 물었어요.

"아니, 그런 건 아니란다."

엄마는 아니라고 했어요. 여행가방을 챙기는 건 우리 동네에 도둑이 많기 때문이래요. 그래서 집에 귀중품을 놔두면 안전하지 않다고 했어요. 경찰이 외출할 때 반드시 귀중품을 챙기라고 했다는 거예요. 많이 챙길수록 더 좋다고요. 다행히 우리한텐 커다란 여행가방이 있잖아요.

지금 생각해보면 믿기 힘든 얘기였어요. 커다란 텔레비전이 있는 사람은 어떻게 하겠어요? 골동품 가구가 있는 사람은 또 어떻고요? 가방이 아무리 커도 그런 게 다 들어가겠어요? 아무리 생각해도 그건 말도 안 된다는 생각이 들었어요. 하지만 우리는 엄마가 시키는 대로 했어요. 때로는 엄마한테 말대꾸하지 않는 편이 좋아요. 특히 엄마가 '말대꾸하지 마' 하는 표정을 지을 때는 더 그렇죠.

우리가 커다란 여행가방을 끌고 스코틀리 백화점에 들어섰을 때, 콧수염 아저씨는 거만한 표정으로 우리를 내려다봤어요. 사실 콧수염 아저씨를 피해 옆문으로 들어갔는데, 아저씨가 거기 있어서 깜짝 놀랐죠. 아저씨는 보통 정문에 있으니까요. 아저씨가 우리 가방을 보며 말했어요.

"스코틀리 백화점에서 쇼핑하시는 동안, 왼편 물품보관소에 여행가방을 맡겨두는 게 좋을 것 같습니다."

"그러는 게 좋겠죠. 하지만 그러지 않아도 괜찮을 것 같군요."

엄마가 대답했어요. 그리고 콧수염 아저씨가 콧수염을 씰룩거리기 전에 우리를 데리고 에스컬레이터로 돌진했어요. 우리는 곧장 침실 가구 매장으로 올라갔죠. 그런데 침실 가구 매장에 들어서자마자 엄마가 여행가방을 감추는 거예요. 네, 정말 그랬어요. 매장에 도착하자마자 전시돼 있는 옷장 뒤로 여행가방을 슬쩍 밀어 넣었어요. 그러고는 내가 보고 있다는 걸 눈치채고 말했어요.

"저기가 더 안전해. 침대를 고를 때까지 한곳에 잘 놔두는 게 낫잖아. 다른 사람들한테 굳이 얘기할 필요는 없어. 알겠지?"

솔직히 말해서, 엄마는 그걸 잘 간수하려고 숨긴 게 아니에요. 점원이 보지 못하게 하려고 숨긴 거예요. 혹시 오해할지도 모르니까요. 우리가 거기 눌러앉으려 한다거나 뭐 그렇게요.

어쨌든 우리는 거기 있었어요. 스코틀리 백화점 침실 가구 매장에요. 그것도 토요일 저녁에요. 15분만 있으면 백화점 문을 닫을 시간인데, 커다란 여행가방을 옷장 뒤에 숨기고 새 침대를 사러 갔어요. 아주 비싼 새 침대를요. 스코틀리 백화점에서 파는 음료수나 빵, 아이스크림선디조차 사 먹을 돈이 없는 우리가요.

아이스크림선디 얘기는 조금만 기다려주세요. 아이스크림 위에 초콜릿, 쿠키, 과일 시럽을 잔뜩 얹은 건데, 얼마나 맛있는지 몰라요!

도무지 이해가 안 됐어요. 정말 이해할 수 없었죠. 그래서 시겟

바늘이 6시에 점점 더 가까워질수록 조마조마했어요. 10분 전이 되자 백화점 안내방송이 흘러나왔어요.

"10분 후에 오늘의 백화점 영업시간이 종료됩니다. 다시 말씀 드립니다. 10분 후에 오늘의 영업을 종료합니다. 구매를 원하시는 고객께서는 지금 곧 가까운 계산대로 가주시기 바랍니다. 다른 고객들께서는 가까운 출구를 이용해주십시오. 스코틀리 백화점은 월요일 오전 9시에 다시 문을 엽니다. 저희 백화점을 찾아주신 고객님들께 감사드리며 즐거운 주말을 보내시기 바랍니다."

하지만 엄마는 출구로 가지 않았어요. 그렇다고 계산대로 가는 것도 아니었어요. 그저 침실 가구 매장을 돌아다니며 매트리스를 눌러보고 베개를 만져봤어요. 정말 침대를 사려는 사람처럼 진지했다니까요. 침대 쇼핑에 푹 빠져 있는 것 같았어요. 하지만 사실은 점원을 계속 살피고 있었던 거예요. 점원이 등을 돌릴 때를 기다리고 있었죠. 그래야 우리가 몸을 숨길 수 있을 테니까요.

엄마가 그러는 동안 앤젤린은 침실 가구 매장을 신나게 뛰어다니며 놀았어요. 마치 놀이터라도 된다는 듯 말이에요. 앤젤린에게 시간 따위는 아무 상관이 없어요. 신경 쓸 일도 없고요.

내가 엄마에게 속삭였어요.

"엄마! 10분 전이에요. 안내방송도 나왔어요. 이제 나가야 해요. 방송에서 그랬어요."

"안내방송은 신경 쓰지 마, 리비. 엄마는 지금 이 침대를 꼭 보고 싶어."

"하지만 엄마……."

나는 다시 엄마를 불렀어요. 어쩔 줄 몰라 허둥대기 시작했어요. 맏딸이어서 그런지 몰라도 나는 바르게 행동하는 걸 좋아해요. 물론 규칙을 지키는 것도 좋아하죠. 확실하지 않고 이유가 불분명한 일은 너무 싫어요. 무슨 일이든 명확하게 짚고 넘어가는 성격이죠. 그래서 6시에 나가야 한다고 하면 반드시 6시까진 나가고 싶어요. 가능하면 조금 일찍요. 내가 원래 그런 사람이에요. 옳은 사람이 되고 싶거든요. 이런 성격이 좋을 때도 있지만, 안 좋을 때도 있어요. 때론 여유로운 사람이 되고 싶어요. 조금은 쉽게 살고 싶다는 생각도 들어요. 앤젤린처럼요. 하지만 그러지 못해요. 나는 나, 앤젤린은 앤젤린, 엄마는 엄마니까요.

시곗바늘이 어느덧 55분을 가리켰어요. 스피커에선 '문 닫을 시간'이라는 안내방송이 다시 흘러나왔어요. 그렇지만 엄마는 여전히 갈 생각을 하지 않았어요. 백화점 영업시간 따위는 아예 신경도 쓰지 않는 것처럼 보였죠.

"엄마!"

나는 애원하다시피 엄마를 불렀어요. 그리고 엄마 코트 자락에 매달렸어요.

"얼른 나가야 해요. 안 그러면 큰일 나요. 콧수염 아저씨가 잡으러 올지도 몰라요!"

엄마는 짜증을 내지 않았어요. 내가 안절부절못할 때, 엄마는 짜증을 내기도 하거든요. 하지만 엄마는 그저 웃음만 지어 보였어요.

"괜찮아, 리비. 아직 시간이 남아 있어. 서두를 필요 없어."

엄마는 그런 다음, 점원 두 사람이 얘기를 나누던 매장 끝 쪽을 힐끔 쳐다봤어요. 두 사람은 이미 사라지고 없었어요. 그 사람들이 어디 갔는지는 알 수 없었지만 손님들이 모두 나갔는지 확인하러 다시 돌아올 게 분명했어요.

엄마는 곧바로 앤젤린을 불렀어요.

"앤젤린, 리비, 우리 놀이 하나 할까? 어때?"

'놀이라고?' 나는 의문이 생겼어요. 엄마가 도대체 무슨 생각으로 놀이를 하자는 건지 알 수 없었어요. 스코틀리 백화점 침실 가구 매장에서, 토요일 영업 종료 3분 전에 놀이라니! 침대를 사든 안 사든 3분 안에 백화점에서 나가야 하는데 말이에요. 하지만 앤젤린은 놀이를 하고 싶었나 봐요.

"좋아요, 엄마. 어떤 놀이요?"

앤젤린이 물었어요.

"어떤 놀이냐 하면 바로 침대 아래 숨기 놀이야."

"야호! 그건 어떻게 하는 놀이예요?"

"그러게요, 엄마?"

내가 차가운 표정을 지으며 이미 다 알고 있다는 얼굴로 말했어요.

"침대 아래 숨기 놀이는 도대체 어떻게 하는 거예요?"

그리고 작은 소리로 중얼거리듯 덧붙였죠.

"도무지 감이 안 오네요."

"아주아주 쉬운 놀이야, 앤젤린. 너랑 나랑 리비 언니랑 함께 여기 있는 침대 밑에 숨는 거야. 그리고 조금 전에 여기 있던 아줌마 둘이 찾으러 오면 꼼짝하지 않고 있는 거야."

"잠자는 사자 놀이처럼요?"

앤젤린이 물었어요.

"그래, 잠자는 사자처럼. 그리고 아주 조용히 있어야 해. 절대 소리를 내선 안 돼. 불이 꺼져도 말이야. 직원들이 불을 꺼도 절대 무서워해선 안 돼. 무서울 정도로 어둡진 않을 거야. 불 몇 개는 남겨놓을 테니까. 직원들이 모두 나가면 조용히 살금살금 기어 나와서 달콤한 걸 먹는 거야."

엄마는 주머니에서 초코볼 한 봉지를 꺼냈어요. 엄마한테 정말로 초콜릿이 있다는 걸 보여주려고요.

"초코볼이다!"

앤젤린이 떠들어댔죠.

"그래, 가장 조용히 숨은 사람한텐 초코볼을 두 배로 많이 줄 거야."

"나요, 나. 내가 제일 조용히 숨을 거예요."

앤젤린이 소리쳤어요.

"쉿!"

엄마가 조심스러운 표정으로 고개를 돌려 뒤를 살폈어요. 혹시라도 점원이 그 소리를 들었을까 봐 걱정하는 눈치였어요.

"지금부터 아주 조용히 있어야 해. 아니면 초코볼을 두 배로 주지 않을 거야."

"조용히 할게요. 정말, 정말 조용히 할게요."

앤젤린이 약속했어요.

"좋아. 그럼 이 커다란 침대 아래로 숨자, 어서. 생쥐처럼 조용히 하는 거야. 사람들이 모두 집으로 돌아가고 불이 다 꺼지면 밖으로 나와서 달콤한 초코볼을 먹을 테니까. 침대 아래 숨기 우승자한텐 초코볼을 두 배로 줄 거야."

"신난다! 그럼 빨리 숨어요!"

앤젤린이 꼼지락대며 맨 먼저 침대 아래로 기어 들어갔어요. 침대 아래 숨기 우승자가 돼서 초콜볼을 두 배로 받으려고요. 하지만 나는 그런 말에 속아 넘어갈 만큼 어리지 않아요. 그렇다고 절대 속지 않는 건 아니지만, 적어도 그런 식으론 속지 않아요.

엄마가 침대 밑으로 숨기 놀이를 제안할 때부터, 이미 무슨 일을 꾸미는지 눈치챘어요. 그제야 엄마가 왜 커다란 여행가방을 꾸렸는지도 알았고요. 왜 하필 토요일, 그것도 백화점 문 닫을 6시가 다 돼서 왔는지도 알게 됐어요. 그래요, 우리가 뭘 하고 있는지 알아차렸어요. 왜 우리가 침대 밑으로 숨는지 말이에요.

"엄마! 설마 아니죠? 장난치는 거죠?"

"침대 밑으로 들어가, 리비. 어서! 안 그러면 화낼 거야!"

할 수 없이 침대 밑으로 기어 들어갔어요. 네, 그래요. 나와 엄마는 네 개의 기둥이 있는 커다란 침대 아래로 몸을 숨겼어요. 혹시라도 재채기를 하거나 쿵쿵거리거나 웃음을 터뜨리거나 깔깔대지 않으려고 애쓰는 앤젤린을 사이에 두고요. 앤젤린이 그러는 건 초코볼을 두 배로 받고 싶어서였어요.

그래요. 우리는 침대 아래 숨기 놀이를 하러 스코틀리 백화점에 간 게 아니에요. 그곳에 간 건 다른 이유 때문이에요. 바로 이사를 한 거였죠. 그때부터 우리는 스코틀리 백화점에 살았어요.

황홀한 백화점

내가 얼마나 두려웠는지 모조리 털어놓을 수 있어요. 우리 셋이 기둥 네 개 달린 커다란 침대 밑에 숨었을 때, 든 생각이라곤 이거 하나뿐이었어요.

'이번엔 엄마가 사고를 제대로 쳤네. 진짜 너무해.'

앤젤린은 그걸 회전목마 다음가는 재밌는 놀이라고 생각하겠지만, 내 머릿속에는 온통 그 생각뿐이었어요. 그동안 엄마가 사고를 좀 치긴 했어요. 하지만 이 정도까진 아니었어요. 이건 그때껏 친 사고에 비할 게 아니었어요.

어쨌든 우리는 침대 아래 놓인 동상처럼 꼼짝도 안 하고 누워 있었어요. 1초가 한 시간처럼 느껴졌어요. 그래도 사람들이 생각보다 빨리 백화점에서 나가더라고요. 처음에는 말소리가 들렸어요. 서로 이름을 부르며 "좋은 저녁 보내세요", "즐거운 주말 보내세요" 하고 인사를 하더라고요. 함께 춤추러 가거나 영화 보러 가기로 했는지 "이따 봐요" 하고 인사하는 사람도 있었어요.

사실 백화점 직원들이 밖에서 따로 만난다니 좀 우스웠어요. 일주일에 6일이나 붙어 있는데, 그걸로 충분하지 않나 봐요. 굳이 밖에서 또 만나 함께 시간을 보낸다잖아요. "즐거운 주말 보내세요"라는 인사도 웃겼어요. 주말이라고 해봐야 얼마 남지 않았으니까요. 토요일 저녁이잖아요. 일요일 하루만 지나면 또 일하러 와야 한다고요. 그게 무슨 주말이에요? 반쪽짜리 주말이지.

어쨌든 처음에는 말소리가 들리더니 그다음에는 발소리가 들렸어요. 그리고 곧 매장 안이 어두워졌죠. 완전히 암흑 상태가 됐어요. 어차피 침대 밑은 깜깜했지만 매장 불빛이 새어 들어오고 있었는데, 누군가 불을 끈 것 같았어요. 직원들이 모두 집으로 돌아간 듯했어요. 마침내 침실 가구 매장에 우리만 남은 거예요.

"엄마."

내가 먼저 입을 열었어요.

"쉿!"

엄마가 속삭였어요. 하지만 단호했어요.

"아직 안 돼!"

엄마가 내 입을 손으로 틀어막았어요. 얼마나 짜증이 나는지 엄마 손을 물 뻔했다니까요. 하지만 실제로 그러진 않았죠. 그다지 좋은 생각이 아니라는 걸 알고 있었거든요.

우리는 침대 밑에서 조금 더 기다렸어요. 얼마 지나지 않아 백화점 안이 조용해졌어요. 정말 신기했어요. 그렇게 크고 멋진 곳이라면 조용해지는 데 몇 시간은 걸릴 줄 알았거든요. 그런데 실제로는 아니었어요. 조용해지는 데 10분, 15분 정도밖에 안 걸렸어요.

어쨌든 10분인가 15분쯤 지나자 앤젤린이 몸을 꼼지락거리기 시작했어요. 불편한지 어쩔 줄 몰라 했죠. 초코볼을 두 배로 준다고 꾀어도 더 이상 앤젤린을 붙잡아두지 못할 것 같았어요. 엄마는 그때서야 안전하다고 생각했나 봐요.

"자, 침대 아래 숨기 놀이는 이제 끝났어. 밖에 나가서 누가 이겼는지 볼까?"

물론 우승자는 앤젤린이었어요. 앤젤린 말고 또 누가 있겠어요? 처음부터 그렇게 정해져 있었다는 걸 앤젤린만 몰랐죠. 우리는 침대에 앉아 초코볼을 나눠 먹었어요. 물론 앤젤린은 두 배로 먹었고요. 나는 초코볼을 먹으면서 '우리가 가진 게 이 초코볼뿐이라면 정말 길고 배고픈 밤이 되겠구나' 하고 생각했어요.

나는 우리에게 앞으로 어떤 일이 일어날지 궁금했어요. 그리고 엄마는 우리가 걸터앉은 침대를 유난히 신경 쓰는 눈치였죠. 엄마는 우리 침대가 아니니 절대 초콜릿을 묻히지 말라고 했어요. 다른 사람의 물건을 함부로 하면 안 된다고요. 그러고는 보이지도 않는 초코볼 가루를 열심히 털어냈어요.

우리는 그렇게 앉아서 초코볼을 먹었어요. 혹시라도 부스러기가 떨어지지 않게 손을 턱 밑에 받치고요. 손님을 초대해 식사를 할 때처럼요. 그렇다고 우리가 손님이랑 자주 식사를 했다는 건 아니에요. 사실 손님을 집에 초대한 적은 한 번도 없어요. 어쨌든 초코볼은 맛있었어요.

"이제 뭘 할 거예요, 엄마?"

초코볼을 다 먹은 앤젤린이 물었어요.

"글쎄, 어디 한번 생각해보자."

엄마는 한 손으로 턱을 받쳤어요. 정말 생각하는 사람처럼요. 하지만 내가 보기에는 생각하는 흉내만 내는 것 같았어요. 그러더니 좋은 생각이 났다는 듯 이렇게 말했어요.

"그래, 앤젤린! 뭘 하면 좋을지 생각났어! 백화점 사람들도 모두 집으로 돌아간 것 같으니까 여긴 이제 우리뿐이잖아. 백화점에 잠깐 살기 놀이를 하면 어떨까? 어때? 좋아?"

"와! 좋아요, 좋아! 백화점에 잠깐 살기 놀이, 좋아요! 근데 그건 어떻게 하는 거예요, 엄마?"

꼬마 앤젤린이 신이 나서 말했어요.

"음, 그러니까 먼저 이부자리를 준비하는 거야. 잠을 자야 하니까. 그리고 오늘 밤, 크고 멋지고 따뜻한 이곳에서 지내자. 내일 낮 내내, 그리고 내일 밤에도. 그런 다음 월요일 아침에 '백화점 아저씨, 고마워요!' 하고 말하면 돼."

"백화점 아저씨, 고마워요!"

꼬마 앤젤린이 따라 했어요. 그리고 계속해서 반복했어요. 정말 그 애 입속에 양말을 쑤셔 넣고 싶을 정도였다니까요.

"백화점 아저씨, 고마워요! 침실 가구 매장 아줌마도 고마워요!"

"그래, 그거야, 앤젤린. '백화점 아저씨, 고마워요!' 하고 말하면 돼. 그다음엔 커다란 여행가방을 갖고 지방의회사무소로 가는 거야. 주택부를 찾아가는 거지. 거기 가서 우리가 살 방이 있는지 물어보자. 주택부는 그런 일을 하는 곳이거든. 끔찍하고 지긋지긋한 여관방 말고 다른 방 말이야. 전에 어떤 아줌마랑 살았었잖아. 기억나?"

물론 기억하고 있었어요. 어떻게 잊을 수 있겠어요? 그 아줌마가 나쁜 사람이었냐고요? 아줌마는 물론이고 아줌마네 세 아이들도 최악이었어요. 한 방에서 일곱 명이 살았어요. 한 방에서 일곱이 모두 함께 잤다고요. 정말 싫었어요. 차라리 백화점에서 사는 편이 나아요.

하지만 이런 상황은 생각도 못 했어요. 게다가 침실 가구 매장에서 밤을 지내자는 엄마 말이 진심이란 걸 알았기 때문에 더 불안했죠. 엄청나게 불안했다고요.

그나마 월요일 아침까지만 있을 거라니까 조금 안심이었어요. 하지만 이번만큼은 정말 엄마가 너무 심하다는 생각이 들었어요. 이제껏 겪었던 일들과는 비교도 되지 않을 만큼 최악의 상황으로 우리를 밀어 넣은 거니까요.

어쨌든 나는 앤젤린을 불안하게 만들고 싶지 않았어요. 엄마가 저지른 일에다 걱정거리를 또 더할 순 없잖아요. 그래서 아무렇지도 않은 척 말했어요.

"엄마, 나랑 개인적으로 조용히 얘기 좀 할 수 있을까요?"

그러자 꼬마 앤젤린도 자기도 개인적으로 조용히 얘기하고 싶다고 했어요. 나는 얼른 머리를 굴려 앤젤린의 관심을 다른 데로 돌릴 방법을 생각했어요.

"앤젤린, 언니랑 잠깐 장난감 매장에 가볼래? 갖고 놀 장난감이 있나 살펴보자. 물론 진짜로 가지면 안 돼. 잠시 빌리는 거야. 괜찮지?"

"당연하지. 좋아. 얼른 가자."

앤젤린이 대답했어요.

"금방 돌아올게요, 엄마. 그런 다음에 한두 가지 문제에 대해 나랑 개인적으로 조용히 얘기 좀 해요, 알았죠?"

내가 말했어요.

"그래, 리비."

엄마가 아무렇지 않게 대답했어요. 마치 백화점 안에서 밤을 보내는 건 일도 아니라는 말투로요.

"일단 앤젤린부터 장난감 매장에 데려다 줘. 엘리베이터는 타지 마, 알지?"

"당연히 알죠."

내가 쌀쌀맞게 대답했어요. 하마터면 이렇게 말할 뻔했어요.

'난 멍청하지 않아요. 무책임하지도 않고요.'

이런 말도 덧붙일 뻔했죠.

'적어도 내가 아는 누구처럼 말이에요.'

하지만 그러지 않았어요. 그냥 생각만 했어요.

"참, 그리고 장난감을 상자에서 꺼내지 마."

내가 막 앤젤린의 손을 잡고 장난감 매장으로 데려다 주려는데, 엄마가 등 뒤에서 소리쳤어요.

"전시된 장난감만 갖고 놀아. 사람들한테 보여주려고 꺼내놓은 것 말이야. 새 장난감은 절대 만지거나 망가뜨려선 안 돼."

"알아요, 엄마! 절대 새 상자를 열지 않을게요."

엄마는 그렇게 나를 화나게 할 때가 많아요.

"그럼 이따 보자. 재밌게 놀아. 서두를 필요는 없어. 그동안 엄마는 이부자리나 준비해야겠다."

순간 나는 걸음을 멈췄어요.

"이부자리를 준비한다고? 이부자리를 준비한다니 그게 무슨 말이에요?"

"걱정 마. 새 이불을 쓸 건 아니니까. 새 이불 포장을 뜯거나 새 담요를 쓰진 않아. 그냥 전시돼 있는 것들 중에서 고를 생각이야. 원한다면 너희 침대는 직접 골라도 돼. 엄마는 기둥 네 개가 세워진 큰 침대에서 잘 거야. 너희는 어떤 게 마음에 드니? 저 이층침대는 어때?"

이층침대라는 말에 꼬마 앤젤린은 완전 신이 났어요. 어찌나 흥분을 하는지 금방이라도 날아갈 것 같더라니까요.

"이층침대!"

앤젤린은 폴짝거리기 시작했어요.

"이층침대, 이층침대, 깡충깡충 이층침대! 내가 위에서 잘래!"

앤젤린이 떠들어댔어요.

다른 때라면 누가 위층을 쓸지 앤젤린이랑 옥신각신하는 편이에요. 나도 위에 올라가서 자는 걸 좋아하거든요. 위층에서 내려다보면 주변이 더 멋지게 보이니까요. 공기도 더 상쾌하게 느껴지고요.

이제까지 이층침대에서 잘 때는 언제나 동전을 던졌어요. 누가 위층을 쓸지 앞면, 뒷면으로 결정하는 거죠. 하지만 이번만큼은 그런 건 신경도 안 쓰였어요. 앤젤린이 위에서 잔다고 해도 상관없었어요. 난 그저 스코틀리 백화점을 나가서 다시는 돌아오고 싶지 않다는 생각뿐이었어요.

"이층침대, 이층침대!"

앤젤린은 여전히 이층침대 노래를 부르고 있었어요.

"깡충깡충 이층침대! 내가 위에서 잘래!"

"그래, 알았어. 그만 조용히 해. 니가 위에서 자, 그럼 됐지?"

내가 으르렁거리듯 말했어요.

이제야 하는 말이지만 스코틀리 백화점에 전시돼 있는 이층침대는 정말 예뻤어요. 그건 금방이라도 무너질 듯한 낡고 평범한 이층침대가 아니었어요. 마치 2층짜리 선실이 있는 작은 배 같았어요. 양쪽 측면에는 둥근 창이 나 있었고, 돛에는 스텐실로 찍은 글자도 있었어요. 침대 위에는 폭신폭신한 이불도 깔려 있었어요. 엄마는 그 이불을 덮고 자도 좋다고 했어요. 다만 '작은 사고'를 치면 안 된다는 조건이 붙었죠. 엄마는 그 말을 하면서 앤젤린에게 의미심장한 눈빛을 보냈어요. 굳이 누구라고 꼬집지 않아도 '작은 사고'의 범인이 누구라는 걸 잘 알고 있었어요.

앤젤린은 작은 사고는 물론이고 큰 사고도 절대 치지 않겠다고 약속했어요. 그렇게 앤젤린은 멋진 배 모양 이층침대와 꿈결 같은 구름이 그려진 포근한 이불을 차지했어요. 그 구름은 보고만 있어도 잠이 올 것 같았어요. 나른하고 포근하고 안전한 기분이 드는 이불이었어요.

"좋아. 이제 장난감 매장에 가서 빌릴 장난감을 찾아봐. 오늘 밤만 잠깐 빌릴 장난감 말이야. 엄마는 그동안 잠자리를 준비할 테니까. 너희가 돌아올 때쯤이면 준비가 끝나 있을 거야. 그다음엔 함께 저녁거리를 찾아보자. 어디 보자. 내가 가방을 어디다 뒀더라?"

또다시 가슴이 철렁 내려앉았어요. 모든 게 잘못돼가고 있는 기분이었어요.

"엄마, 저녁거리를 찾아보자고요? 뭘 어떻게 찾는다는 건지 자세히 설명 좀 해주실래요?"

"그보다 먼저 앤젤린을 장난감 매장에 데려다 주는 게 어떠니? 그리고 나서 개인적으로 조용히 얘기하자. 알겠지?"

"알았어요, 엄마."

나는 단호하게 말을 계속 이었어요.

"엄마한테 할 얘기가 있어서 그래요. 여러 가지 문제에 대해서요. 내 말 알겠죠, 엄마?"

"알았어, 리비."

엄마가 어느 때보다도 조용하고 느긋하게 대답했어요. 모든 일은 완벽하게 정상이고 걱정할 건 하나도 없다는 얼굴로요.

"그래, 그럼 이따가 얘기하자."

"알았어요."

나는 앤젤린의 손을 잡고 에스컬레이터로 향했어요. 그러다가 엄마가 뭘 하는지 잠깐 뒤를 돌아봤어요. 엄마는 커다란 여행가방에서 밤을 보내는 데 필요한 물건들을 꺼내고 있었어요. 작은 소리로 노래를 흥얼거리면서요. 정말이에요. 세상에 걱정거리라곤 하나도 없는 사람처럼 말이에요. 그 순간만큼은 엄마가 아닌 것 같았어요. 오히려 내가 엄마고 엄마가 딸인 것 같았다니까요.

에스컬레이터는 작동하지 않았어요. 당연히 백화점 직원들이 문을 닫으면서 끄고 갔겠죠. 침실 가구 매장은 4층이고 장난감 매장은 5층이었어요. 움직이지 않는 에스컬레이터 말고 그냥 계단으로 올라갈 수도 있었지만 그러고 싶지 않았어요. 계단으로 가려면 멀리 돌아가야 하거든요. 게다가 들킬까 봐 불안하기도 했고요. 백화점 안에 사람이 남아 있을 수도 있잖아요. 아니면 보안장치가 있어서 계단으로 나가는 문을 열면 보안 벨이 울릴지도 모르고요.

나중에 안 일이지만 백화점에는 보안장치가 있어요. 경비원도 있고요. 하지만 보안장치나 경비원은 백화점 안으로 들어오는 사람을 막기 위한 것이지, 안에 있는 사람이 돌아다니는 걸 감시하는 게 아니에요. 조심하기만 하면 들키지 않아요.

앤젤린과 나는 걸어서 에스컬레이터를 올라갔어요. 움직이지 않는 에스컬레이터에 올라서니 좀 우스웠어요. 계단 하나하나가 높고 넓게 느껴졌어요. 그래서 앤젤린이 올라갈 수 있게 도와줘야 했어요. 나는 "암벽등반을 하는 사람처럼 몸에 밧줄을 묶고 올라가야겠어, 앤젤린" 하고 농담을 했어요. 앤젤린은 그 말에 깔깔대며 웃었죠. 그래서 한동안 기분이 좋았어요. 엄마가 우리를 이런 말도 안 되는 상황에 빠트려서 불안해 죽을 지경이었지만, 앤젤린까지 불안할 필요는 없으니까요.

어쨌든 에스컬레이터를 올라가 희미한 조명이 비치는 장난감 매장으로 갔어요. 장난감 매장에 들어서니 모든 걱정이 사라졌어요. 엄마와 커다란 여행가방, 이제 갈 곳이 없다는 사실, 유전에 일하러 가서 오랫동안 돌아오지 않는 아빠, 크리스마스 선물도 까맣게 잊어버린 아빠, 더 이상 엄마에게 돈을 보내지 않는 아빠, 이런 모든 생각들이 머릿속에서 지워졌어요. 우리에겐 이제 특별한 것이 생겼으니까요. 꼬마 앤젤린과 나만의 것. 스코틀리 백화점 장난감 매장이 모두 우리 차지였죠.

상상이나 할 수 있겠어요? 정말 굉장했어요. 눈앞에 펼쳐진 건 온통 장난감뿐이었어요. 앞에도 장난감, 뒤에도 장난감, 사방을 장난감이 둘러싸고 있었죠. 장난감, 장난감, 장난감! 경사님이 스코틀리 백화점에 가보면 내 말을 금방 이해할 수 있을 거예요. 사람들이 북적이는 대낮에도 정말 어마어마한 느낌이 들거든요. 그런데 비상구 불빛과 소방 경보등, 쇼윈도에서 슬며시 흘러나오는 불빛만으로 모든 것이 희미하게 보이는 밤에는 모든 것이 마법처럼 느껴져요. 특히 혼자 있는 경우라면 더 그렇고요.

산더미처럼 쌓인 인형들이 한꺼번에 쳐다보면 오싹할 것 같다고요? 안 그래요. 절대 오싹하지 않아요. 너무나 환상적이죠. 마치 산타클로스의 동굴에 온 기분이라니까요. 크리스마스에 나눠줄 선물을 모아놓은 동굴 말이에요.

그곳에는 모든 장난감이 모여 있었어요. 어린이용 자동차도 있었죠. 길에서 탈 수 있는 진짜 자동차였어요. 물론 다른 자동차들이 없는 길에서만 타야 하죠. 한 대에 수천 파운드나 하더라고요.

뻥이 아니에요. 내가 직접 가격표를 봤다니까요. '2,000파운드'라고 적힌 자동차도 있었어요. 상상이 돼요? 고작 장난감 하나에 2,000파운드라니!

정말 돈이 많은 사람들만 스코틀리 백화점에서 쇼핑을 할 수 있나 봐요. 2,000파운드짜리 장난감을 사 주는 엄마 아빠가 있다고 생각해보세요! 우리 엄마는 2,000파운드짜리 장난감은 절대 사 주지 못할 거예요. 그렇다고 우리 엄마를 다른 엄마들과 비교하는 건 아니에요. 어떤 비싼 장난감과도, 어떤 부자 엄마와도 우리 엄마를 바꾸진 않을 거니까요. 하지만 가끔은 다른 사람들이 어떻게 살고 있는지 궁금할 때가 있어요.

나와 앤젤린은 자동차에 앉아봤어요. 물론 전시돼 있는 자동차였고, 절대 망가뜨리지도 않았어요. 그냥 운전하는 척하면서 "빵, 빵" 하고 경적 소리를 흉내 냈어요. 우리는 놀이에 푹 빠졌고 신이 난 앤젤린은 인형 구경을 하고 싶어 했어요. 그리고 인형 하나를 침실 가구 매장으로 가져가고 싶다지 뭐예요. 우리는 적당한 인형을 고르기로 했죠.

이미 말했듯 장난감 매장은 엄청 넓어요. 그 안에서 길을 잃을 정도로요. 그러면 아마 며칠이 지나도 찾을 수 없을 거예요. 그래서 나는 앤젤린에게 절대 혼자 다니지 말라고 단단히 주의를 줬어요. 하지만 여전히 걱정이 됐어요. 그래서 전시돼 있는 무전기를 찾아서 하나를 앤젤린에게 줬어요. 하나는 내가 챙겼고요. 그렇게 하면 서로 떨어져도 연락을 할 수 있으니까요.

우리는 무전기로 "나 지금 자전거 옆을 지나고 있어. 넌 어디야?" 하거나 "퍼즐 있는 데를 지나서 레고 있는 데로 갈 테니까 30초 후에 거기서 만나, 오버" 하는 식으로 얘기를 나누며 잠시 따로 구경을 했어요.

정말 신났어요. 우리는 멋진 손전등도 발견했어요. 물론 전시돼 있는 물건이었어요. '전시된 것이 아니면 절대 만지지 말라'는 엄격한 규칙을 지켜야 했거든요. 상자 안에 들어 있는 장난감을 꺼내서도 안 되고, 장난감을 망가뜨려서도 안 됐어요. 그건 반드시 지켜야 하는 규칙이었어요. 어쨌든 우리가 발견한 '우주 레이저 빔'이라는 손전등은 갖가지 색의 불빛을 내뿜었어요.

그렇게 장난감 매장 안을 정신없이 돌아다녔어요. 미끄럼틀도 타고 커다란 장난감 집에 숨기도 했어요. 우주 레이저 빔을 서로 비추며 무전기에 대고 "엔터프라이즈 호의 커크 선장님 나오십시오", "스코티, 순간 이동 부탁해" 하고 신나게 떠들어댔어요. 아, 스코티 어쩌고는 〈스타트렉〉에 나오는 대사예요. 오리지널 TV시리즈요. 혹시 모르실까 봐 얘기하는 거예요.

하지만 손전등을 갖고 노는 건 그만둬야겠다는 생각이 들었어요. 혹시 길 가던 사람이 백화점을 올려다보다가 번쩍이는 불빛을 발견하면 이상하게 생각할 수도 있으니까요. 조금 걱정이 들어서 손전등은 제자리에 갖다 놨어요. 무전기도 마찬가지고요. 그런 다음 우리는 인형을 찾으러 갔어요.

　인형이 정말 많았어요. 앤젤린만큼 큰 인형도 있었고, 더 큰 인형도 있었어요. 어찌나 신기한 인형이 많은지! 어떤 인형은 울기도 하고, 코를 골고, 콧방귀를 뀌고, 까르르 웃고, 걷고, 말하고, 눈을 깜박이고, 트림을 하고, 노래를 부르고, 휘파람을 불고, 요상한 소리를 내고, 오줌도 쌌어요. 물론 오줌을 싸게 하려면 먼저 물을 채워 넣어야 했죠. 전시돼 있는 인형이 어찌나 많은지 그중에서 딱 하나만 고르려니까 무척 힘들었어요. 앤젤린은 인형을 하나씩 안아봤어요. "이걸로 할래" 했다가 다른 인형을 안아보고는 "아니야, 이게 낫겠어. 이게 더 귀여워"라고 했죠. 그다음에는 머리 모양이 예쁘다며 다른 인형을 집어 들고, 소리가 난다거나 뭐 이런저런 이유로 계속 인형을 바꿨어요.

　앤젤린은 인형이란 인형은 전부 만져보더니 어떤 걸로 할지 고민했어요. 그동안 나는 어린이용 컴퓨터를 살펴봤어요. 컴퓨터 하나를 골라 전원을 켰는데, 마침 그 안에 재밌는 그림 그리기 게임이 있는 거예요. 게임에 푹 빠져버렸죠. 그런데 갑자기 등 뒤에서 누군가 다가오는 기척이 느껴졌어요. 소스라치게 놀라 미처 몸을 숨기지도 못하고 있는데 웬 손 하나가 내 어깨를 덥석 잡았어요. 그리고 목소리가 들렸어요.

　"엄마는 네가 진지하게 얘기하고 싶어 하는 줄 알았는데. 리비, 아무래도 정신을 다른 데 뺏긴 것 같구나."

엄마였어요. 그러고 보니 엄마 생각은 하나도 안 했더라고요. 많은 장난감을 갖고 신나게 놀다 보니 그렇게 원했던 '엄마와의 진지한 대화'는 어느새 잊어버렸던 거예요.

엄마는 살짝 웃음을 보이며 내 옆에 서 있었어요. 나는 조금 짜증이 났어요. 솔직히 말해서 장난감에 정신이 팔렸던 나 자신에게 화가 났어요. 하지만 그런 나를 고소하게 바라보는 엄마도 조금 얄미웠어요. 마치 '그래도 너는 분별 있는 애인 줄 알았는데, 하하하!' 하고 비웃는 것 같았어요.

"앤젤린, 엄마 왔어."

나는 얼른 컴퓨터를 끄고 앤젤린을 불렀어요.

"침대 정리를 다 해놨단다. 앤젤린, 인형 골랐니? 말했지만 잠깐만 빌리는 거야. 네 것이 아니니까."

엄마가 말했어요.

"이걸로 할래요."

앤젤린은 말하고, 걷고, 노래하고, 춤추고, 오줌도 싸는 인형을 안아 들고 말했어요. 꽤 비싸 보이는 인형이었어요.

"오늘 밤엔 이걸 안고 잘래요."

"그러면 인형이 잘 침대를 마련해줘야 할 것 같은데."

내가 말했어요.

"괜찮아. 내 옆에 자면 돼. 내가 조금만 옆으로 비켜주면 되니까. 이제부터 이 인형은 크리스타벨이라고 부를래."

앤젤린이 대답했어요.

"알았어, 앤젤린. 이제 이리 와. 어서 내려가자."

엄마의 재촉에 앤젤린은 커다란 인형을 집어 들었어요. 우리는 다시 에스컬레이터를 걸어 내려왔어요. 그런데 그 인형은 앤젤린이 혼자 들고 내려가기에는 너무 컸어요. 그래서 앤젤린이 머리를, 내가 발을 들고 내려와야 했어요.

우리는 침실 가구 매장으로 돌아왔어요. 우리가 쓸 이층침대와 엄마가 쓸 기둥침대가 가지런히 정리돼 있더라고요. 둘 다 굉장히 안락해 보였어요. 멋지고 포근한 느낌이었죠. 문득 '백화점 직원들이 난방을 끄지 않고 퇴근했나?' 하는 생각이 들었어요. 아니면 엄청나게 많은 물건들 때문에 온기가 느껴진 걸까요? 작은 난로에 둘러앉아 지내야 했던 지난번 집보다 백화점 안이 훨씬 따뜻했어요. 그건 확실해요.

앤젤린은 이층침대 위층으로 인형을 갖고 올라갔어요. 물론 내가 도와줘야 했죠.

"앤젤린, 엄마랑 내가 얘기하는 동안 인형이랑 침대에 누워 있을래?"

물론 앤젤린이 그러겠다고 할 리 없었어요. 대신 앤젤린은 내가 개 입에서 절대 나오지 않길 바랐던 말을 했어요. 물론 나도 같은 생각이었지만, 그래도 그 말만은 안 했으면 했거든요.

"엄마, 저녁 좀 먹으면 안 돼요? 배가 너무 고파요."

나는 엄마가 음식을 가져오지 않았다는 사실을 잘 알고 있었어요. 그렇다고 우리가 밖에 나가서 생선구이나 감자튀김을 사 먹을 수 있는 상황도 아니었죠. 돈도 없었지만, 돈이 있다고 해도 마찬가지였어요.

우리는 백화점 안에 갇혀 있었으니까요. 밖으로 통하는 문은 비상문뿐이었고, 그 문은 보안장치와 연결돼 있었어요. 밖으로 나가려고 문을 열면 요란한 보안 벨이 울릴 게 뻔했죠. 어떻게 알았냐고요? 언젠가 어떤 아주머니가 실수로 비상문을 열었는데 곧바로 보안 벨이 울리는 걸 본 적이 있거든요.

음식을 사러 나갈 수도, 사서 갖고 들어올 수도 없는 상황이었어요. 아무래도 굶어야 할 것 같았죠.

"앤젤린, 배가 고프니? 엄마도 배가 고프구나. 그럼 뭐가 있나 좀 보러 갈까? 어서 이리 와봐"

엄마가 말했어요.

"엄마! 엄마랑 아주 진지하게 할 얘기가 있다고요. 정말로."

내가 엄마에게 애원했어요.

"나중에 하자, 리비. 뭘 좀 먹고 나서, 알았지? 우선 다 같이 가서 뭐 먹을 게 있는지 찾아보자."

엄마가 웃으면서 대답했어요.

그리고 내가 미처 뭐라고 하기도 전에 앤젤린의 손을 잡고 걸음을 옮겼어요. 나는 혼자 남아 아무것도 먹지 않든가, 함께 가서 먹을 것을 찾든가 둘 중 하나를 선택해야 했어요. 결국 두 사람을 따라갔죠. 별 도리가 없었어요.

우리는 에스컬레이터로 3층까지 걸어 내려갔어요. 3층에는 아름다운 옷을 입은 여자 마네킹들이 많았어요. 옷걸이마다 블라우스와 치마, 화려한 드레스, 온갖 옷들이 걸려 있었어요.

이어서 2층에는 고급스러운 양복과 비싼 재킷을 걸친 남자 마네킹들이 있었어요. 한쪽에는 다양한 색상의 실크 넥타이들이 쌓여 있었고요.

우리는 계속해서 1층까지 내려갔어요. 1층에 도착하니 좋은 향기가 코끝을 스쳤어요. 에스컬레이터 옆에는 향수 매장이 있거든요. 병 하나하나에서 나는 향기가 어찌나 신비로운지 마치 다른 세상에 와 있는 듯한 착각이 들 정도였어요. 다양한 향기가 한데 섞이면 고약한 냄새가 날 수도 있잖아요. 그런데 전혀 그렇지 않았어요. 환상적이기만 했어요. 어찌나 향긋한지 살짝 현기증이 날 정도였어요.

"엄마, 여기 정말 멋져요! 여기 살길 잘한 것 같아요."

꼬마 앤젤린이 여기저기 구경을 하며 말했어요.

"여기서 산다고? 아니야, 앤젤린. 우린 여기 살러 온 게 아니야. 절대……!"

엄마가 내 입을 막았어요. 엄마는 몸을 숙여 내 귀에 속삭였어요.

"앤젤린 앞에선 말조심해, 리비. 이따 얘기하자, 알았지?"

그래서 가만히 웃음만 지어 보였어요. 늘 그랬던 것처럼요. 내 인생의 절반은 그런 식으로 살아온 것 같아요.

"엄마, 테스터가 뭐예요?"

앤젤린이 진열대 앞에서 걸음을 멈추고 말했어요. 그리고 향수병 하나를 집어 들었어요.

"향수 샘플이야."

엄마가 얼른 병을 빼앗았어요. 앤젤린이 향수병을 떨어뜨리면 대리석 타일 바닥에 부딪혀 산산조각이 날 테니까요.

"손님들이 향수를 병째로 사기 전에 향이 마음에 드는지 먼저 뿌려보라고 놔둔 거야."

"그럼 나도 뿌려봐도 돼요?"

앤젤린이 물었어요.

"안 될 것도 없지."

엄마가 고개를 끄덕였어요.

"테스터, 무료 샘플이라고 적혀 있네. 그러니까 괜찮아. 눈에 들어가지 않게만 조심해."

앤젤린은 손목에 향수를 한 번 뿌렸어요. 그런 다음 다른 향수들도 돌아가면서 한 번씩 뿌렸어요. 엄마는 찾는 향수가 있는지 이리저리 둘러보다가 테스터를 발견하고는 손목에 뿌렸어요. 그러고는 숨을 깊이 들이마시며 향을 맡았어요. 눈을 살짝 감고 코를 벌름거리면서요. 그러더니 갑자기 귀부인처럼 굴면서 발레리나 마냥 우아하게 양팔을 휘젓는 거예요.

"백만장자가 된 기분이야. 엄마는 이 향수를 좋아했거든. 하지만 너무 비싸서 쓸 수 없었지."

엄마가 어떻게 그 향수를 좋아하게 됐는지는 알 수 없었어요. 그걸 가져본 적이 있는지도 알 수 없었죠. 하지만 굳이 물어보진 않았어요.

솔직히 나도 마음에 드는 향수를 찾으려고 이것저것 테스터들을 뿌려봤어요. 하지만 종류가 너무 많아서 나중에는 어떤 향수에서 어떤 향이 났는지 기억조차 나지 않더라고요. 아무튼 향수 매장에서 족히 20분은 보냈을 거예요. 우리가 테스터 뿌리기를 마치고 나니까, 향수 매장은 향수 냄새로 가득하더라고요. 결국 우리한테 어떤 냄새가 나는지도 모르게 됐죠.

비싼 향수를 온몸에 뿌리고 있으니 으스대지 않을 수가 없었어요. 엄마뿐 아니라 우리 모두 백만장자가 된 기분이었어요. 우리는 세 명이니까 다 합하면 삼백만장자인 셈인가요? 정말 많은 돈이죠? 하지만 우리는 테스터만 뿌렸어요. 그것도 몇 방울 안 썼고요. 조금만 뿌려도 향기는 멀리 퍼지거든요. 다 경험으로 아는 거예요. 앤젤린이 아기였을 때, 기저귀가 조금만 젖어도 얼마나 지독한 냄새가 났는지 몰라요. 방귀는 살짝만 뀌어도, 냄새가 아주 멀리 퍼지죠. 그렇다고 오해하진 마세요. 제가 방귀를 뀌었다는 말은 아니니까요. 냄새는 마치 풍선 같아요. 처음에는 아주 작지만 나중에는 크게 불어나요.

 어쨌든 우리는 테스터 향수만 썼지, 절대 새 향수 포장을 뜯진 않았어요. 사실대로 말씀드리는 거예요. 우리는 아무것도 훔치지 않았어요. 정말이에요. 스코틀리 백화점에서 지내는 동안 한 번도 그런 적이 없어요. 모든 사람들을 위해 전시된 물건이 아니면 어떤 것도 함부로 만지지 않았어요. 어떤 것도요. 어차피 버리는 물건이라면 또 모르지만요. 만약 버리는 물건이 아닌데도 우리가 손을 댔다면 꼭 값을 치렀어요. 꼭 그렇게 했어요. 두 번인가 세 번 그랬어요.

5장
유통기한 지난 음식

우리는 모델처럼 향수 냄새를 풍기며 향수 매장에서 즐거운 시간을 보냈어요. 배고픈 것도 까맣게 잊어버렸죠. 그러다 문득 한꺼번에 허기가 몰려왔어요. 마치 배에 커다란 구멍이 뚫린 것 같은 느낌이 들었어요.

"엄마, 배고파요."

앤젤린이 말했어요.

나도 마찬가지였고, 엄마도 그랬나 봐요.

"그럼 가볼까. 엄마를 따라와. 창가 쪽으론 절대 가지 말고. 거리를 오가는 사람들한테 들키면 안 되니까."

스코틀리 백화점 구조를 좀 안다면 창가에서 떨어지는 게 그리 어렵지 않다는 것쯤은 짐작할 수 있을 거예요. 스코틀리 백화점은 매장이 있는 안쪽 공간을 다른 공간이 둘러싸고 있는 이중 구조로 돼 있거든요. 그리고 매장에는 창문이 거의 없어요. 그래서 밖에서 아이쇼핑 하는 사람들 눈에 띌 염려는 없었어요.

우리는 당당하게 향수 매장을 벗어나, 핸드백 매장을 지나, 과자 매장을 가로질러, 초콜릿 매장으로 갔어요. 초콜릿 매장은 정말 근사했어요. 천장 절반 높이까지 쌓여 있는 초콜릿 더미에 둘러싸인 기분이라니! 더구나 우리뿐이라니!

초콜릿으로 가득한 진열대와 선반이 끝없이 펼쳐져 있었어요. 사람이 생각해낼 수 있는 초콜릿이란 초콜릿은 다 있었어요. 아기자기하게 장식한 작은 초콜릿에서부터 군대도 먹일 만큼 어마어마하게 큰 초콜릿까지 있었어요. 한 상자씩 파는 초콜릿에, 낱개로 파는 초콜릿, 다크초콜릿, 밀크초콜릿, 안에 부드러운 크림이 든 초콜릿, 캐러멜이 든 초콜릿, 초콜릿 위에 또 초콜릿을 올린 초콜릿, 상상하는 것보다 열 배는 더 많았을 거예요.

또 그 냄새라니! 향수 냄새는 진하고 달콤한 초콜릿 냄새에 묻혀 전혀 느낄 수 없을 정도였어요. 마치 초콜릿 향수를 뿌려놓은 듯했어요. 앤젤린과 나는 초콜릿 매장 한가운데서 걸음을 멈췄어요. 초콜릿 천사들로 가득한 초콜릿 천국에 온 기분이었어요.

달콤한 초콜릿 냄새를 깊숙이 들이마셨어요. 장난감 매장과 초콜릿 매장 중 어느 매장이 더 좋은지 묻는다면 대답하기 힘들 것 같았어요. 장난감은 먹을 수 없고, 초콜릿은 갖고 놀 수 없으니까요. 하지만 배가 고팠기 때문에 초콜릿 매장 쪽으로 마음이 조금은 기우는 것 같았어요.

한참 초콜릿 냄새를 들이마시던 우리는 엄마를 바라봤어요. 엄마도 우리를 봤고요.

"엄마, 초콜릿 냄새 좀 맡아보세요. 초콜릿이 정말 많잖아요. 그러니까…… 그래도 돼요? 그러니까 아주 조금만요?"

꼬마 앤젤린이 먼저 입을 열었어요.

앤젤린 말이 맞았어요. 정말로 많은 초콜릿이 진열돼 있었어요. 수백, 수천, 수만, 아니 수백만 개는 됐을 거예요. 그중에서 하나, 둘, 아니 수백 개쯤 없어져도 아무도 모를 것 같았죠.

앤젤린은 가만히 서서 두 눈을 동그랗게 떴어요. 뭔가 원하는 게 있으면 늘 그러거든요. 앤젤린만의 방식이에요.

"엄마, 먹어봐도 돼요? 네? 엄마, 제발요오오오, 네?"

앤젤린이 두 눈을 동그랗게 뜨고 "제발요오오오" 하면 도무지 거절할 수 없어요. 그래서 곧 엄마가 '그래, 어서 가서 마음대로 먹어. 초콜릿이 엄청나게 많으니까' 하고 말할 것 같았죠. 하지만 엄마는 그러지 않았어요. 우리가 간식을 먹는 일은 아주 드물고, 침실 가구 매장에서 먹은 초코볼도 몇 주 만에 먹어본 간식이었는데 말이에요. 엄마는 대신 진지한 표정으로 이렇게 말했어요.

"너희 둘, 엄마 말 잘 들어. 우리 것이 아닌 건 절대 가져가선 안 돼. 공짜 샘플 같은 건 괜찮아. 어차피 버릴 물건도 괜찮아. 하지만 파는 물건이나 우리가 돈을 낼 수 없을 정도로 비싼 물건은 절대 안 돼. 그러니까 먹어선 안 돼. 허락할 수 없어."

앤젤린이 울음을 터뜨리며 떼를 썼어요. 하지만 엄마는 허락하지 않았어요. 엄마와 앤젤린은 고집이 세거든요. 물론 나는 엄마와 앤젤린을 합쳐놓은 것만큼 고집이 세고요. 그렇다고 자주 고집을 부리진 않아요. 보통은 다른 사람의 의견을 따르는 편이에요.

"안 돼, 앤젤린. 미안하지만 우리가 값을 치를 수 없는 초콜릿은 절대 먹을 수 없어. 우린 지금 돈이 한 푼도 없거든. 그러니까 어서 식품 매장으로 가자. 거기 가서 먹을 게 있는지 찾아보자."

결국 산더미처럼 쌓인 초콜릿들을 뒤로하고 자리를 옮겼어요. 초콜릿을 못 먹게 되니까 앤젤린은 악을 쓰며 울어댔어요. 엄마는 앤젤린을 진정시키려고 애썼어요. 끝내 이런 말까지 했죠.

"그만, 앤젤린. 뚝 그치지 않으면 밖에서 누군가 네 울음소리를 들을 거야. 그 사람은 다른 사람한테 네 얘기를 할 테고, 결국 사람들이 몰려와서 우릴 쫓아내겠지. 그럼 우린 침실 가구 매장에서 잘 수가 없어. 너는 커다란 인형이랑 배 모양 이층침대에서 자지 못할 거라고."

앤젤린은 그제야 울음을 그쳤지만, 한동안 훌쩍대며 우는 척을 했어요. 뭐, 잠시 후에는 그것도 포기했지만요.

우리는 식품 매장 쪽으로 갔어요. 가는 길에 꽃 가게와 과일 가게가 있었어요. 꽃은 정말 아름다웠죠. 과일은 신선해보였고요. 사실 스코틀리 백화점 안에 있는 모든 것들이 훌륭해 보여요. 매장도 그렇고, 행사장도 그렇고, 백화점 곳곳이 전부 다 멋있어요.

대리석 바닥, 높은 천장, 커다란 샹들리에는 또 어떻고요. 샹들리에에 주렁주렁 매달린 수백 개의 전구를 보고 있으면 언제나 크리스마스일 것 같은 기분이 들어요. 늘 축하할 일이 가득하고 신나는 일만 가득할 것 같은 기분요.

앤젤린은 어느새 엄마 손을 잡고 있었어요. 앤젤린이 엄마를 따라 걸으며 물었어요.

"엄마, 이제 오래오래 스코틀리 백화점에 사는 거예요?"

나는 웬만하면 엄마의 솔직한 대답을 듣고 싶지 않았어요.

"아니, 아니야. 절대 오래 살진 않을 거야. 엄마가 아까 말한 것처럼 월요일까지만 살 거야."

"하지만 난 여기서 오래 살고 싶어요. 스코틀리 백화점이 좋아요."

"글쎄, 월요일이 되면 다시 생각해보자. 월요일엔 살 곳을 구할 수 있을지도 모르니까. 작은 셋방이라도 말이야."

"그렇지만 또 사우스필드에 가야 하면 어떡해요?"

앤젤린이 물었어요.

사우스필드는 흉악한 범죄로 유명한 곳이에요. 마약이나 뭐 그런 나쁜 일 말이에요.

"아니야. 사우스필드엔 절대 가지 않을 거야. 공원 벤치에서 자는 한이 있어도 사우스필드엔 절대 안 가."

"하지만 사우스필드밖에 없으면요?"

앤젤린이 끈질기게 물었어요.

"그럼, 여기서 계속 사는 거예요? 언니가 스코틀리 백화점에 살면서 다닐 수 있는 학교가 있어요? 내가 다닐 유치원은요?"

"생각해보자. 월요일에 말이야."

엄마 대답을 듣자 심장이 발뒤꿈치까지 내려앉는 기분이었어요. 나는 가능하면 그곳을 빨리 벗어나고 싶었거든요. 아늑하고 편안한 곳이긴 하지만, 생각해보세요. 누가 우리를 발견하기라도 하면 정말 끔찍한 상황에 몰린다고요. 그리고 어떻게 계속 숨어 있을 수 있겠어요. 들키는 건 시간문제였죠. 그러면 우리 보호자인 엄마는 심각한 문제에 부딪칠 게 뻔하잖아요. 엄마가 우리를 제대로 돌보지 못한다고 판단하면 사람들은 우리를 갈라놓으려고 할 거예요. 그러면 앤젤린과 나는 다른 곳으로 보내지고 엄마와 함께 지낼 수 없을 거예요. 그건 최악이에요. 그것보다 두려운 일은 없어요. 나 역시 공원 벤치에서 자는 한이 있어도 그런 일은 바라지 않아요. 가진 게 아무것도 없어도 괜찮아요. 우리 세 식구가 함께 있을 수만 있다면요.

과일 매장을 가로질러 식품 매장으로 가다가 문득 뭘 먹을 수 있을지 궁금해졌어요. 그러니까 내 말은 돈이 없어서 초콜릿도 못 먹는데, 식품 매장에 간다고 뾰족한 수가 있겠냐고요. 어차피 음식값을 치를 돈이 없긴 마찬가지잖아요. 하지만 엄마한테 물어보고 싶진 않았어요. 어떻게 돈을 내냐는 질문을 하면 엄마는 언제나 짜증을 내거든요. 그래서 그냥 입 다물고 지켜보기로 했어요.

식품 매장도 다른 매장과 마찬가지로 아름다웠어요. 교회만큼 컸는데, 긴 교회 의자 대신 음식이 가득한 진열대가 줄지어 있었어요. 교회 오르간만큼 큰 정육 코너도 있었어요.

시내에 있는 보통 식료품점과 비교하면 안 돼요. 선반에는 기가 막히게 맛있는 음식들이 가득했거든요. 물론 어떤 것들은 끔찍하게 보이기도 했어요. 소 혀를 넣은 젤리 통조림이나 호두 피클 같은 희한한 음식들도 많았어요. 냉장고 안에는 병에 담긴 징그러운 검정색 알 같은 것도 있었어요. 엄마는 그걸 캐비아라고 부른댔어요. 가격표를 봤는데 글쎄, 한 병에 100파운드나 하는 거예요. 100파운드라니! 울퉁불퉁 징그러운 그 검은색 알갱이가 100파운드라니! 모르긴 해도 맛은 더 끔찍할 것 같았어요.

식품 매장 한 구석에는 수족관도 있었어요. 보통 수족관에는 금붕어가 살잖아요. 하지만 가까이 가서 보니 그 안에는 금붕어가 아니라 게가 있었어요. 진짜 살아 있는 게랑 바닷가재가 수십 마리씩 엉켜 있었다고요. 엄마한테 왜 게들이 애완동물 매장이 아니라 식품 매장에 있냐고 물어봤어요. 그랬더니 엄마는 게들은 애완동물이 아니라고 했어요. 게를 애완동물로 키우는 사람은 없다고요. 게는 음식으로 파는 거래요. 글쎄, 게를 집으로 가져가서 뜨거운 물에 넣어 죽인다지 뭐예요.

지금까지 들어본 말 중에서 가장 끔찍한 말이었어요. 살아 있는 게를 뜨거운 물에 집어넣어 죽인다니! 순간 스코틀리 백화점이 싫어졌어요. 그리고 속으로 맹세했어요. 내가 커서 어른이 되면 스코틀리 백화점으로 돌아와 모든 게들을 풀어주겠다고. 어떻게든 게들을 모두 바다로 돌려보내줄 거예요. 그러면 나는 '게들의 친구' 혹은 '바닷가재에게 자유를 준 슈퍼 리비'로 알려지겠죠.

어떤 녀석이 날 물어서 아프게 하더라도 화내지 않을 거예요. 게는 그저 본능이 시키는 대로 했을 뿐이니까요. 그러니까 용서하고 이렇게 말할래요.

"잘 가, 널 탓하진 않을게. 네가 내 팔꿈치를 물어뜯어 팔 하나가 잘리더라도 말이야. 걱정하지 마. 내겐 초능력이 있거든. 팔은 곧 다시 자랄 거야."

그렇게 게를 구경하다가 뒤를 돌아봤어요. 쇼핑 바구니를 집어든 엄마와 앤젤린이 냉장고 앞에 서 있었어요. 인스턴트식품을 뒤지는 중이더라고요. 전자레인지에 살짝 데워 먹는 음식 말이에요.

"오늘 날짜가 찍힌 걸 찾아봐. 유통기한 말이야."

나는 두 사람을 도와주러 갔어요. 아니, 정확히 말하면 앤젤린을 도와주려고요. 앤젤린은 아직 글자나 숫자를 잘 읽지 못하거든요.

우리는 그날까지 팔아야 하는 것들을 몇 개 찾아냈어요. 엄마는 우리가 찾은 음식들을 살펴봤어요. 그중에 브로콜리를 곁들인 생선파이가 있었어요. 사실 나하고 앤젤린은 브로콜리를 그다지 좋아하지 않아요. 하지만 양배추보다는 낫죠. 다른 음식들에는 대부분 양배추가 들어 있더라고요.

"좋아. 이건 유통기한이 오늘까지야. 아직 팔리지 않았으니까 월요일에 다시 장사를 시작하면 버릴 음식들이지. 유통기한을 넘기게 되니까. 이런 건 우리가 먹어도 돼. 이건 절대 도둑질이 아니야. 굳이 따지자면 오히려 백화점을 도와주는 셈이지. 아깝게 버려지는 상품이 안 생기도록 아주 좋은 일을 하는 거라고."

엄마 말이 옳은지 그른지 도무지 알 수 없었어요. 옳은 것 같기도 하고, 아닌 것 같기도 했어요. 하지만 잘 생각해보면 엄마가 옳았던 것 같아요. 그건 절대 도둑질이 아니라고 생각해요. 우리가 먹지 않았더라도 어차피 버려졌을 테니까요. 그러니까 우리가 잘못한 건 아니라고 생각해요. 게다가 상한 음식도 아니었으니 그대로 버리면 아깝잖아요. 어디를 보나 멀쩡했거든요.

"하지만 엄마, 음식이 차가워요. 차가운 브로콜리랑 생선파이를 어떻게 먹어요? 한마디로 우웩이에요. 접시도 없고, 칼도 없고, 포크도 없고, 컵도 없고, 컵받침도 없고, 또……."

앤젤린이 투정을 부렸어요.

"걱정 마. 엄마한테 생각이 있으니까. 하지만 먼저 오늘 안에 먹어야 하는 푸딩이 있는지 살펴봐. 마실 것도."

우리는 다시 냉장고를 훑어봤어요. 그러다 커다란 바닐라요구르트 한 통과 저지방우유 한 통을 찾아냈어요. 둘 다 유통기한이 딱 그날까지였죠.

"그래, 이 정도면 됐다. 하나씩 들고 따라와."

엄마는 생선파이, 나는 요구르트, 앤젤린은 우유를 들었어요. 그런 다음 지하로 내려갔어요. 물론 에스컬레이터를 걸어서요. 지하에는 램프와 전구, 주방용품과 가전제품을 판매하는 매장이 있는데, 위층보다 어두웠어요. 창문이 없어서 밖에서 작은 불빛 하나도 들어오지 않았거든요. 그렇다고 아무것도 보이지 않는 건 아니었어요. 붉은색 비상구 표시등이 희미하게 비추고 있었어요. 세탁기, 냉장고, 빨래건조기, 식기세척기 등등 진열된 물건의 행태는 알 수 있었죠.

엄마는 진열대에서 손전등 하나를 집어 들었어요. 그리고 불빛을 비춰 벽에 있는 스위치를 찾아냈어요. 엄마가 스위치를 올리자 커다란 램프 몇 개에 불이 들어왔어요.

"이제 좀 낫네. 따라와."

우리는 엄마를 따라 지하 매장을 가로질렀어요. 전기포트와 냉장고, 다른 가전제품들을 지나 전자레인지 진열대에 도착했어요.

"됐다. 어디 좀 보자."

엄마가 전자레인지 뒷면을 이리저리 살폈어요. 그리고 전기 코드가 꽂혀 있는 전자레인지를 발견했어요.

"좋았어. 이걸 쓰면 되겠네."

엄마가 생선파이 뚜껑을 열었어요. 그런 다음 전자레인지에 넣고 타이머를 돌렸어요.

"됐다. 이제 접시를 가져와야겠다."

주방용품 매장 그릇 진열대로 간 엄마는 '2급품, 재고 소진용 세일 상품'이라고 적힌 접시 세 개와 '파티용 플라스틱 용기, 할인'이라고 적힌 그릇 세 개, 서로 짝이 맞지 않는 나이프와 포크, 그리고 잡동사니 바구니에서 이가 빠진 국자와 티스푼을 가져왔어요.

엄마는 '스테인리스 재질, 오염 방지 매직코팅, 한 번만 닦아도 말끔해져요'라고 적힌 식탁 위에 접시, 그릇, 나이프, 포크를 늘어놨어요. 의자 세 개를 끌고 온 다음 식탁 위에 코르크 냄비 받침도 깔았어요. 생선파이가 뜨겁게 데워졌는지 전자레인지에서 '땡' 소리가 났어요. 엄마가 '안전한 이중 누빔 오븐 장갑'이라고 적힌 오븐 장갑을 선반에서 가져왔어요. 그런 다음 장갑을 끼고 포일 쟁반을 '절대 타지 않고, 그을지 않고, 연기가 나지 않아요'라고 적힌 코르크 받침 위에 올려놨어요. 그리고 엎지르지 않도록 조심하며 브로콜리를 곁들인 생선파이를 그 위에 올렸어요. 엄마는 국자로 생선파이를 하나는 많이, 하나는 보통, 하나는 적게 세 덩이로 나눴어요. 많은 것은 엄마가, 보통 것은 내가, 적은 것은 앤젤린이 먹을 몫이었죠.

우리는 그렇게 앉아서 김이 모락모락 나는 생선파이를 바라봤어요. 어찌나 배가 고픈지 브로콜리 냄새도 아주 좋게 느껴졌어요. 정말이지 최고였다니까요. 김이 모락모락 피어오르는 따뜻한

파이 냄새를 맡는 순간, 나는 숨이 넘어갈 정도로 배가 고프다는 사실을 깨달았어요.

"먹어도 돼요?"

앤젤린이 물었어요.

"잠깐. 우유를 따라 마실 컵을 가져와야겠어."

엄마가 말했어요.

엄마는 다시 주방용품 진열대를 이리저리 둘러보더니 플라스틱 컵 세 개를 들고 왔어요. 엄마 말이 절대 깨지지 않는 컵이래요. 우리가 그걸 일부러 깰 리는 없지만 어쨌든 깨지지 않는댔어요. 그러고 보니 엄마가 가져온 것들은 모두 흠집 방지, 얼룩 방지, 파손 방지라고 적힌 물건들이었어요. 다 먹고 난 다음에 깨끗이 닦아 새것인 양 진열대에 갖다 놓을 생각이었던 거예요.

이런 말을 해도 될지 모르겠지만 어쨌든 엄마가 꽤 똑똑하게 군 것 같았어요. 우리가 따끈한 파이와 찬 우유를 먹고 마시는 동안 엄마도 꽤 만족스러워하는 눈치였어요. 가전제품 매장에 있는 전자레인지를 생각해낸 걸 꽤 기발한 아이디어라고 여기는 모양이었어요. 매장을 구석구석 뒤져 접시와 포크, 나이프를 찾아낸 일도 마찬가지고요.

솔직히 말하면 엄마는 우리를 위해 엄청난 일을 해준 거예요. 우리를 스코틀리 백화점에 데려가서 살게 해줬고, 따뜻한 식사도 할 수 있게 해줬잖아요. 사실 다른 엄마들은 대부분 기가 막혀 할 거예요. 표정을 보니 경사님도 그런 것 같네요. 특히 저쪽에 있는 아줌마는 더 그런 것 같고요. 계속 혀를 차는 사회복지사 아줌마 말이에요. 엄마는 엄마 방식대로 우리를 돌봐줬어요. 그건 사실이에요. 우리는 부족한 게 없었거든요. 머리 위에 지붕도 있었고, 잠을 잘 수 있는 따뜻한 침대도 있었어요. 물론 장난감도 절대 부족하지 않았죠.

하지만 남의 집에 사는 생쥐 같긴 했어요. 그러니까 아무도 먹지 않는 떨어진 것들만 주워 먹는 생쥐요. 벽 틈에 사는 생쥐 말이에요. 엄마가 우리를 생쥐로 만들어놨다는 생각이 들었어요. 스코틀리 백화점은 거대한 저택이고 우리는 세 마리의 작은 생쥐였어요. 엄마 생쥐, 딸 생쥐요. 그래요, 우리 생쥐 가족은 스코틀리 백화점 지하 매장에서 그렇게 브로콜리와 생선파이를 먹었어요.

어쨌든 우리를 생쥐로 만든 게 그다지 자랑할 일은 아니잖아요. 엄마는 자기가 한 일을 아주 자랑스러워하는 것 같았지만, 나라면 그것보다 더 똑똑한 판단을 했을 거예요. 엄마한테 이런 얘기를 해야 할지 말아야 할지 잘 모르겠더라고요. 하지만 엄마를 부추기고 싶진 않았어요.

우리가 식사를 마쳤을 때였어요.

"어떠니, 얘들아? 어떻게 생각해? 이번만큼은 엄마가 썩 잘해냈지? 그렇지?"

엄마가 물었어요.

나는 엄마가 자기가 한 일을 스스로 뿌듯해한다는 사실이 정말 짜증 났어요.

"아뇨, 엄마. 절대 그렇게 생각 안 해요. 정말이에요. 솔직하게 말하는 거예요."

엄마가 특유의 눈빛으로 나를 바라봤어요.

"그래? 그렇단 말이지, 아가씨? 그럼 너라면 어떤 좋은 방법을 생각해냈을까, 올리비아?"

아무래도 엄마 심기를 건드린 모양이었어요. 엄마는 화가 났을 때만 나를 아가씨라거나 올리비아라고 부르거든요. 사실 엄마가 왜 나한테 올리비아라는 이름을 지어줬는지도 이해가 안 돼요. 화가 났을 때만 부를 이름이라면 굳이 필요가 없잖아요.

"글쎄요, 엄마. 지하 매장에서 밥을 먹은 건 괜찮아요. 가전제품 매장에서 음식을 따뜻하게 데운 것도 괜찮고요. 하지만 괜찮을 뿐이지, 좋은 일은 아니잖아요. 편리하지도 않고요."

"왜 그런데?"

엄마가 다시 물었어요.

"음, 설거지를 해야 하잖아요. 도대체 어디서 할 건데요?"

"그건 벌써 생각해뒀어, 올리비아. 설거지는 여자 화장실에서 할 거야."

"그렇군요."

나는 고개를 끄덕였어요.

"그럴 거라고 짐작했어요. 하지만 여자 화장실은 위층에 있잖아요. 그 얘기는 이걸 다 들고 올라가서 설거지를 한 다음에 다시 또 들고 내려와야 한다는 말이잖아요. 그리고 말끔하게 말랐는지, 깨진 건 없는지, 모두 제자리에 놨는지도 확인해야 하고요."

"그래서? 그럼 어떻게 하자고?"

"식당에서 저녁을 먹을 수도 있었잖아요."

엄마가 두 눈을 가늘게 뜨고 다시 특유의 표정으로 나를 쳐다봤어요. 하지만 엄마도 내 말이 옳다는 걸 인정하는 눈치였어요. 식당에는 접시도 있고, 나이프와 포크와 숟가락도 있으니까요. 컵과 잔은 물론이고요. 싱크대와 행주, 오븐도 있겠죠. 음식에 뿌려 먹을 케첩도 있을지 몰라요. 무엇보다 수고스럽게 그릇을 들고 여자 화장실로 갈 필요가 없었죠.

"흠, 생각해볼게."

엄마가 말했어요.

"뭘 생각해봐요?"

앤젤린이 물었어요.

"어서 파이나 먹어. 마실 수 있을 때 우유도 마셔두고."

하지만 엄마가 내 말을 인정한다는 사실을 알 수 있었어요.

6장
직원 전용 구역

스코틀리 백화점에는 식당도 많아요. 꼭대기 층에는 웨이터와 웨이트리스가 있는 근사한 레스토랑이 있고, 장난감 매장 옆에는 아이들을 위한 '간식 행성'이라는 식당이 있어요. 아이스크림 가게랑 셀프서비스 식당, 피자 가게랑 건강식품 매장도 있어요. 당연히 음료와 빵을 파는 카페도 있죠. 스페인 음식을 파는 '타파스 바'라는 식당, 일본 음식과 회를 파는 '스시 바'라는 식당도 있어요.

분명 어딘가에 직원식당도 있을 거라고 생각했어요. 그게 어딘지는 몰랐지만 그리 멀지 않은 곳에 있을 거라고 확신했어요. 아마도 직원 전용이라고 적힌 수많은 방들 중 하나인 게 분명했어요.

사실 직원 전용이라고 적힌 표지판을 볼 때마다 그 안에 뭐가 있는지 궁금해서 참을 수 없었어요. '비공개 구역', '관계자 외 출입금지' 같은 글씨가 적힌 문을 보면 꼭 안을 들여다보고 싶어지거든요. 엄마한테 말한 적은 없어요. 엄마는 못 들어가게 할 게 뻔하니까요. 하지만 내가 말하지 않으면 엄마도 나를 막을 리가 없잖아요. 그러면 아무도 말리는 사람이 없으니 결국 들어가봐도 되는 것 아니겠어요? 하지만 언제 그런 기회가 있겠어요?

엄마는 앤젤린이 남긴 생선파이를 마저 먹었어요. 그러고는 바닐라요구르트를 그릇 세 개에 나눠 담았어요. 우리는 요구르트를 모두 먹어치웠어요. 우유도 마지막 한 방울까지 다 마셨죠. 그리고 그릇을 들고 2층에 있는 여자 화장실로 갔어요. 세면대에서 설거지를 하고 손건조기에서 물기를 말렸어요. 그런 다음 그릇을 들고 다시 지하로 내려왔어요. 엄마는 화장실에서 가져온 휴지로 식탁을 닦은 다음 혹시라도 얼룩이 남지 않았는지 꼼꼼히 살폈어요. 그리고 사용한 물건들을 모두 제자리로 돌려놨어요.

저녁 식사는 그렇게 끝났어요. 빈 우유팩과 요구르트통, 생선파이 포장지는 스코틀리 백화점 쇼핑백에 넣어 꽁꽁 묶은 다음 쓰레기통에 버렸어요. 백화점 안에는 쓰레기통이 여기저기 있거든요. 그래서 그런지 굉장히 깨끗하고 잘 정리가 돼 있었죠.

우리는 침실 가구 매장으로 돌아갔어요. 별로 할 일이 없어서 조금 심심했죠. 그때가 7시 30분쯤이었어요. 사실 앤젤린은 잠자리에 들 시간이었지만, 토요일인 데다 스코틀리 백화점에서 밤을 보내는 것이 너무 흥분돼서 잠잘 생각을 까맣게 잊어버렸던 거예요. 마치 뭔가에 홀린 기분이었어요. 엄마가 커다란 여행가방에서 잠옷을 찾는 동안 나하고 앤젤린은 약간 정신이 나간 상태로 있었어요. 갑자기 신이 나서 침실 가구 매장을 이리저리 뛰어다니기도 하고, 패브릭 매장으로 가서 러그, 매트, 깔개 사이를 누비기도 했어요. 높이 쌓아놓은 카펫 더미로 기어올라 정신없이 뒹굴기도 하고 옆으로 구르고 물구나무를 서기도 했어요. 엄마는 그만두지 않으면 혼날 줄 알라고 소리쳤어요. 그래서 우리는 구르기를 그만뒀어요. 대신 에스컬레이터 난간에서 미끄럼을 탔어요. 엄마는 그것도 그만두라고 했어요. 바보 같은 놀이인 데다 위험하기까지 하다고요.

"이리 와서 잠옷으로 갈아입어!"

엄마가 다시 야단치듯 말했어요.

"이제 그만 뛰어다녀. 여긴 놀이터가 아니라 백화점이라고!"

하지만 우리한텐 놀이터였어요. 그랬다니까요. 세상에서 가장 큰 실내 놀이터였어요. 나 같으면 디즈니랜드나 뭐 그런 놀이공원에 가느니 스코틀리 백화점에 가겠어요. 물론 친구들 몇 명과 백화점을 독차지한다는 조건에서요. 스코틀리 백화점은 마법 같은 곳이에요. 정말이에요. 엄청나게 커서 마음대로 뛰어다닐 수도 있고, 구경할 것도 잔뜩 있잖아요. 이제까지 갔던 곳 중에서 가장 환상적인 곳이라니까요. 특히 밤에는 더해요. 으스스할 거라고 생각하죠? 어떤 곳은 그렇기도 해요. 하지만 전혀 무섭지 않아요. 으스스해도 재밌어요. 세상에서 가장 재밌는 곳이에요. 물론 처음에는 싫었어요. 하지만 지금은 그곳에서 영원히 살 수도 있을 것 같아요.

엄마가 침대 위에 잠옷을 올려놨어요.

"너희들 목욕을 해야 할 텐데. 그게 아니면 세수라도. 아, 다른 건 몰라도 양치질은 꼭 해야지. 다시 여자 화장실로 가야겠어."

"잠깐만요, 엄마."

내가 엄마를 불렀어요. 어떻게든 시간을 끌어서 잠자는 시간을 최대한 늦추고 싶었거든요.

"욕실용품 매장에 가봐요. 혹시 쓸 수 있는 욕조가 있는지 모르잖아요."

엄마는 또 특유의 표정으로 나를 바라봤어요.

"리비, 욕실용품 매장에 있는 욕조는 수도관하고 연결돼 있지 않아. 배수구도 하수도로 연결돼 있지 않고. 너도 엄마만큼 잘 알 텐데? 모두 전시품일 뿐이잖아. 오븐이나 텔레비전은 작동이 잘된다는 걸 보여줘야 하지만, 욕조는 그럴 필요가 없어. 안 그래? 욕조를 살 때 미리 사용해보고 사는 사람은 없으니까. 뭐, 사람들이 지나다니는 매장 안에서 벌거벗고 욕조에 들어갈 수도 없겠지."

"그러네요."

내가 대답했어요. 하지만 포기할 수 없었어요.

"그래도 혹시 모르잖아요. 물이 나오는 욕조가 하나는 있을지도 몰라요. 우리한텐 수건도 있잖아요. 백화점 수건을 쓰는 것도 아닌데, 어때요. 비누도 가져왔고요. 그러니까 잠깐 살펴보는 것도 괜찮을 것 같아요. 어떻게 생각해요?"

　엄마도 나랑 앤젤린처럼 스코틀리 백화점을 구석구석 구경하고 싶을 거라고 생각했어요. 엄마도 패브릭 매장을 돌아다니고, 잔뜩 쌓아놓은 카펫 더미 위에서 뒹굴고 싶었을 거예요. 하지만 어른이니까 그러지 못했을 뿐이죠. 어쨌든 엄마도 구경하고 싶었던 게 분명해요.

　"좋아, 그럼 모두 함께 욕실용품 매장에 가서 물이 나오는 욕조가 있는지 살펴보자. 하지만 아주 잠깐만이야. 자, 너희들은 각자 자기 수건을 들고 가. 엄마는 세면도구를 챙겨 갈 테니까."

　우리는 잠옷으로 갈아입었어요. 앤젤린은 앞쪽에 커다란 코끼리 코가 달린 폭신한 슬리퍼까지 신었고요. 그러고 나서 수건을 들고 욕실용품 매장이 있는 지하로 내려갔어요. 욕실용품 매장은 먼저 갔던 가전제품 매장 반대편에 있었어요. 우리는 엄마 오리를 따라가는 아기 오리처럼 엄마 뒤꽁무니에 바싹 붙어서 따라갔어요. 잠옷을 입고, 슬리퍼를 신고 스코틀리 백화점 안을 돌아다니고 있으니 왠지 모르게 따뜻하고 편안한 느낌이 들었어요. 큰 소리로 웃고 싶은 기분도 들었죠. 금방이라도 웃음이 터져 나올 것만 같았어요.

　"도대체 너희 둘은 뭐가 그렇게 우습니?"

　엄마가 뒤를 돌아보며 물었어요. 엄마는 엄한 표정을 지으려고 애쓰는 것 같았어요. 하지만 마음처럼 안 되는 눈치였죠. 우리는 조금 억울했어요. 웃음이 터질 것 같긴 했지만 웃진 않았거든요.
"난 절대 아니에요. 언니가 웃었어요."
앤젤린이 말했어요. 다른 때 같으면 나도 웃지 않았다고, 앤젤린이 거짓말을 한다고 따졌을 거예요. 하지만 그날 밤만큼은 그러고 싶지 않았어요. 잠옷 바람에 수건을 들고 스코틀리 백화점 안에 있으니까 옆에 있는 누구라도 꼭 끌어안고 싶은 기분이었거든요. 그래서 앤젤린을 번쩍 들어 꼭 안아줬어요. 우리는 한동안 싸우지 않았어요. 뭐 기껏해야 30분도 안 됐을 테지만요.

그렇게 다시 지하로 내려갔어요. 길도 눈에 익어서 어둑어둑한 지하까지 내려가는 데 별로 오래 걸리지 않았어요. 엄마는 전등을 몇 개 켰어요. 그리고 욕실용품 매장을 둘러봤어요. 물론 엄마가 예상한 대로였어요. 수도관이 연결돼 있는 욕조는 하나도 없었어요. 욕조는 모두 전시용이라 물을 받을 수 없었어요.

하지만 어쨌든 앤젤린과 나는 욕조를 하나 골라서 안으로 들어갔어요. 그냥 재미로요. 그리고 엄청나게 큰 욕조 안에서 목욕하는 시늉을 했어요. 다이빙대는 없었지만, 수영장만큼 큰 욕조였어요.
"이런 욕조를 사려면 엄청나게 큰 집에 사는 부자여야겠다."
엄마가 마치 부자들을 많이 알고 있는 사람처럼 진지하게 말했어요. 부자들이랑 욕실 얘기를 많이 나눠본 사람 같았다니까요.
"이 큰 욕조에 뜨거운 물을 가득 채우는 것도 문제지만, 이런 욕조가 들어가려면 욕실도 굉장히 커야 하거든."

엄마 말이 옳았어요. 그 욕조는 지난번에 우리가 살던 방보다도 큰 것 같았어요. 우리가 살던 집이 누군가의 욕조만큼도 안 된다는 사실이 너무 이상하게 느껴졌어요. 정말 이상한 기분이었어요.

매장에는 예쁜 욕조들이 많았어요. 황금색 수도꼭지가 달린 욕조도 있었죠. 그 욕조는 배수구 마개까지 황금색이었어요. 황금색 마개에는 황금 목걸이처럼 생긴 체인까지 달려 있었어요. 꼭 귀부인들이 거는 목걸이 같았어요. 돌고래 모양 수도꼭지가 달린 욕조도 있었어요. 둥근 욕조, 반원 모양 욕조, 오래된 저택에나 있을 법한 복고풍 욕조도 있었어요. '월풀 욕조'라는 욕조도 있었어요. 엄마가 그러는데 스위치를 누르면 따뜻한 물결이 이는 욕조래요. 난로 위에 올려놓은 주전자처럼 물거품이 막 일어난대요.

우리는 욕조에 앉아 한동안 즐거운 시간을 보냈어요. 그리고 부자가 돼서 큰 집에 살게 되면 사고 싶은 욕조를 하나씩 골랐어요. 하지만 물이 나오지 않아서 씻진 못했죠. 결국 엄마가 한마디 했어요.

"자, 얘들아, 이 정도면 됐다. 이제 화장실에 가서 양치질하고서 잠자리에 들어야지."

엄마는 진지했어요. 더 이상 실랑이해봤자 소용없을 것 같더라고요. 우리는 엄마를 따라 욕실용품 매장을 나와 불을 끄고 1층으로 올라갔어요.

"이쪽이야. 이번엔 계단으로 가자."

엄마가 말했어요.

그때까지 오르내리던 에스컬레이터 말고 계단을 이용한 건 정말 행운이었어요. 계단 층계참에 다다랐을 때 '직원 전용'이라고 적힌 문을 발견했거든요. '이거다' 하는 생각이 들었어요.

"엄마, 직원 전용이라고 적힌 이 문 말이에요."

내가 입을 열었어요.

"그런데?"

엄마가 의심스럽다는 표정으로 물었어요.

"직원식당은 아마 여기 있을 거예요. 직원 전용이라고 적힌 이 문 뒤에 말이에요. 그럴 것 같지 않아요?"

"그럴지도 모르지."

엄마가 여전히 경계심을 풀지 않고 고개만 끄덕였어요.

"그런데 왜?"

"음, 그러니까 이 문 뒤에 식당 말고도 다른 시설들이 더 있을 것 같아요. 이렇게 넓은데 직원들만 쓰는 화장실도 혹시 있지 않겠어요? 어쩌면 직원 샤워실도 있을지 몰라요."

"맞아요, 엄마."

꼬마 앤젤린도 끼어들었어요.

"직원들이 노는 풍선 궁전이 있을지도 몰라요."

"그래, 그럴 수도 있겠네."

엄마는 조금 의심스럽다는 표정으로 맞장구를 쳤어요.

"그럼 들어가봐도 돼요?"

"그래, 한번 들어가보자. 먼저 문이 잠겨 있진 않은지 확인해보고."

다행히 문은 잠겨 있지 않았어요. 엄마가 문을 밀었어요. 우리는 문 안으로 들어갔어요. 직원들만 들어갈 수 있는 특별한 공간으로 말이에요. 그곳은 손님들이 절대 볼 수 없는 공간이었고, 우리는 그곳을 몰래 들여다보려는 순간이었어요. 말하자면 무대 뒤에 감춰진 것들을 몰래 훔쳐보는 것 같았죠.

우리는 서둘러 엄마 뒤를 따랐어요. 서로 손을 잡고 이제껏 알지 못했던 공간으로 들어갔죠. 문 안쪽은 매장보다 좁고 어두웠어요. 그래도 앞은 볼 수 있었어요. 비상구 표시등이 있었고, 희미한 달빛과 거리의 불빛이 복도에 난 창문으로 스며들었거든요.

그런데 그 안은 그다지 좋아 보이지 않았어요. 매장과는 달리 직원 전용 구역에는 카펫이 깔려 있지 않았어요. 발소리가 그대로 나는 차가운 콘크리트 바닥이었죠. 복도를 따라 엄마의 구두가 또각또각, 우리의 슬리퍼가 칙칙 소리를 냈어요.

냄새도 별로 좋지 않았어요. 은은한 향수 냄새 대신 화장실 소독약 냄새, 아니 변기를 닦는 세제 냄새가 났어요. 어디선가 찬바람도 새어 들어왔고, 벽도 보기 흉한 초록색으로 칠해놨더라고요. 어둡긴 했지만 알 수 있었어요.

모든 게 조금 실망이었어요. 마술의 속임수를 알아낸 기분이랄까요. 마법이 모두 풀린 느낌이었어요. 그렇다고 마법이 완전히 풀린 건 아니지만, 아무튼 잠시 동안 그랬어요. 매장으로 돌아오면 마법은 다시 시작됐지만, '직원 전용'이라고 적힌 문 안으로 들어갈 때마다 그랬거든요. 사실 거기 자주 갔는데, 그때마다 백화점에 대한 신비감은 사라지고 평범한 세상으로 돌아온 느낌이었어요. 영화관에 갔을 때 받았던 느낌이랑도 비슷했어요. 영화가 끝나면 집으로 돌아가야 하잖아요. 영화 속 환상의 세계를 남겨둔 채, 차가운 세상으로 돌아가는 바로 그 기분 말이에요.

아무튼 우리는 직원 전용 복도를 걸었어요. 그러다 여닫이문 하나를 발견했죠. 그 문으로 들어가서 조금 더 걷다 보니 두 갈래 길이 나왔어요. 하나는 직원식당으로 가는 길이었고, 다른 하나는 샤워실로 가는 길이었어요. 벽에 공중화장실처럼 여자 그림과 남자 그림이 있고, 물방울이 떨어지는 샤워기 그림이 있었어요.

"아하!"

엄마가 소리쳤어요.

"여기 있다. 이제 씻을 걱정은 안 해도 되겠어."

우리는 그 길을 따라 더 걸어갔어요. 그리고 샤워기 그림이 붙어 있는 문 앞에 도착했어요. 그림 아래에는 '샤워실'이라고 적혀 있었어요. 그러니 헷갈릴 일이 전혀 없었죠.

안으로 들어갔어요. 그 안에는 샤워부스 세 개가 나란히 있었어요. 샤워기는 아주 반짝거렸고 새것처럼 보였어요. 엄마가 수도꼭지를 돌리자 샤워기에서 뜨거운 물이 콸콸 쏟아졌어요. 너무 뜨거워서 엄마는 우리 둘을 들여보내기 전에 수도꼭지를 찬물 쪽으로 조금 돌렸어요. 물이 시원스럽게 쏟아져 내렸어요. 폭포처럼요.

"정말 좋다. 그렇지?"

엄마가 씻고 있는 우리를 바라보며 말했어요.

"이제껏 묵었던 호텔 중에서 가장 좋은 호텔인데."

물론 농담이었어요. 이제까지 한 번도 호텔에 묵은 적이 없거든요. 하지만 엄마 말이 무슨 뜻인지는 잘 알고 있었어요. 그래서 한바탕 웃음을 터뜨렸어요. 우리도 이제껏 묵었던 호텔 중에서 가장 좋은 호텔이라고 말했어요.

샤워부스 안에는 무료 샴푸와 무료 샤워젤도 있었어요. 엄마는 '무료'라고 쓰인 것들은 우리가 원하는 만큼 자유롭게 사용해도 된다고 했어요. 물론 욕심을 내거나 나쁜 마음을 먹으면 안 되지만요. 그래서 머리도 깨끗이 감았어요. 이번만큼은 꼬마 앤젤린도 눈에 비누가 들어가지 않도록 조심했어요. 그래서 눈이 따갑다며 30분이나 호들갑을 떨 일은 없었죠. 수건을 스무 장이나 건네줘도 "수건, 수건!" 하면서 소리를 지를 일도 없었고요.

이건 분명히 짚고 넘어가야겠어요. 그 샤워젤은 정말 좋았어요. 굉장히 비싼 것이었나 봐요. 스코틀리 백화점에서 직접 만든 샤워젤이었어요. 그러니 얼마나 좋은 것인지 잘 아시겠죠?

엄마한테 샤워젤을 보여줬더니 엄마가 말했어요.

"아무래도 엄마도 샤워를 해야겠다."

샤워를 마치고 나니 그저 좋은 냄새가 아니라 아주 근사한 향기가 풍겼어요. 정말이에요. 이제까지 우리 몸에서 났던 냄새 중에서 가장 좋은 냄새였을 거예요. 아마 앞으로도 우리 몸에서 그렇게 좋은 냄새가 날 일은 없을 거예요. 100살까지 산다고 해도 말이에요.

직원 샤워실에는 무료 헤어드라이어까지 있었어요. 덕분에 우리 모두 머리를 말렸어요. 무료 바디파우더도 있었고, 샤워 후에 몸에 뿌리는 향수 비슷한 것도 있었어요. 무료 바디크림도 있었어요. 샤워실에 있는 것들을 모두 몸에 발랐을 거예요. 물론 조금씩요. 그리고 마지막에는 이를 닦았죠.

밖으로 나오기 전에 우리는 샤워실을 청소했어요. 우리가 들어왔을 때처럼 깨끗하게 해놨어요. 아니, 오히려 처음보다 더 깨끗해진 것 같았어요. 우리가 거기서 샤워를 했다는 사실을 아무도 눈치채지 못할 것 같았죠.

우리는 다시 복도를 따라 걸었어요. 돌아오는 길에 문을 살짝 열고 넓은 직원식당도 들여다봤어요. 어찌나 넓고 휑한지 "안녕" 하고 말하면 목소리 메아리가 되어 "안녕, 안녕, 안녕~" 하면서 사라질 정도였다니까요.

"서둘러. 이제 자야 할 시간이야. 이제 식당이 어디 있는지 알았으니 내일 아침 식사는 여기서 하면 되겠다."

엄마가 말했어요.

그리고 우리는 침실 가구 매장으로 돌아왔어요. 굉장히 늦은 시간이었어요. 그러니까 앤젤린한텐 꽤 늦은 시간이었다고요. 한 9시쯤 됐을 거예요. 앤젤린은 사다리를 타고 이층침대로 올라갔어요. 그리고 장난감 매장에서 빌린 노래하고, 춤추고, 울고, 오줌 싸는 커다란 인형 옆에 누웠어요. 엄마와 나는 앤젤린에게 뽀뽀를 하고 잘 자라고 인사했어요. 앤젤린을 기쁘게 하려면 인형에게도 뽀뽀를 해줘야 했어요. 몇 분 지나지 않아 앤젤린은 잠이 들었어요. 하지만 인형은 두 눈을 크게 뜨고 있었죠. 잠든 앤젤린 옆에 인형이 뜬눈으로 누워 있는 걸 보니까 좀 우습더라고요. 그런데 마치 잠자는 앤젤린을 지켜주는 것 같기도 했어요. 내가 아니라 그 인형이 앤젤린의 언니 같다는 생각도 들었고요.

앤젤린이 잠들자 엄마는 침대 위에 쓰러지듯 누워버렸어요. 정말로 피곤해 보였어요. 모든 것이 엄마에게 큰 부담이었을 거예요. 나 역시 모든 것이 큰 부담이었거든요. 애써 아무렇지 않은 척해야 했으니까요. 앤젤린이 깨어 있을 때는 모든 것이 재밌는 장난이고 대단한 놀이인 양 행동해야 했어요. 스코틀리 백화점에서 자는 일이 마치 크리스마스 다음으로 신나는 일이라는 듯 행동해야 했다고요. 하지만 나는 우리가 왜 스코틀리 백화점에서 자야 하는지 너무나 잘 알고 있었어요. 재미로 한번 해보는 일이 절대 아니었어요. 우리는 갈 곳이 없었거든요. 아니, 엄마가 갈 만한 곳이 없었다고 해도 되겠네요. 말하자면 우리는 홈리스였어요.

나는 엄마 침대로 다가가 누워 있는 엄마 옆에 앉았어요. 그리고 엄마가 눈을 뜨기를 기다렸죠.

"엄마, 언제까지 스코틀리 백화점에 있어야 해요?"

내가 물었어요.

"월요일까지. 이틀 밤이면 돼. 주말 동안만이야. 그리고 월요일 아침엔 주택부에 가서 우리가 묵을 곳이 있는지 알아보자. 걱정하지 마, 리비. 다 잘될 거야."

"하지만 엄마."

엄마는 내가 무슨 말을 하거나 따지지 않길 바랐을 거예요. 엄마 마음을 너무나 잘 알고 있었죠. 하지만 따질 수밖에 없었어요.

"하지만 엄마, 사우스필드에 있는 방밖에 없으면요?"

엄마가 일어나 앉았어요.

"사우스필드엔 절대 안 가. 내 아이들을 그런 곳에서 자라게 하진 않을 거야."

엄마가 대답했어요.

"하지만 거기밖에 없으면 어떡해요? 그다음엔 어쩌죠?"

"좀 더 두고 보자, 리비. 좀 더 두고 보자고."

엄마는 늘 그런 식이에요. 내가 뭔가 어려운 질문을 하면 언제나 같은 대답이죠. 그래서 나는 사람들이 조금 기다려보라고, 좀 더 두고 보자고 하는 말이 제일 싫어요. 나도 알아야겠단 말이에요. 지금 당장요! 하지만 엄마와 함께 있으면 아무것도 보이지 않았어요. 엄마는 기다려보자고, 좀 더 두고 보자고 했지만 그저 기다릴 뿐 확실한 건 하나도 없었어요. 그래서 나는 그 말이 무척 싫었어요.

엄마는 다시 눈을 감았어요.

"엄마, 우리가 스코틀리 백화점에 살면 아빠가 어떻게 편지를 보내요?"

"우체국에서 보관해줄 거야, 리비. 그리고 우린 여기서 사는 게 아니야. 이틀만 지낼 뿐이지. 그게 다야."

엄마는 또다시 눈을 감았어요.

"엄마."

"리비, 왜 또?"

"만약 우리가 들키면요?"

"우리가 누구한테 들킨다고 그러니?"

"누군가 우리를 볼 수도 있잖아요."

"도대체 누가?"

"콧수염 아저씨요."

"콧수염 아저씨가 누군데?"

"왜 있잖아요. 백화점에서 문 잡아주는 아저씨 말이에요."

"그 사람은 안으로 들어오지 않을 거야. 안 그래? 도어맨이 아니라면 모를까. 문 앞에만 있는 사람이잖니. 그러니까 절대 안으로 들어오진 않을 거야. 더구나 지금은 주말이잖아. 그 사람은 지금 집에서…… 그래, 집에서 도어맨이 주말에 하는 일을 하고 있겠지."

문득 콧수염 아저씨가 자기 집 문 앞에서 식구들이 들어오고 나갈 때마다 '어서 오십시오', '안녕히 가십시오' 하고 인사하는 모습이 떠올랐어요.

"콧수염 아저씨라면 '이렇게 찾아주셔서 감사합니다, 어머니' 하고 말할 것 같아요. '콧수염네 집에서 쇼핑해주셔서 감사합니다' 하고 말할지도 모르고요."

"아니다, 아들아. 내가 더 고맙지. 휘파람을 불어서 택시를 좀 불러주겠니? 아니, 그보다 버스를 세워주면 더 좋겠구나. 택시는 조금 비싸서……."

엄마가 맞장구를 치다가 말끝을 흐렸어요.

"하지만 엄마."

나는 엄마가 잠들지 못하게 옆구리를 쿡 찔렀어요.

"왜, 리비?"

"경비원이나 다른 사람이 있으면 어떡해요? 경비 회사에서 올지도 모르고요."

"괜찮을 거야. 확실해."

"하지만 정말로 오면 어떡해요? 그래서 우리가 들키면요?"

"그건 그때 가서 생각해보자."

"하지만 난 정말 걱정이 돼요, 엄마."

"그럼 걱정 좀 그만해. 이 세상엔 그런 일 말고도 걱정할 일이 많단다, 리비. 그렇게 걱정이 많으면 결코 행복해질 수 없어."

"하지만 엄마, 다른 문제도 있어요. 도대체 여기서 어떻게 나갈 거예요?"

"그건 또 무슨 말이니?"

"월요일 아침에 여기서 어떻게 나갈 거냐고요? 사람들이 우릴 볼 거 아니에요?"

"어디 숨어 있다가 문이 열리자마자 몰래 나가면 돼."

"하지만 늦잠을 자면요? 우리 알람시계는 고장 났잖아요. 그러니 알람시계만 믿고 있을 수도 없어요. 7시에 맞춰놔도 10시까지 울리지 않는다고요."

"그럼 내일 시계 매장에 가서 적당한 시계를 하루만 빌리자."

"그렇지만 엄마."

"아무 일 없을 거야, 리비. 그러니 걱정하지 마. 그저 즐길 수 있을 때 마음껏 즐겨. 스코틀리 백화점에서 하룻밤을 보내고 싶어 하는 아이들이 아마 수천 명은 될걸? 아마 너랑 입장을 바꾸고 싶어 할 거야."

'맞아요, 엄마. 그 아이들은 모두 좋은 가족과 집이 있어요. 나도 그 아이들과 입장을 바꾸고 싶네요.'

엄마 말을 듣고 있자니 이런 생각이 들었어요. 하지만 차마 말하진 못했어요.

"기운 내, 리비. 넌 참 강한 아이야. 네가 없었다면 아무것도 못했을 거야. 앤젤린도 어디든 너만 졸졸 따라다니잖니."

"엄마, 아니에요. 난 절대 강한 아이가 아니라고요."

"넌 강해."

어쩌면 그럴지도 모르죠. 하지만 나 자신에게만큼은 절대 강하지 않아요. 내가 아는 나는 부들부들 떠는 젤리 같은 아이인걸요.

"알겠어요. 잠깐 동안은 아무 걱정 안 하도록 애써 볼게요. 하지만 곧 다시 걱정이 될 거예요. 내일 아침 눈 뜨자마자요."

"그럼 적어도 잠은 푹 잘 수 있겠구나. 그걸로 됐다."

"엄마, 난 가끔씩 꿈속에서도 걱정을 하는걸요."

"엄마도 잘 알아. 그러니까 좋은 집을 찾아보려고 애쓰는 것 아니겠니? 다신 이사를 하지 않아도 되는 집을 찾아보자. 그러면 걱정하지 않아도 될 거야. 뭐 작은 걱정거리들은 늘 있겠지만."

"좋아요, 엄마. 하지만 도대체 언제 그런 집을 찾죠? 그리고 아빠는 도대체 언제 돌아오는 거예요? 이젠 아빠가 아예 기억조차 안 나요. 나한테 아빠가 있긴 한 거예요? 네?"

"물론이지, 리비."

"그럼 언제 돌아오시는데요?"

"기다려봐. 어디 두고 보자고. 그리고 이제 그만 잠 좀 자고."

"알았어요. 엄마 잘 자요."

"그래, 너도 잘 자라."

우리는 뽀뽀를 하고 서로 껴안았어요. 그리고 나는 이층침대로 가서 누웠어요. 나는 모든 걱정을 뒤로하고 곧 잠이 들었어요. 한 시간이나 두 시간쯤 그렇게 푹 잤나 봐요. 하지만 더 큰 두려움 때문에 잠에서 깨고 말았어요.

아니, 그렇다고 누가 없어진 건 아니었어요. 엄마는 그 자리에 그대로 있었어요. 커다란 기둥침대에서 깊은 잠에 빠져 있었죠. 그리고 앤젤린은 작은 숨소리를 내며 위층에서 자고 있었어요. 내가 두려웠던 이유는 우리 말고 다른 사람이 거기 있다는 사실 때문이었어요. 침실 가구 매장에 분명 다른 사람이 있었어요. 그리고 우리를 향해 다가오고 있었어요.

야간 순찰

수위 아저씨였어요. 아니, 경비원이라고 해야 하나요? 어쨌든 그런 사람 있잖아요. 제복을 입고 커다란 손전등을 들고 건물 안을 돌아다니는 아저씨요. 뭐가 잘못된 건 없나 구석구석 살피면서요.

어디서 나타났는지, 어떻게 들어왔는지 알 수가 없었어요. 승합차를 타고 와서 주차장에 세워놓은 다음, 열쇠로 백화점 문을 열고 들어오지 않았을까 싶어요. 야간 순찰을 해야 하니까요.

'저 아저씨 혼자일까? 백화점 안에 다른 경비원도 있으려나? 다른 층을 돌다가 지금 막 우리가 있는 층을 살피러 온 걸까?'

머릿속이 복잡해졌어요. 그러다 무서운 생각이 들었어요.

'만약 저 아저씨가 아까부터 쭉 여기 있었다면 어쩌지? 우리가 생선파이를 먹고, 샤워를 하고, 장난감 매장에서 노는 내내 여기 있었다면? 아까부터 계속 돌아다녔거나 사무실에 있었는데 우리가 그걸 전혀 눈치채지 못했다면?'

그 아저씨는 우리가 떠드는 소리를 다 들었을지도 몰라요. 그랬다면 언제든 우리를 잡으러 올 수 있었겠죠. 정말이지 그런 생각은 하고 싶지 않았어요. 모퉁이를 돌다가 생선파이와 브로콜리, 후식으로 바닐라요구르트를 먹는 우리를 발견했을 수도 있고요. 생선파이는 유통기한이 지난 거였지만 그래도 분명히 우리를 안 좋게 생각했을 거예요.

'그럼 이제 어쩌지? 만약 저 아저씨가 침대에서 자고 있는 우릴 발견하면 어쩌지? 하긴 당연히 우릴 발견하겠지. 우리 쪽으로 걸어오고 있는데. 바로 우리가 누워 있는 침대 쪽으로 걸어오고 있잖아. 우릴 보진 못하더라도 소리는 분명 들을 거야. 엄마는 드르렁드르렁 코를 골고, 앤젤린은 쌕쌕대면서 자니까. 앤젤린은 컵 바닥에 남은 우유를 빨대로 빨아 먹는 소리를 내잖아. 엄마 코 고는 소리도 대단하고. 꼭 바위가 굴러떨어지는 소리 같으니까.'

내 머릿속에서 온갖 생각이 맴돌았어요. 하지만 다행히 그 순간만큼은 둘 다 조용했어요. 하지만 더 가까이 다가온다면 분명히 우리 소리를 들을 것 같았어요. 백화점 안은 조용했거든요. 들리는 소리라곤 두꺼운 이중창 넘어 새어 들어오는 차 소리와 온풍기의 낮은 소음뿐이었어요. 그리고 그 소리는 너무 작았어요. 그래서 매장 안에 푹신하고 두툼한 카펫이 깔려 있는데도, 경비원 아저씨의 발소리가 또렷하게 들렸어요.

앤젤린의 숨소리는 아주 작긴 했지만 내게 아저씨 발소리가 들리듯 아저씨에게도 앤젤린의 숨소리가 들릴 게 뻔했어요. 하지만 경비원 아저씨의 귀가 나만큼 좋진 않을지도 모른다는 생각이 들었어요. 사람이 나이를 먹으면 귀도 점점 안 좋아진다잖아요. 어쩌면 경비원 아저씨가 아주 늙은 사람이어서 앤젤린의 숨소리를 전혀 못 들을 수도 있죠. 하지만 그렇게 늙은 사람은 아닐지도 몰라요. 아주 늙은 사람이 어떻게 경비원이 되겠어요? 할아버지 경비원이 도둑을 쫓으며 "도둑 잡아! 도둑이야!" 하고 소리칠 수 있겠어요? 도둑도 할아버지 경비원한텐 잡힐 리가 없죠. 아주 늙은 도둑이라면 또 모를까요.

경비원 아저씨는 점점 다가왔어요. 이제 내가 아저씨를 알아볼 정도가 됐어요. 아저씨는 손전등으로 매장 안을 이리저리 비췄어요. 우리가 있는 곳에서 불과 100미터도 떨어지지 않은 곳이었어요.

그때 경비원 아저씨가 갑자기 휘파람을 불기 시작했어요. 오싹하고 날카로운 소리에 깜짝 놀라 자리에서 일어날 뻔했다니까요. 그랬다간 앤젤린이 자고 있는 침대 바닥에 머리를 부딪혔을 거예요. 하지만 나는 얼른 정신을 차렸어요.

'계속 불어요. 휘파람을 계속 불라고요. 최대한 시끄럽게 부세요. 아주 시끄럽게 불어서 앤젤린이 쌕쌕거리는 소리가 들리지 않게 해주세요. 바로 옆을 지나더라도 절대 듣지 못하게 말이에요.'

나는 마음속으로 빌었어요.

경비원 아저씨는 매장 안의 두 통로가 엇갈리는 곳까지 왔어요.

우리에게서 멀지 않은 곳이었어요. 아저씨가 오던 길로 곧장 걸어 온다면 우리는 끝장이었어요. 하지만 오른쪽이든 왼쪽이든 방향을 튼다면 안심해도 될 것 같았죠.

그런데 경비원 아저씨는 뭔가를 기다리는 것 같았어요. 이상하게 휘파람을 불며 기다리기만 하더라고요. 마치 어느 쪽 길로 갈지 고민하는 사람처럼 말이에요. 바로 그때, 누군가의 말소리가 들렸어요. 허리춤에 찬 무전기에서 들리는 것 같았어요. 치직거리는 소리 때문에 전혀 알아들을 수 없었지만 아저씨는 알아들었는지 이렇게 대답했어요.

"여긴 브라보 원. 스코틀리 백화점은 거의 다 돌아봤다. 현재 시각은 0시 25분. 15분 정도 더 걸릴 것 같다. 그리고 다음 장소로 이동하겠다. 오버."

바로 내가 알고 싶었던 내용이었어요. 하지만 나 혼자만 알아선 안 될 내용이었죠. 엄마도 그 상황을 알아야 했어요. 하지만 너무 큰 모험이었어요. 경비원 아저씨 몰래 엄마를 깨워야 했으니까요. 물론 경사님은 내가 바보 같은 짓을 했다고 생각하겠죠. 그건 경사님이 우리 엄마를 잘 몰라서 그러는 거예요. 만약 내가 아침에 일어나서 "어젯밤에 경비원 아저씨가 왔었어요. 잠옷 바람으로 자다가 들킬 뻔했어요" 하고 말한다면 엄마는 분명 꿈이라고 할 거예요. 아니면 그게 뭐 대수냐고 아무렇지 않은 척하거나요.

어느 가족이나 걱정 담당이 있잖아요. 우리 가족 중에선 내가 걱정 담당이에요. 유난히 걱정을 많이 하거든요. 오히려 엄마는 걱정을 안 하는 편이에요. 너무 걱정을 안 해서 탈이라니까요. 엄마를 걱정하게 만드느니 구멍 난 자전거 바퀴에 바람을 넣는 게 쉬울걸요. 보나마나 내가 지는 게임이에요.

걱정도 가끔 필요하잖아요. 안 그래요? 너무 아무 걱정이 없으면 별별 바보 같은 일들을 겪게 되니까요. 낙하산 없이 비행기에서 뛰어내린다고 상상해보세요. 사람들이 위험하다고 말려도 "걱정할 필요 없어. 난 연못이나 짚더미 위로 떨어질 거야" 이러면서요.

우리 엄마가 좀 그런 식이에요. 엄마가 그날 밤 순찰을 돌던 경비원 아저씨에 대해 진지하게 고민하게 하려면 엄마를 깨워서 그 아저씨를 보여줘야만 했어요. 정말 위험한 일이긴 했어요. 엄마는 잠에서 깨면 기지개를 켜며 큰 소리로 "아아아아흠" 하고 하품을 하거든요. 그날 밤만큼은 엄마가 큰 소리로 하품을 하도록 그냥 놔둘 수 없었어요. 엄마가 하품을 못 하게 조치를 취해야 했어요. 그러려면 살그머니 이층침대 밖으로 나가서, 기둥침대로 올라가 얼른 엄마 입을 막아야 했어요. 그리고 나서 엄마를 살짝 건드려 깨우는 거예요. 모든 것을 들키지 않고 해야 했죠.

나는 생각한 대로 움직였어요. 먼저 천천히 이층침대에서 빠져나와 푹신하고 두툼한 카펫이 깔린 곳까지 기어갔어요. 거기서 몇 바퀴 굴러서 기둥침대 아래쪽까지 갔어요. 그리고 엄마가 누워 있는 쪽으로 가서 무릎을 땅에 대고 천천히 일어섰어요. 손으로 엄마 입을 덮고 손가락으로 엄마 옆구리를 쿡 찔렀어요. 엄마가 눈을 번쩍 떴어요. 손 아래로 엄마 입이 천천히 벌어졌죠. 이제 곧 "아아아아흠" 하고 하품이 터져 나올 차례였어요. 나는 힘껏 엄마의 입을 막았어요. 엄마 눈과 내 눈이 마주쳤어요.

"엄마."

내가 엄마 귀에 대고 속삭였어요.

"여기 누가 있어요."

나는 경비원 아저씨 쪽으로 눈을 돌렸어요. 엄마 눈도 내 눈을 따라 움직였어요. 나는 엄마 입을 막았던 손을 떼고 손가락을 내 입술에 갖다 댔어요. 엄마는 조금 겁을 먹은 눈치였어요. 드디어 엄마가 걱정을 하나 싶었죠. 우리는 경비원 아저씨가 어느 방향으로 움직일지 고민하는 모습을 가만히 지켜봤어요. 드디어 아저씨가 마음을 정한 것 같았어요. 경비원 아저씨는 우리를 향해 곧바로 걸어왔어요.

'이런, 안 돼, 안 돼, 안 돼!'

바로 그때였어요. 경비원 아저씨의 무전기가 다시 치직 소리를 냈어요. 아저씨는 걸음을 멈추고 무전기 소리에 귀를 기울였어요. 그리고 이렇게 말했어요.

"알았다, 오버. 막 마치고 가려는 참이다. 곧 내려가겠다."

경비원 아저씨는 몸을 돌려 오던 길로 되돌아갔어요. 잠시 후 에스컬레이터를 걸어 내려가는 발소리가 들렸어요. 이제 안전했어요. 적어도 당분간은요.

꼬마 앤젤린은 여전히 쌕쌕대며 자고 있었어요.

'그래, 넌 아무 걱정 마. 걱정은 나 혼자 할게. 나만을 위해서 하는 걱정이 아니야. 엄마와 너를 위해서이기도 해.'

나는 그렇게 생각했어요.

앤젤린이 아직 꼬마인 건 그 애 잘못이 아니에요. 아무 걱정 없이 그저 쌕쌕대며 잠만 자는 게 어째서 그 애 잘못이겠어요.

"엄마! 이제 어떡해요?"

"괜찮아, 리비. 이제 갔잖아. 우리도 그만 자면 돼."

엄마가 속삭였어요. 그러더니 정말로 다시 눈을 감아버리는 거예요.

'다시 자라고?'

정말이지 그 말을 믿을 수가 없었어요. 다시 자라고요? 방금 전에 그런 일을 겪었는데 자라고? 그런 상태에선 절대 잘 수 없었어요. 차라리 밤새 깨어 있는 편이 나을 것 같았어요. 아니, 앞으로 200년 동안은 계속 깨어 있고 싶었어요.

잠시 후 이층침대로 돌아온 나는 마음을 가라앉히려 애썼어요. 머릿속으로 양을 세기도 했어요. 오스트레일리아에 사는 양보다 더 많이 세었는데 소용이 없었어요. 도무지 마음이 진정되지 않았어요. 그래서 다시 엄마 침대로 갔어요.

엄마 곁은 포근하고 아늑했어요. 엄마한테서 스코틀리 백화점 샤워젤과 바디파우더 향기가 은은하게 풍겼어요. 엄마를 두 팔로 꼭 끌어안고 싶었어요. 그러면 엄마가 나를 안고 "모두 다 괜찮을 거야" 하고 말해줄 것 같았죠. 하지만 바로 그게 문제예요. 엄마는 너무 쉽게 모두 괜찮을 거라고 얘기하니까요. 특히 엄마가 뭔가 큰 잘못을 저지르고 있을 때는 더하죠. 내가 아는 한 엄마는 절대 미래를 위해 준비하는 사람이 아니거든요. 나는 엄마한테 잔소리를 해야 했어요.

엄마는 내가 옆에 누워 있다는 걸 알아차리고 눈을 떴어요.

"안녕, 리비. 괜찮니? 나쁜 꿈이라도 꿨어?"

"나쁜 꿈이 아니에요, 엄마. 이건 나쁜 현실이라고요. 아까 그 경비원 아저씨 말이에요. 다시 돌아오면 어떡해요?"

"돌아올 리 없어, 아가. 하룻밤에 한 번만 둘러보는 걸 거야. 그러니까 오늘밤엔 다시 오지 않을 거야. 아침까진 괜찮아."

"하지만 다시 돌아오면요? 다시 돌아오면 어떡해요?"

"글쎄, 이번에도 우릴 발견하지 못했잖니. 아마 다음번에도 못 보고 지나칠 거야."

"하지만 발견하면요, 엄마?"

"글쎄, 그러진 못할 것 같은데."

"내일은요? 일요일 밤엔 또 어떡하냐고요? 여기 계속 있을 순 없어요. 침실 가구 매장에 계속 있으면 안 된다고요. 분명히 들킬 거예요. 다음번엔 다른 사람이 올지도 몰라요. 두 명이 올지도 모르고요. 도대체 내일은 어떡할 거예요?"

"일요일이라서 오지 않을지도 몰라, 리비."

"오면 어떡할 건데요?"

"글쎄, 그건 내일 생각해보자. 알았지? 그럼 잘 자."

"하지만 엄마…… 엄마……."

아무 소용 없었어요. 엄마는 곧바로 잠이 들어버렸어요. 마치 따뜻하고 안전하고 아늑한 우리만의 작은 집에 있는 것처럼요. 세상에 걱정이라곤 하나도 없는 사람처럼 말이에요. 어떻게 그럴 수 있는지 도무지 모르겠어요. 정말로요. 내가 할 수 있는 일이라곤 토할 것 같은 기분으로 가만히 누워 있는 것뿐이었어요.

기둥침대에 누워 천장을 올려다봤어요. 그리고 주변을 둘러봤어요. 어둠 속에서 근처에 있는 것들이 하나둘 보이기 시작했어요. 옷장 뒤에서 불빛이 반짝이는 것 같기도 했고, 누군가 있는 것 같기도 했어요. 아무래도 자리에서 일어나 살펴봐야겠다는 생각이 들었어요. 그래서 서랍장과 화장대 뒤를 이리저리 살폈어요. "누구 있어요? 거기 누구 있어요?" 하고 계속 속삭였어요. 내가 겁이 없어서 그랬던 게 아니에요. 어찌나 무섭던지 가만히 있을 수 없었어요. 직접 가서 살펴보는 편이 나았거든요.

조금 안정이 된 나는 엄마가 있는 기둥침대로 돌아왔어요. 이층 침대로는 돌아가고 싶지 않았어요. 온기가 사라지기도 했지만, 그것보단 외로웠거든요.

베개를 베고 누워 다시 천장을 올려다봤어요. 오스트레일리아에 있는 양의 수는 이미 세었으니 이번에는 중국에 있는 찻잔의 수를 세기로 했어요. 그래도 잠이 안 오면 찻잔 뚜껑까지 셀 작정이었죠. 1만 60개까지 세었나, 눈꺼풀이 점점 무거워지면서 천천히 감겼어요. 마지막으로 기억나는 건 앤젤린의 쌕쌕거리는 소리와 엄마의 코 고는 소리였어요.

잠이 들 무렵, 전생에 무슨 죄를 지었기에 이렇게 태어났을까 하는 생각이 들었어요. 언제 마지막으로 봤는지 기억도 나지 않는 아빠와 걱정이라곤 모르는 천하태평 엄마라니. 그 엄마라는 사람은 주말을 보내자고 두 딸을 데리고 스코틀리 백화점으로 숨어들기까지 했잖아요. 그뿐인가요. 하나뿐인 꼬마 동생은 내내 웃기만 하다가 이젠 밤새 눈을 뜬 채 사람들이 보지 않을 때 오줌이나 싸는 바보 인형을 안고 잠들어버렸죠.

문득 내가 입양된 게 아닌지 궁금해졌어요. 내가 있어야 할 곳은 어딘가 다른 곳일지도 모른다는 생각이 들었어요. 내가 아기였을 때 요정이 나를 데려왔는지도 모르죠. 지하에서 본 욕조처럼 커다란 욕조가 있는 으리으리한 집에서 태어났는지도 몰라요. 근사한 침실이 있는 집인지도 모르고요. 그런 집이라면 밤 12시가 넘어 사람을 깨우는 경비원도 없을 거예요.

맞아요, 어쩌면 그럴지도 모른다는 생각이 들었어요. 나는 우리 가족이 아닐 수도 있다고요. 우리 가족은 어느 정신병원에서 도망쳐 나왔고, 나는 실수로 끼어들게 됐다고요.

하지만 나는 엄마 딸이 확실해요. 그게 사실이란 걸 너무 잘 알고 있어요. 엄마를 쏙 빼닮았거든요. 사실 당연히 그렇죠.

앤젤린의 숨소리와 엄마 코 고는 소리가 들려왔어요. 갑자기 두 사람한테 화가 났어요. 하지만 둘을 몹시 사랑하는걸요. 두 사람은 내 전부였어요. 그저 상황이 좀 달랐다면 더 좋았을 거란 얘기예요. 그게 다예요.

우리 가족도 다른 가족들처럼 평범했으면 좋겠어요. 언젠가 아빠를 만나면 좋겠어요. 아빠가 유전에서 돈을 잔뜩 벌어 오면, 근사한 집에서 살 수 있지 않을까요. 동화에서처럼 영원히 행복하게요. 내가 무엇보다 바라는 건 바로 그거예요.

그렇게 스르르 잠이 들었어요.

갑자기 들이닥친 청소부들

  동이 트고, 날이 밝아왔어요. 백화점 유리창에는 커튼이 하나도 없어서 해가 뜨자마자 백화점 안으로 햇빛이 쏟아져 들어왔어요. 백화점 안으로 쏟아진 햇살만 아니었으면 더 늦잠을 잤을 거예요. 나는 거의 뜬눈으로 밤을 새웠으니까요.
  꼬마 앤젤린이 가장 먼저 일어났어요. 눈을 떠 보니 앤젤린이 나를 가만히 내려다보고 있었어요. 커다란 인형도 앤젤린 옆에 있었죠. 인형은 전날 밤과는 달리 날이 밝은데도 눈을 감고 있었어요. 아무래도 모든 게 잘못 돌아가는 듯했어요.
  "왜 엄마 침대에서 잤어?"
  "좀 피곤해서."
  "불공평해. 나도 피곤하고 싶어!"
  앤젤린은 늘 공평하지 않다고 툴툴대요. 자기가 가진 게 다른 사람들이 가진 것보다 더 많을 때도요. 언젠가 앤젤린이 펄쩍 뛰면서 화를 낸 적이 있어요. 자기 사탕이 내 사탕보다 많다고요. 발을 구르며 미친 듯이 날뛰었다니까요.

"리비 언니 게 내 거보다 적잖아. 공평하지 않아, 불공평해!"

결국 사탕을 똑같이 나누고 나서야 겨우 조용해졌어요. 나는 일부러 앤젤린에게 사탕을 더 많이 준 건데 말이죠. 알다가도 모르는 게 바로 사람 속이에요. 특히 자매들끼리는 더 그래요. 이상하게도 자기가 손해를 봐야 행복하다고 느낀다니까요.

"엄마랑 자고 싶으면 오늘 밤엔 네가 엄마 침대로 와."

엄마가 앤젤린을 달랬어요.

"그 아저씨가 또 오면 어쩌려고요?"

내가 물었어요.

"어떤 아저씨?"

앤젤린이 끼어들었어요.

"아니, 아무것도 아니야. 자, 화장실 갈 사람 없니?"

물론, 우리 셋 다 화장실에 가야 했어요. 그래서 다른 일들은 제쳐두고 여자 화장실로 갔어요. 사실 그것 때문에 무척 짜증이 났어요. 여자 화장실까진 꽤 먼 거리였거든요. 갔다 오는데 10분은 걸릴 거예요. 보통 집에선 계단만 몇 개 올라가면 바로 화장실이잖아요. 하지만 백화점에선 화장실 한번 다녀오려면 정원에 나갔다 오는 기분이 들어요. 나중에는 신물이 날 지경이었어요. 화장실 갈 때마다 마치 탐험을 떠나는 느낌이었으니까요.

솔직히 말하면 스코틀리 백화점은 여자 화장실을 더 많이 만들어야 해요. 손님들의 편의를 위해서요. 고객 제안함이 있다면 그런 얘기를 써 넣었을 텐데, 이상하게 그런 건 없더라고요.

어쨌든 우리는 여자 화장실로 갔어요. 그리고 세수와 양치를 했어요. 그런 다음 침실 가구 매장으로 돌아와 옷을 갈아입었어요. 엄마는 빨래를 모아 작은 가방에 넣었어요. 물론 작은 가방은 다시 커다란 여행가방 안으로 들어갔죠. 내가 걱정스러운 마음에 말했어요.

"깨끗한 옷이 하나도 남지 않으면 어떡하죠?"

"빨래를 할 방법을 찾아볼게. 그러니까 그런 걱정은 미뤄둬."

엄마는 늘 그런 식이에요. 나중으로 미뤄두라는 건 걱정 따위는 전혀 하지 않겠다는 말이에요. 그냥 돌려서 말한 것뿐이죠.

"엄마, 나 배고파요. 아침은 뭐예요?"

꼬마 앤젤린이 물었어요.

"가서 뭐가 있나 찾아보자."

엄마가 대답했어요.

우리는 먹을 것을 찾으러 식품 매장으로 갔어요.

유통기한이 지난 시리얼을 찾으려고 시리얼 상자를 하나하나 꼼꼼하게 확인했어요. 하지만 하나도 찾을 수 없었어요.

"좋아. 어쩔 수 없구나."

엄마가 주머니에서 동전 몇 개를 꺼내며 말했어요.

"이번엔 사 먹도록 하자. 뭐 먹을래? 콘플레이크?"

"그런데 어떻게 사 먹어요, 엄마? 점원이 없잖아요."

내가 물었어요.

"계산기 옆에 돈을 놔두면 되지 않을까?"

엄마는 돈을 계산기 옆에 올려놨어요. 스코틀리 백화점은 시리얼이 지나치게 비싸다고 투덜대면서요. 다른 곳에선 더 싸게 살 수 있대요. 아마 엄마 말이 맞을 거예요. 하지만 스코틀리 백화점에서 파는 시리얼은 아주 좋은 시리얼인걸요. 스코틀리 백화점에서 파는 물건은 다 그렇잖아요.

어쨌든 운이 아주 좋았어요. 유통기한이 막 지난 우유를 찾아냈거든요. 아직 냄새도 괜찮았어요. 유통기한이 지난 빵도 찾아냈어요. 하지만 유통기한이 지난 버터나 잼은 찾을 수 없었어요. 그래서 할 수 없이 버터랑 잼도 사야 했어요. 계산대 위에는 작은 동전 탑이 세 개나 생겼어요. 그게 자꾸 마음에 걸렸어요.

"엄마, 물건값을 내려는 마음은 잘 알겠어요. 하지만 월요일 아침에 사람들이 계산대 위에 쌓여 있는 동전을 보면 이상하게 생각하지 않겠어요? 그러니까 수상하게 여기지 않겠냐고요? 주말 동안 누가 여기 들어왔었나 하고 의심할 수 있잖아요."

"하지만 물건값은 내야지, 리비. 돈을 안 내는 건 정직하지 않은 짓이야."

"그럼, 다른 방법으로 돈을 내면 되잖아요. 다른 사람들의 의심을 사지 않고 값을 치를 방법이 분명 있을 거예요."

"하지만 어떻게?"

"음, 그러니까, 일을 해주면 되잖아요. 콘플레이크하고 버터, 잼 값을 내는 대신에 일을 하자고요."

"어떤 일?"

"음, 청소를 하든가 정리를 해주든가 뭐 그런 일요."

"하지만 여긴 청소하는 사람이 따로 있을 거야. 이런 데는 원래 청소하는 사람이 있어."

"청소하는 사람이라고 해서 다 일을 잘하는 건 아니에요. 먼지랑 거미줄이 여기저기 있는걸요."

"맞아요, 나도 봤어요."

아마 한 번도 본 적이 없겠지만, 앤젤린이 끼어들었어요.

"그러니까 청소부들이 청소하지 않은 곳을 찾아서 치우면 어때요? 물건값만큼만 일을 하는 거예요. 한 시간 정도요?"

"그래, 좋아. 그렇게 하자. 하지만 각자 공평하게 자기가 맡은 일을 해야 해, 알겠지?"

엄마가 계산대 위에 올려놨던 동전을 다시 주머니에 집어넣으며 말했어요.

"당연하죠."

"그래, 그럼 가서 아침부터 먹자."

우리는 빵과 버터, 잼, 우유, 시리얼을 챙겨 직원식당으로 향했어요. 그런데 직원 전용이라고 적힌 문을 막 열고 들어서는데 또 다른 고민거리가 생겼어요. 엄마가 청소부 얘기를 했잖아요. 엄마 말이 옳았어요. 스코틀리 백화점 같은 곳이라면 청소부가 없을 리 없죠. 한두 명이 아니라 수십 명도 더 될걸요. 청소부들이 언제쯤 올까요? 청소부들이 와서 구석구석을 청소하기 시작하면 우리를 발견하지 않겠어요? 분명히 그럴 거예요. 경비원 아저씨 한 사람에겐 운 좋게 안 들켰지만, 수십 명이나 되는 청소부들을 피하긴 쉽지 않겠다는 생각이 들었어요.

내가 혼자 고민하는 동안 엄마는 선반에서 그릇을 가져왔어요. 엄마한테 청소부 얘기를 꼭 해야 했어요. 하지만 지금은 아니라는 생각이 들었어요. 아침을 먹으면서 할 얘기는 아닌 것 같았거든요. 더구나 꼬마 앤젤린도 있었으니까요.

직원식당은 정말 넓었어요. 그래서 그런지 약간 서늘했어요. 엄마는 주방도 보여줬어요. 사실 그런 주방에 들어가본 건 그때가 처음이었어요. 제법 신이 나더라고요. 우리는 주방에서 접시, 나이프, 숟가락, 유리잔을 챙겼어요. 그리고 빵도 구웠어요. 주방에는 피아노만 한 토스터기가 있었거든요. 토스터기는 막 닦은 은그릇처럼 빛이 났고, 식빵 넣는 구멍도 열두 개나 있었어요. 우리는 모든 구멍에 식빵을 채워 넣었어요. 그렇게 식빵을 열두 장이나 구워서 식탁으로 가져와 허겁지겁 먹어치웠죠. 그리고 나서도 세 장을 더 구워 먹었어요. 배가 몹시 고팠거든요.

"난 스코틀리 백화점에서 사는 게 좋아. 여기서 계속 살자."
앤젤린이 식빵을 입에 넣고 우물거리며 말했어요.
"그러자, 그럼."
엄마가 고개를 끄덕였어요. 나는 도저히 믿을 수 없다는 눈빛으로 두 사람을 쳐다봤어요.
우리한텐 우유가 있었지만, 오렌지주스였으면 더 좋겠다 싶었어요. 사실 직원식당에는 커다란 주스통이 있었거든요. 물론 엄마에게 달라고 하긴 싫었어요. 하지만 나도 모르게 계속 쳐다보고 있었나 봐요. 엄마가 눈치채고 물었어요.
"리비, 주스 좀 마실래?"
"글쎄요. 하지만 주스 한 잔 마시려면 일을 얼마나 해야 할지 궁금하긴 해요."
"엄마는 말이야, 홍차 티백 하나면 일을 얼마나 해야 할지 궁금하단다. 바로 저기 있잖아. 정말로 차 한 잔이 간절하구나."
"내 생각엔 차 한 잔에 먼지 털기 10분 정도면 될 것 같아요."
"엄마 생각엔 주스 한 잔도 그 정도면 될 것 같구나."
"나는? 나도 오렌지주스를 마시려면 일을 해야 해?"
앤젤린이 물었어요.
"아니야, 언니가 대신해줄게. 오렌지주스 두 잔 마시는 값으로 언니가 20분 동안 일을 하면 돼."
내가 얼른 대답했어요.

"고마워, 언니. 언니는 정말 착해. 가끔 재미없을 때도 있지만." 앤젤린이 말했어요.

그래서 나는 주스 두 잔을, 엄마는 티백 하나를 가져왔어요. 그런 다음 엄마는 물을 끓이러 주방으로 갔어요. 그런데 엄마는 티백 하나로 차를 두 잔이나 만드는 거예요. 공평하지 않다는 생각이 들었어요. 엄마는 차 두 잔을 마시면서 10분밖에 일하지 않는데, 나는 겨우 주스 한 잔에 20분이나 일을 해야 했으니까요. 그러다가 우리가 먹은 시리얼값도 엄마가 치러야 한다는 생각이 떠올랐어요. 그래서 아무 말도 하지 않기로 했어요.

우리는 아침 식사를 마치고 설거지를 했어요. 그리고 테이블도 깨끗이 닦았어요. 먹고 남은 음식은 커다란 냉장고 안에 집어넣었어요. 그 안은 이미 꽉 차 있어서 다른 것들과 섞이지 않게 우리 물건을 한쪽에 잘 치워뒀어요. 그렇게 다 치우고 나니 그 안에서 식사를 한 흔적은 전혀 찾아볼 수 없었어요. 우리가 오기 전 모습 그대로였어요. 굳이 따지자면 조금 더 깨끗해졌을 거예요.

"됐어. 이제 슬슬 청소를 시작해볼까? 음식값을 해야지."

우리는 엄마 말대로 했어요. 가정용품 매장에 있는 청소도구는 사용하지 않았어요. 엄마가 깨끗한 먼지떨이를 더럽히거나 아직 뜯지 않은 왁스를 사용하는 건 옳지 않다고 했거든요.

우리는 샤워실 옆에서 청소도구함을 찾아냈어요. 그 안에 대걸레, 빗자루, 먼지떨이 같은 것들이 있었어요. 우리는 필요한 것들을 챙겨 먼지 쌓인 곳을 찾아다녔어요. 청소부들이 흔히 빼놓는 곳 말이에요.

"엄마 생각엔 여기서 시작하는 게 좋을 것 같아. 매장 안은 관리가 아주 잘돼 있거든. 하지만 직원 전용 공간은 그렇지 않잖아. 그러니까 이 복도와 계단부터 청소하자. 넘어지지 않게 조심해."

우리는 청소를 시작했어요. 내가 바닥을 쓸고 닦는 동안 엄마는 청소도구함에서 찾아낸 진공청소기를 돌렸어요. 진공청소기 이름은 헨리였어요. 어떻게 알았냐고요? 그렇게 적혀 있었거든요. 이름이 붙은 진공청소기를 본 건 난생처음이었어요.

꼬마 앤젤린은 먼지떨이를 들고 이리저리 돌아다녔어요. 마치 누군가의 수호천사라도 된 듯 먼지떨이를 흔들어대면서요. 앤젤린은 그때도 커다란 인형을 끌고 다녔어요. 이제 그만 장난감 매장에 갖다 놓으라고 아무리 얘기해도 소용이 없었어요.

"알아, 알아. 그렇게 말하지 않아도 다 안다고!"

소리만 지를 뿐이었죠. 하지만 막상 갖다 놓으면 앤젤린이 무척 실망할 게 뻔했어요.

앤젤린은 그다지 도움이 안 됐어요. 먼지를 이리저리 옮겨놓기만 할 뿐이었죠. 그래도 열심히 하긴 했어요. 그리고 거의 1분마다 이렇게 말했어요.

"됐어. 이건 시리얼 한 조각어치야."

앤젤린은 분명 착한 아이라니까요. 단지 시리얼을 먹어치우는 게 시리얼값으로 청소를 하는 것보다 훨씬 빨랐을 뿐이에요.

우리는 어느새 청소를 즐기고 있었어요. 마치 먼지를 털어내듯 걱정을 털어버리는 느낌이었어요.

그렇게 한 시간쯤 일했어요. 그 정도면 우리가 먹은 시리얼, 잼 등등의 값을 치르고도 남은 것 같았죠. 바로 그때였어요. 먼지떨이와 왁스를 들고 여기저기 마무리를 하는데, 진공청소기 헨리가 내는 소리 너머로 다른 소리가 희미하게 들려왔어요.

"엄마, 잠깐 헨리 좀 꺼봐요. 무슨 소리가 나는 것 같아요."

"뭐? 뭐라고?"

"시리얼값 다 냈어?"

우리가 일손을 멈추는 걸 보고 앤젤린이 물었어요.

"쉿! 들어봐."

아까 들렸던 소리가 다시 들려왔어요. 처음에는 내 착각이라고 생각했지만 분명 아니었어요. 사실 전날 밤에 경비원 아저씨가 왔다 간 이후로 자꾸 놀라기도 하고 무슨 소리가 들리는 것 같기도 하고 그랬거든요. 하지만 이번에는 착각이 아니었어요. 백화점 안으로 누가 들어온 게 틀림없었어요. 그것도 한 사람이 아니라 떼로 몰려온 것 같았어요.

"이제 어쩌죠? 어디로 숨어야겠어요. 빨리 서둘러요. 청소도구함 안에 숨자고요! 아니면 여자 화장실에 들어가서 문을 잠그고 있을까요? 우리 셋이 같이 들어갈 큰 곳을 찾아야겠어요."

내가 허둥대며 말했어요.

"리비, 너무 최악의 경우만 생각하지 마. 그렇게 겁먹을 필요 없어. 우선 무슨 일인지 알아보자."

엄마가 나를 달랬어요.

엄마는 헨리를 복도에 내려놨어요. 그리고 커다란 창문이 있는 한쪽 구석으로 급하게 달려갔어요. 거기서는 스코틀리 백화점과 연결되는 골목이 한눈에 내려다보였어요.

나는 앤젤린의 손을 잡고 엄마 쪽으로 달려갔어요. 무슨 일인지 보려고요. 우리는 최대한 몸을 낮춰 살짝 아래를 내려다봤어요.

골목에는 승합차 네다섯 대가 서 있었어요. 승합차 지붕에는 '카터 청소회사'라고 적혀 있었죠. 많은 사람들이 차에서 내려 청소도구를 꺼내고 있었어요.

"청소부야. 청소부라고."

엄마가 작은 소리로 말했어요.

"하지만 청소부는 우리잖아요."

꼬마 앤젤린이 씩씩댔어요.

"진짜 청소부 말이야!"

내가 앤젤린에게 설명했어요.

"나도 볼래!"

앤젤린이 외쳤어요. 앤젤린은 무슨 일이든 꼭 끼고 싶어 하거든요. 그래서 내가 앤젤린을 안아 올려 골목을 볼 수 있게 해줬어요.

"와! 사람들이 정말 많다!"

앤젤린이 말했어요. 그렇게 신이 나서 떠들어댈 필요까진 없었는데 말이에요.

진공청소기 담당과 바닥청소 담당, 카펫청소 담당 청소부들이 보였어요. 아직 차에서 짐을 내리고 있는 사람도 있었고, 벌써 백화점 안으로 들어와서 일을 시작한 사람도 있는 것 같았어요. 몇 명인지는 정확히 알 수 없었어요. 골목에 있는 사람들만 여섯 명이 넘었고, 건물 안에도 이미 대여섯 명은 들어와 있는 것 같았어요.

아니, 그보다 더 많았는지도 몰라요. 스무 명쯤 되지 않았을까요? 백화점이 워낙 크니까요. 스코틀리 백화점처럼 어마어마하게 큰 건물을 청소하려면 당연히 많은 사람이 필요하겠죠. 방이 100개나 되는 집을 청소하는 것과 마찬가지잖아요. 아니, 1,000개나 되는 집이라고 해도 되겠네요.

청소기 돌리는 소리가 위아래, 사방에서 들려왔어요. 우리는 완전히 포위됐죠. 개미들이 떼로 몰려와 보이는 대로 먹어치우고 초토화시키는 분위기였다니까요. 직원 전용이라고 적힌 문을 밀고 들어와 우리를 발견하는 건 그야말로 시간문제였어요.

"엄마."

나는 겁에 질린 얼굴로 다급하게 엄마를 불렀어요.

"이제 어떡해요? 어디로 숨어야 해요. 어서요!"

"와, 신난다!"

앤젤린은 숨자는 말에 신이 나서 떠들어댔어요.

"숨바꼭질. 백시랑 내가 먼저 숨을래. 언니가 20까지 세."

아, 백시는 커다란 인형, 그러니까 크리스타벨의 애칭이에요.

"이번엔 진짜로 숨어야 한다고. 숨바꼭질이 아니란 말이야."

내가 소리쳤어요. 하지만 앤젤린은 이해하지 못하는 눈치였어요.

도대체 어디로 숨어야 할까요? 청소부들을 피해 숨는다는 건 말이 안 되잖아요. 안 그래요? 꼼꼼한 청소부가 아니라면 모를까, 꼼꼼한 청소부라면 한 곳도 빠뜨리지 않을 테니까요.

청소도구함에도 숨을 수 없었어요. 누군가 빗자루를 꺼내려고 청소도구함 문을 열면 끝장이니까요. 화장실에도 숨을 수 없었어요. 변기 안에 초록색 소독약을 넣으려면 화장실 문을 하나하나 다 열고 들어갈 테니까요..

하지만 스코틀리 백화점처럼 큰 건물에 우리가 숨을 곳이 하나쯤 없겠어요? 정 안 되면 옥상으로 올라가면 될 것 같았어요. 아니면 지하로 내려가서 보일러실에 숨든가요. 청소부들이 보일러실까지 내려오진 않을 테니까요. 누가 귀찮게 거기까지 내려가겠어요. 그런 곳은 쥐들 아니면 우리처럼 몰래 숨어든 사람이나 가는 곳이잖아요.

하지만 엄마는 어떻게 해야겠다는 생각일랑은 전혀 안 하는 사람처럼 보였어요. 멍한 얼굴로 창가에 서서 청소부들이 승합차에서 청소도구를 꺼내는 모습을 지켜볼 뿐이었어요.

"늘 저렇게 바쁘게 일하는 사람도 있는 법이지. 그렇지 않니?"

엄마가 드디어 입을 열었어요.

"일요일 아침인데도 말이야. 삶은 어쨌든 흘러가기 마련이야. 그렇지? 사람들은 각자 자기의 삶을 살아가고 말이야."

나는 엄마의 팔을 잡고 마구 흔들어댔어요.

"엄마, 그런 얘기 할 때가 아니라고요. 얼른 숨어야 한다고요. 어서 움직여야 해요. 빨리요. 제발요!"

"괜찮아, 리비. 걱정할 필요 없어. 우린 그냥 하던 일이나 계속하면 돼. 다 괜찮을 거야."

"하지만 엄마······."

하지만 더 말을 하기에는 이미 늦어버렸어요. 복도 끝에서 문이 열리는 소리가 들려왔어요. 발소리도 들렸고요. 여자 둘이 수다를 떨며 우리 쪽으로 다가오고 있었어요. 숨기에는 늦어버린 거죠. 그대로 들킬 게 분명했어요. 조금 있으면 우리 비밀이 다 들통 날 테고, 스코틀리 백화점에서 하룻밤을 보낸 죄로 경찰에 잡혀갈 게 뻔했어요.

"자, 애들아, 이리 와. 청소나 계속하자."

엄마가 차분하게 말했어요. 그리고 헨리를 켰어요. 앤젤린은 엄마를 따라 다시 먼지떨이를 휘두르기 시작했어요.

'난 이제 어쩌지?'

정말 어떻게 해야 할지 알 수 없었어요. 할 수 없이 나도 왁스를 집어 들고 하던 일을 계속했어요.

여자들 목소리가 점점 가까이 들렸어요. 무슨 얘기를 하는지 알아들을 수 있을 정도였어요.

"그래, 내가 남편한테 일요일이니까 침대에 누워서 쉬라고 했어. 하지만 나는 스코틀리에 청소하러 가야 한다고 했지."

"맞아. 너도 좋아서 하는 일은 아니잖아."

"일요일 아침부터 누가 일하고 싶겠니? 하지만 돈을 벌려면 어쩔 수 없지."

청소부들은 모퉁이를 돌더니 걸음을 멈췄어요. 내 생각대로 여자 청소부 두 명이었어요. 둘 다 먼지떨이와 대걸레, 물뿌리개로 완전무장을 하고 있었어요. 한 사람은 헨리까지 끌고 왔더라고요. 두 사람 모두 우리 엄마와 비슷한 나이 같았어요. 집에는 우리 또래의 아이들도 있겠죠? 어쨌든 두 사람은 걸음을 멈추고 우리를 쳐다봤어요. 순간 조금 놀라는 눈치였어요. 둘 중 키가 작은 아줌마가 엄마에게 말을 건넸어요.

"어머, 잘못 온 것 아니에요? 오늘 배정받은 구역이 직원 전용 구역이에요?"

"네, 오늘 아침은 직원 전용 구역이에요."

엄마가 밝은 목소리로 대답했어요.

"아, 새로 왔나 봐요? 그렇죠?"

이번에는 키가 좀 더 큰 아줌마가 물었어요.

"네, 이제 온 지 이틀째예요."

엄마가 고개를 끄덕였죠.

"어쩐지 '처음 보는 얼굴이다' 했어요. 일하긴 어때요?"

"그리 나쁘지 않네요."

엄마가 대답했어요.

"정말 깨끗하게 해놨네요."

키 작은 아줌마가 감탄하는 눈으로 이리저리 둘러보며 말을 이었어요.

"하지만 이렇게 열심히 할 필요는 없어요. 직원 전용 구역이잖아요. 매장 안이나 신경 써서 청소하면 돼요."

"우린 시리얼값만큼 일하는 거예요."

앤젤린이 참견을 했어요.

'오, 이런. 말하고 말 거야. 앤젤린이 전부 다 말하고 말 거야.'

나는 아찔했어요.

하지만 키 작은 아줌마는 앤젤린의 머리를 쓰다듬었어요.

"시리얼값만큼 하는 거야? 그래, 그래, 잘했어. 정말 기특하네. 엄마를 도와드리고 시리얼을 사 달라고 하는구나? 정말 착하네."

키 작은 아줌마가 말했어요. 키 큰 아줌마는 엄마를 쳐다봤어요.

"차에서는 못 본 것 같은데, 그렇죠? 누구 차를 타고 온 거예요? 캐롤라인? 렌? 아니면 근처에 살아요?"

"네, 근처에 살아요."

"아, 그럼 걸어서 왔겠군요."

키 큰 아줌마가 말했어요.

"네, 걸어서 왔어요."

엄마가 웃으며 대답했어요. 그리고 하던 일을 어서 계속해야 한다는 듯 허공을 힘껏 닦는 시늉을 했어요.

"근처에 살면 정말 편하죠. 집이 아주 가까워요?"

키 큰 아줌마가 계속 물었어요. 참견하는 걸 좋아하나 봐요.

"네, 바로 위에 사는걸요."

나는 '엄마가 제대로 얘기했네' 하고 생각했어요. 침실 가구 매장에 사니까 바로 위인 것도 맞고, 가까운 것도 맞잖아요.

"그렇구나. 그럼 처음 왔다니까 내가 한 가지 말해줄게요. 바보같이 일만 하진 마요. 이 회사가 나쁜 곳은 아니지만 가끔 따져보지 않으면 일한 시간을 속인단 말이에요. 그래서 오래 근무하는 사람들이 많지 않아요. 늘 사람들이 들락날락하는 편이죠. 들어오고, 그만두고, 계속 바뀐다니까요. 내 말이 맞지, 마지?"

키 큰 아줌마가 말했어요.

"맞아, 늘 처음 보는 얼굴이라니까. 사실 이 회사 사람들 중에서 절반은 모르는 사람들일걸. 그 정도로 자주 바뀐다니까."

마지 아줌마가 맞장구쳤어요.

엄마는 그제야 안심하는 얼굴이었어요.

"아이들이 있어도 상관없을 거예요. 이것저것 만지지만 않으면 아이들을 데려와도 뭐라고 하지 않더라고요."

마지 아줌마 말고 다른 아줌마가 말했어요.

"우리 애들이 뭘 만지거나 그러진 않을 거예요."

엄마가 대답했어요.

"우리는 도와주는 거예요. 만지는 게 아니고요."

꼬마 앤젤린이 또 끼어들었어요.

"정말 착하구나. 엄마를 도와드리다니."

마지 아줌마가 앤젤린의 머리를 쓰다듬으며 말했어요. 그러고는 엄마에게 눈을 돌렸어요.

"혼자서 애들을 키워요?"

"네."

엄마가 고개를 끄덕였어요.

"애들 아빠는 해외에 나가 있어요. 건축 일을 하거든요."

"아빠는 유전에서 일하는 것 아니었어요?"

내가 물었어요.

"그래, 유전을 짓는 일을 하신단다, 리비. 어른들 얘기에 끼어들면 못써요."

"엄마가 지난번에 한 얘기랑 다르잖아요."

"그만 됐다."

"정말 힘들겠어요, 그렇죠?"

마지 아줌마가 측은하다는 표정으로 고개를 끄덕였어요.

"혼자서 애들을 키우고, 게다가 일까지 한다니 더 힘들겠다. 정말 힘들 거예요."

나는 그런 말을 하는 마지 아줌마가 좀 짜증 났어요. 가만히 서서 고개를 끄덕이는 엄마도 미웠고요. 엄마가 혼자서 우리를 키우는 게 힘든 일이라면 혼자서 엄마를 키우는 '나'는 얼마나 힘들겠어요? 게다가 꼬마 동생도 키워야 한다고요. 아무것도 모르면서 그런 소리를 하는 마지 아줌마가 미웠어요. 만약 마지 아줌마가 좀 더 오래 있었더라면 나는 우리 사정을 다 털어놨을 거예요.

"알겠어요."

마지 아줌마가 아닌 다른 아줌마가 말했어요.

"하던 일 마저 하세요. 우린 반대편에서 할 테니까."

"그러세요. 그럼 나중에 또 봐요."

엄마가 대답했어요.

"그래요, 그럼."

마지 아줌마가 인사했어요.

아줌마들은 청소도구와 자기들이 가져온 헨리를 들고 직원식당 쪽으로 갔어요.

두 사람이 우리 얘기를 못 들을 정도로 멀어졌을 때 엄마가 키득대기 시작했어요. 그러더니 활짝 웃어 보였어요.

"그것 봐. 내가 괜찮을 거라고 했잖아."

엄마가 우쭐댔어요.

"우린 지금 청소부야. 걱정할 게 하나도 없어, 안 그래?"

엄마는 꽤 만족스러워하는 눈치였어요. 나는 그게 마음에 들지 않았어요. 버스에 치일 뻔했는데 겨우 피하고 나서 무사히 건넜다고 좋아하는 사람 같았다니까요. 오히려 랄랄라 노래 부르고 까불면서 '내가 더 빨랐지' 하고 혀를 내미는 사람. 무모한 행동을 하다가 죽지 않아서 자기가 엄청 잘났다고 생각하는 모습이라니! 엄마는 우리에게 닥친 위험을 전혀 알지 못하는 것 같았어요.

"이제 저 사람들은 우리가 청소부인 줄 알아. 그러니까 백화점을 마음대로 돌아다녀도 돼. 매일 우리와 마주쳐도 전혀 문제가 되지 않을 거야. 오히려 우리가 여기 있는 걸 당연하게 여길 거라고. 그러니까 이제 괜찮아."

"엄마, 매일 마주친다니 그게 무슨 말이에요? 내일까지만 여기서 지내는 줄 알았는데요?"

내가 물었어요.

엄마는 조금 곤란한 표정을 지으며 대답했어요.

"그래, 엄마 말이 그 말이야. 내일 마주쳐도 괜찮을 거라고."

하지만 엄마의 대답은 내게 또 다른 걱정거리를 안겨줬어요.

"하나 더요. 청소부들이 집으로 돌아갈 때는 어떻게 할 거예요? 우리가 여기 남아 있으면 이상하게 생각하지 않겠어요?"

"절대 알게 할 필요 없지. 우린 그냥 잠시 사라져 있으면 돼.

자, 어서 시리얼값이나 마저 하자."

우리는 다시 일을 시작했어요. 사실 시리얼값보다 더 많이 한 것 같아요. 시리얼값의 열 배 정도는 일을 했을 거예요. 그러고 나서 우리는 청소도구를 챙겨서 맨 위층으로 올라갔어요. 올라가는 도중에 누군가를 만나면 엄마는 먼저 인사를 건넨 다음에 "위에 할 일이 조금 남아서요" 하고 말했어요. 그러면 보통 "그러세요" 하거나 다른 대답이 돌아왔죠.

드디어 우리는 맨 위층에 도착했어요. 그리고 고객센터로 갔어요. 그곳에는 커다란 소파가 놓여 있었어요. 손님들이 앉아서 차례를 기다릴 수 있도록 마련된 소파였어요.

"여기야. 여기면 되겠다."

엄마가 말했어요.

우리는 소파에 앉아 아래층에서 청소하는 소리가 조금씩 멀어지기를 기다렸어요. 마침내 청소기 소리가 사라졌어요. 그리고 백화점 옆 골목에서 웅성거리는 소리가 들렸어요. 차 문을 닫는 소리가 여기저기서 들리고, 사람들이 "다 왔어요? 이제 가도 돼요?" 하며 소리쳤어요.

청소회사 사람들이 떠나고, 사방이 조용해졌어요. 백화점은 다시 우리만의 것이 됐어요.

9장

유일한 출구는 옥상정원

'이제 뭘 할까?'

대충 11시 30분 정도였던 것 같아요. 점심시간까지도 시간이 좀 남아 있었어요.

'뭘 하면서 하루를 보내지?'

내일이 돼서, 내가 다시 학교에 가고, 앤젤린이 유치원에 가고, 엄마가 주택부에 가서 지낼 곳을 알아보려면 아직도 한참 기다려야 했어요. 스코틀리 백화점에서 나가려면 아직 멀었다는 뜻이에요. 하루가 그렇게 길고 지루한 줄 미처 몰랐어요.

"엄마, 우리 나가면 안 돼요?"

내가 물었어요. 바깥 날씨가 맑고 화창했거든요. 밖을 내다보니까 공원에 가거나 강가를 거닐고 싶어졌어요. 스코틀리 백화점에 우리끼리만 있는 신기한 경험도 별것 아니게 느껴졌어요. 대단해 보이지도 않았어요. 그저 옴짝달싹 못 하고 갇혀 있는 느낌이었어요. 밖에 나가서 하늘을 보고 싶었어요. 창밖으로 내다보는 것 말고 제대로 하늘을 올려다보고 싶었어요.

앤젤린도 맞장구를 쳤어요.

"공원에 가요. 가서 그네 타요."

엄마는 근심 가득한 표정으로 말했어요.

"그래도 될지 모르겠구나, 앤젤린. 백화점 문을 열면 보안 벨이 요란하게 울릴지도 몰라."

"하지만 우린 들어가는 게 아니라 나가는 거잖아요."

"그렇지만 기계는 그 차이를 모른단다. 그러니까 우리가 문을 열면 무조건 울릴 거야."

엄마가 설명했어요.

"청소부들이 들어올 때는 벨이 울리지 않았잖아요."

앤젤린이 정확하게 집어 말했어요.

"그래, 하지만 그 사람들은 열쇠도 있고, 보안 벨을 멈추는 비밀번호도 알고 있었겠지."

엄마가 말했어요.

"그러니까 엄마 말은 우리가 밖으로 나갈 수 없다는 거죠?"

내가 거만한 말투로 말을 이었어요.

"맑은 공기도 못 마시겠네요. 아이들이 건강하게 자라려면 신선한 공기가 꼭 필요한데 말이에요. 그렇죠?"

내 말에 엄마가 조금 상처를 받은 것 같았어요. 엄마 표정을 보니까 그런 말을 내뱉은 게 후회되더라고요.

"하루 동안만이야, 리비. 하루만 비가 오는 셈 치자. 그래서 밖에 나가고 싶지 않은 걸로 하자. 응?"

"하지만 저렇게 햇빛이 반짝이는걸요."

"그러니까 그런 셈 치자고."

"밖에 나가지 못하면 이 안에서 뭘 하고 놀아요?"

"백화점 탐험을 하는 거야. 하지만 아무것도 망가뜨리면 안 돼."

"텔레비전에서 뭐 하는지 봐도 돼요?"

"그래, 그건 괜찮을 것 같구나. 어서 가보자. 가서 뭐가 나오는지 한번 보자."

우리는 청소도구를 제자리에 갖다 놨어요. 그런 다음 텔레비전과 오디오를 파는 매장으로 갔어요. 텔레비전이 정말 많았어요. 적어도 100대는 됐을걸요. 벽돌처럼 층층이 쌓여 있었어요. 마치 텔레비전으로 매장 벽을 만든 것 같았다니까요. 하지만 회색 화면에는 아무것도 나오지 않았어요.

"저걸 어떻게 켜요?"

"엄마도 잘 모르겠구나."

엄마는 전원 스위치를 찾다가 계산대 위에서 리모컨을 발견했어요. 하지만 버튼을 눌러도 아무것도 켜지지 않았어요.

"전원이 다 꺼진 모양이야. 기다려봐."

엄마는 다시 계산대 뒤를 살폈어요. 그곳에 엄청나게 많은 스위치들이 있었어요.

"그걸 한번 켜봐요."

내가 말했어요. 엄마가 스위치 하나를 누르자 천장에 불이 들어왔어요.

"아니네. 그럼 이걸 한번 올려볼까?"

라디오가 켜졌어요.

"다른 거."

백화점 스피커에서 음악이 흘러나왔어요.

"이것도 아니네. 그럼 이게 확실해."

드디어 텔레비전이 켜졌어요. 100개나 되는 텔레비전이 한꺼번에 말이에요. 모두 똑같은 화면이었어요.

"와! 저것 봐! 텔레비전 모양 벽지 같아!"

꼬마 앤젤린이 소리쳤어요.

"한 사람이 하나씩 봐도 되겠네."

내가 말했어요.

"아니, 한 사람이 30개씩 봐도 되겠는걸."

엄마도 덧붙였어요.

"좋아, 어떤 프로그램이 나오는지 볼까?"

엄마가 리모컨으로 채널을 이리저리 돌렸어요. 채널이 정말 많았어요. 스코틀리 백화점에는 모든 유선방송과 위성방송이 연결돼 있나 봐요. 전 세계의 채널이 모두 나오는 것 같았어요. 외국 방송도 나왔고, 하루 종일 만화만 나오는 채널도 있었어요.

"나 이거 볼래!"

앤젤린이 〈톰과 제리〉가 나오는 채널을 골랐어요. 하지만 나는 이미 본 만화라서 다른 프로그램이 보고 싶었어요. 엄마도 다른 걸 보고 싶은 눈치였어요.

문제는 모든 텔레비전에서 똑같은 채널이 나온다는 점이었어요. 엄마는 텔레비전마다 다른 채널이 나오게 하려고 애를 썼어요. 15분 동안이나요. 그리고 결국 해냈어요. 우리는 30개의 텔레비전에선 〈톰과 제리〉가, 다른 30개에선 내가 보고 싶은 어린이 영화가, 나머지 텔레비전에선 엄마가 원하는 토크쇼가 나오도록 텔레비전 채널을 바꿨어요.

그렇지만 문제는 소리였어요. 다른 프로그램 소리 때문에 자기가 보는 프로그램의 소리를 알아들을 수 없었어요. 엄마는 전시용 오디오가 있는 곳에서 전시용 이어폰을 빌려왔어요. 그리고 이어폰 단자가 있는 텔레비전에 연결해줬어요. 덕분에 다른 소리에 방해받지 않고 텔레비전을 볼 수 있었어요.

아주 재밌었어요. 소파는 없었지만 그런 건 상관없었어요. 카펫 위에 그냥 벌렁 누워버렸거든요. 하지만 엄마가 어느새 푹신한 쿠션 세 개를 가져왔어요. 우리가 텔레비전을 보고 있는 동안 혼자 쿠션, 시트 매장에 다녀온 모양이었어요. 쿠션이 어찌나 큰지 들고 오는 엄마 모습이 보이지 않을 정도였어요. 쿠션이 자기 혼자 걸어 다니는 줄 알았다니까요. 어쨌든 우리는 엄마가 가져온 쿠션에 몸을 푹 파묻었어요.

커다란 쿠션에 몸을 파묻고 텔레비전을 보느라 화창한 바깥 날씨도 잠시 까먹었어요. 그렇게 한참이 지났어요. 엄마는 그만 텔레비전 채널을 원래대로 돌려놓는 게 좋겠다고 했어요. 처음 그랬던 것처럼 한 채널만 나오게 만든다고요. 그런 다음 텔레비전을 끄고 쿠션도 제자리에 갖다 놓고, 점심거리를 찾으러 가자고 했어요.

우리는 엄마가 시키는 대로 했어요. 이번에는 치즈를 발견했어요. 물론 유통기한이 막 지나려는 치즈였어요. 먹어도 되는 것이었죠. 우리는 치즈를 갖고 직원식당으로 갔어요. 그리고 냉장고에 넣어둔 빵을 꺼내 치즈샌드위치를 만들어 먹었어요.

점심을 먹고 나니 오후 1시 30분쯤 된 것 같았어요. 밖에 나가고 싶어 또다시 몸이 근질근질해지기 시작했어요. 엄마는 심심하면 장난감 매장에 가서 놀라고 했어요. 그래서 그렇게 했어요. 장난감 매장에 가서 원반던지기 놀이를 했어요. 물론 전시해놓은 원반으로요. 그런데 앤젤린은 키가 작잖아요. 그래서 걔가 잡을 수 있도록 원반을 낮고 약하게 던져줘야 했어요.

원반던지기도 시들해졌어요. 나는 엄마에게 제발 밖에 나가게 해달라고 졸랐어요. 스코틀리 백화점이 화려한 감옥처럼 느껴지기 시작했거든요. 밖에 나가지 못한다면 장난감과 텔레비전, 원반, 패브릭 가구, 커다란 쿠션, 유통기한 지난 치즈샌드위치가 다 무슨 소용이겠어요?

"그래, 알았다, 리비."

결국 엄마가 내 투정에 지쳤는지 한발 물러섰어요.

"그럼 방법을 한번 생각해보자. 분명 벨이 울리지 않게 나갈 방법이 있을 거야. 자, 둘 다 날 따라와. 원반도 가져오고."

엄마는 장난감 매장을 나서 에스컬레이터 쪽으로 걸어갔어요. 하지만 엄마는 아래로 내려가지 않고 위로 올라갔어요.

"엄마, 지금 어디 가는 거예요?"

엔젤린은 올라가는 내내 계속 종알댔어요.

"위로 올라가면 밖이 안 나오잖아요. 밖으로 나가려면 올라가는 게 아니라 내려가야죠. 내려가서 문을 열어야죠."

"괜찮아, 앤젤린. 엄마가 어디 가는지 알 것 같아."

맞아요, 우리는 확실히 밖으로 나가고 있었어요. 옥상으로 가고 있었으니까요.

맨 꼭대기 층에 도착한 우리는 비상계단을 발견했어요. 그 계단을 따라 끝까지 올라가니까 짧은 복도가 나왔고, 그 복도 끝에 또 계단이 있었어요. 그 계단 위에 문이 하나 있었고, 벽에는 옥상 정원이라는 팻말이 붙어 있었어요.

"좋았어. 이제 한번 볼까?"

엄마가 조심스럽게 문을 살폈어요. 혹시 보안 벨과 연결된 전선은 없는지 손가락으로 문 가장자리를 꼼꼼하게 만져봤죠.

"괜찮을 것 같네. 옥상으로 침입하는 도둑은 없을 거라고 생각한 모양이야. 하긴 어떻게 옥상으로 들어오겠어. 헬리콥터를 타고 들어오는 도둑이라면 모르지만. 음, 그런데 좀 위험할지도 모르겠다. 하지만 너희가 정 그렇게 나가고 싶다면…… 에라, 모르겠다."

엄마가 문고리를 잡고 문을 밀었어요.

우리는 잠시 가만히 서 있었어요. 혹시 보안 벨이 울릴지도 모르니까요. 정말 벨이 울렸다면 어땠을까요? 얼른 도망쳐야 했을 텐데, 짐도 싸놓지 않은 상태였으니…….

어쨌든 보안 벨은 울리지 않았어요. 들리는 건 귀에 익은 자동차 소리뿐이었어요. 자동차 소리도 그리 시끄럽지 않았어요. 일요일이라 시내가 조용한 편이었거든요.

마침내 엄마가 입을 열었어요.

"괜찮은 것 같네. 문이 닫히지 않게 뭐라도 좀 받쳐놔야겠어. 그래야 안으로 다시 들어오지."

내가 문을 잡고 있는 동안 엄마는 낡은 플라스틱 의자를 가져와 문 사이에 걸쳤어요. 그리고 우리는 옥상으로 뛰쳐나갔어요.

옥상에는 작은 정원이 있었어요. 보통 의자도 있고, 일광욕용 긴 의자도 있었어요. 여름이 되면 직원들이 점심시간에 올라와서 일광욕을 하나 봐요.

옥상은 담장으로 둘러싸여 있었는데, 담장이 꽤 높았어요. 덕분에 실수로 떨어질 염려는 없었죠. 담장에는 듬성듬성 구멍이 뚫려 있었어요. 그래서 빼꼼히 고개를 내밀어 경치를 구경할 수 있었어요. 아래까지 어찌나 까마득한지 심장이 마구 뛰더라고요.

옥상은 엄청나게 넓었어요. 못해도 축구장 정도는 될걸요. 인조 잔디가 깔린 곳도 있었어요. 자전거를 타고 한 바퀴 돌아도 될 것 같았죠. 그래서 엄마한테 내려가서 자전거를 갖고 올라와도 되는지 물었어요. 하지만 엄마는 그다지 좋은 생각이 아니라고 했어요. 자전거를 들고 올라오기에는 먼 거리였으까요. 그리고 자칫 잘못하면 자전거가 망가지거나 흠집이 생길 수도 있고요.

그래서 우리는 다시 원반던지기를 했어요. 혹시라도 담장 너머로 날아가지 않게 굉장히 조심하면서요. 원반던지기를 실컷 하고 나서는 숨바꼭질을 했어요. 옥상에는 숨을 곳이 그리 많지 않았지만, 조금 있긴 했어요. 통풍관 끝이나 커다란 에어컨 실외기 뒤에 숨으면 됐거든요. 숨바꼭질도 할 만큼 한 다음에는 인조잔디 위에 발라당 누웠어요. 햇빛 아래 몸을 길게 뻗고, 하늘 위로 날아가는 비행기 수를 세었어요. 비행기들은 피노키오 코처럼 늘어나는 비행기구름을 만들며 사라져갔어요.

우리는 비행기에 타고 있는 조종사와 승무원들, 승객들을 향해 손을 흔들었어요. 그들에게 우리가 보이는지, 그들도 우리에게 손을 흔들고 있는지 궁금했어요. 그 사람들은 아주 멀리 있지만, 그래도 어쩌면 우리가 보일지 모르잖아요. 그러면 비행기가 착륙했을 때, 어느 낯선 도시를 지나면서 본 아이들에 대해 얘기하겠죠. 대단한 이야깃거리가 될지도 모른다는 생각이 들었어요. 그들은 우리를 세상에서 가장 높은 곳에 있는 아이들이라고 생각할지도 몰라요. 나는 앤젤린에게 그렇게 말해줬어요.

"우린 세상에서 가장 높은 곳에 있는 아이들이야, 앤젤린."

"맞아. 엄마도 세상에서 가장 높은 곳에 있는 엄마야."

앤젤린이 말했어요. 앤젤린의 말도 옳다는 생각이 들었죠.

꽤 오랫동안 옥상에 있었어요. 바람이 솔솔 불어오는 것 같더니 으슬으슬 추워지기 시작했어요. 어느새 먹구름이 몰려왔어요. 나는 엄마를 쳐다봤어요. 엄마는 하늘을 올려다보며 가만히 누워 있었죠. 엄마의 생각은 아까 지나간 비행기보다도 멀리 날아가버린 것 같았어요. 아빠를 생각하는 게 틀림없었어요. 아마 옥상에 함께 누워 있다면 얼마나 좋을까 하고 생각했을 거예요.

아주 잠깐 동안이지만 '거의' 행복했어요. 그러니까 행복하기도 했는데 조금 슬프기도 했어요. 그곳이 좋았어요. 스코틀리 백화점 옥상 말이에요. 세상에서 가장 높은 곳에 있는 기분이 괜찮았거든요. 거기 영원히 있을 순 없었지만 아주 평화롭고, 좋았어요.

캠핑용품 매장

날씨가 갑자기 쌀쌀해졌어요. 우리는 얼른 안으로 들어와야 했어요. 불안감이 다시 나를 감쌌죠.

"엄마."

에스컬레이터를 걸어 내려가며 엄마를 불렀어요.

"오늘 밤엔 어디서 자요? 경비원 아저씨는 어떡해요? 우리가 자는 동안 침실 가구 매장으로 또 올지도 모르잖아요? 이번에는 앤젤린이 쌕쌕대는 소리를 들을 거예요. 엄마가 코 고는 소리도 들을 테고요."

"엄마가 언제 코를 골았다고 그래? 쓸데없는 소리 하지 마!"

엄마가 기분 나쁜 듯 말했어요.

"나도 쌕쌕대지 않아. 그러니까 예의 없이 말하지 마!"

꼬마 앤젤린도 짜증스럽게 쏘아붙였어요.

두 사람하고 말싸움을 하느니 포기하는 게 나을 것 같았어요.

솔직한 심정으론 두 사람만 놔두고 당장 백화점을 나가버리고 싶었어요. 둘이 알아서 살라고요. 하지만 엄마와 앤젤린은 알아서 살 만한 사람들이 아니에요. 그러니 함께 남아 있을 수밖에요.

"하지만 엄마, 무슨 수를 생각해내야 해요."

"걱정 마. 다 잘될 거야."

엄마는 식품 매장 쪽으로 걸음을 옮겼어요. 그리고 유통기한이 살짝 지난 음식이 없는지 냉장고를 살폈어요. 한참 만에 구운 감자와 리크('서양 파'를 뜻함-옮긴이)를 찾아냈어요. 앤젤린은 "우웩!" 하는 소리를 냈어요. 한 번도 먹어본 적이 없으면서 포장지 그림과 이름만 보고 싫다고 한 거예요.

"이름이 리크가 뭐야? 벌써 이름부터 맛없을 것 같아. 하수구, 싱크대, 시궁창이라고 이름 붙은 걸 어떻게 먹어? 리크는 그런 데서 나잖아. 절대 맛있을 리 없어. 언제가 엄마가 보온병에서 리크가 났다고 했단 말이야(서양 파를 뜻하는 leek와 액체·기체가 새는 틈을 뜻하는 leak의 발음이 같기 때문에 앤젤린이 혼동하고 있다-옮긴이). 그런 건 절대 안 먹어. 고무 맛이 날걸?"

앤젤린이 툴툴댔어요.

엄마와 나는 그런 리크가 아니라고 설명했어요. 먹는 리크랑 소리는 같지만 철자는 다른 못 먹는 리크가 있다고요. 하지만 앤젤린은 우리 말을 들으려 하지 않았어요. 사실 나도 구운 감자와 리크는 별로 좋아하지 않아요. 하지만 선택의 여지가 없었죠. 우리는 그걸 들고 직원식당으로 갔어요.

　아, 사과파이도 하나 갖고 갔어요. 그것도 우리가 먹어줘야 했거든요. 둘 다 살짝 데워서 차와 함께 먹었어요.

　구운 감자와 리크는 생각만큼 나쁘진 않았어요. 케첩 범벅을 해서 먹으니 그럭저럭 괜찮더라고요. 사과파이는 정말 맛있었어요. 케첩을 뿌릴 필요가 전혀 없었죠.

　설거지를 한 후에, 엄마한테 다시 장난감 매장에 가서 놀아도 되는지 물어봤어요. 잠을 자기에는 이른 시간이었거든요. 하지만 엄마는 안 된다고 했어요. 그만큼 놀았으면 충분하다고 했어요. 이번에는 앤젤린이 아까처럼 텔레비전을 30개씩 보자고 했어요. 엄마는 텔레비전도 그 정도 봤으면 충분하다고 했어요.

　그럼 도대체 우리가 해도 되는 게 뭐냐고 물었어요. 엄마는 도서 매장에 가서 책을 읽는 건 괜찮다고 했어요. 하지만 절대 책을 더럽히면 안 된다고 했어요. 어디까지 읽었는지 책장 모서리를 접거나 다른 표시를 해서도 안 된다고 했어요.

　우리는 도서 매장으로 갔어요. 어린애들이 보는 책부터 할아버지들이나 보는 책까지 책들로 가득한 곳이었어요. 책을 별로 좋아하지 않는 앤젤린이 읽을 만한 그림책도 있었고요. 앤젤린은 그림을 특히 좋아해요. 그림을 보는 눈도 꽤 높은 것 같아요. 만약 그림을 보는 시험이 있다면 1등을 할지도 몰라요.

　그렇지, 도서 매장에 가기 전에 잠깐 다른 곳에도 들렀어요. 스코틀리 백화점 쇼핑백에 빨랫감을 잔뜩 담아 가전제품 매장에 갔었거든요. 혹시 수도꼭지나 배수관과 연결된 세탁기가 있나 해서요. 물론 전시품 중에서요. 하나하나 살펴봤어요. 하지만 수도꼭지와 연결된 세탁기는 하나도 없더라고요. 하는 수 없다고 생각하고 있는데, 문득 좋은 생각이 떠올랐어요. 스코틀리 백화점처럼 큰 건물에는 세탁기가 있어야 하지 않겠어요? 직원들 유니폼이랑 식당의 식탁보, 샤워실과 휴게실의 수건을 빨아야 하잖아요! 물론 세탁소에 맡길 수도 있겠지만 그래도 비상용 세탁기가 하나쯤 있을 것 같았어요. 식당 종업원이 손님의 옷에 음식을 쏟을 수도 있잖아요. 그럴 때 쓸 세탁기가 필요할 거예요.

  엄마한테 내 생각을 말했어요. 엄마도 그럴 수 있겠다고 했어요. 그래서 우리는 직원 전용 공간을 샅샅이 뒤졌어요. 그러다 서비스라고 적힌 문을 발견했어요. 그 안에 세탁기가 있었어요. 세탁기 옆에는 건조기도 있고, 다림판과 다리미까지 있었어요.

  우리는 세탁기를 돌려놓고 도서 매장으로 향했어요. 그리고 책을 몇 권 고른 뒤 카펫 위에 엎드려서 읽었어요. 엄마는 15분쯤 후에 돌아올 테니까 우리더러 아무데도 가지 말고 도서 매장에 있으라고 했어요. 엄마한테 어디 가냐고 물으니까 다양한 가능성을 탐험하러 간다네요. 앤젤린은 자기도 이곳저곳을 탐험하고 싶다며 동굴 탐험을 가냐고 물었어요. 하지만 엄마는 그냥 도서 매장에 둘이 있으라고 했어요.

엄마가 자리를 비운 시간은 15분보단 더 된 것 같아요. 아마 30분쯤 됐을 거예요. 아무래도 슬슬 걱정이 되더라고요. 경사님도 내 성격이 어떤지 잘 알잖아요. 엄마는 커다란 여행가방을 끌고 돌아왔어요. 금방 어디로 떠날 사람처럼 짐을 다 챙겨서 왔더라고요. 물론 세탁기 안에서 돌아가고 있는 옷들은 빼고요.

"자, 얘들아, 이제 그만 가자."

엄마의 말에 내 심장이 두근거렸어요. 그만 가자니! 어찌나 마음이 놓이던지 엄마한테 키스를 퍼붓고 싶은 마음이었어요.

'드디어 스코틀리 백화점에서 나가는 거야. 이제 들킬까 봐 가슴 졸일 필요가 없어. 새로운 집으로 가는 거라고.'

엄마가 새로운 곳을 찾은 게 틀림없었어요. 어떻게 한 건지는 몰랐지만 엄마가 해냈다는 사실만으로 충분했어요.

"어디로 가는 거예요, 엄마? 어디로요? 어떻게 이렇게 빨리 집을 찾았어요? 밖에 나갔었어요? 네?"

하지만 기쁨도 잠깐이었어요.

"아니, 백화점 밖으로 나간다는 말이 아니야. 계속 안에 있을 거야. 그저 침실 가구 매장에서 다른 매장으로 옮길 거란다."

내 가슴이 다시 철렁 내려앉았어요.

"어디로요, 엄마? 도대체 어디로 가는데요?"

"글쎄."

엄마는 약간 장난스러운 목소리로 이렇게 말했어요.

"캠핑을 가면 좋을 것 같구나."

"와! 캠핑 좋아요!"

꼬마 앤젤린이 신나서 소리쳤어요.

"캠핑이라고요? 스코틀리 백화점에서요? 도대체 백화점 안에서 어떻게 캠핑을 해요? 캠핑은 안이 아니고 밖에서 자는 거잖아요. 도대체 어떻게 여기서 캠핑을 한다는 거예요, 엄마?"

내가 따졌어요. 엄마가 기어이 정신이 나간 것 같았어요. 구급차를 불러서 정신병원으로 보내야 하나 싶었다니까요.

"따라오면 다 알게 돼."

엄마가 말했어요.

"이따가 책 보러 다시 와도 돼요?"

앤젤린이 물었어요.

"시간이 있으면 그래도 돼. 자, 갈까?"

우리는 엄마를 따라나섰어요. 그제야 나는 엄마가 어디로 가려는지 알 수 있었어요. 바로 캠핑용품 매장으로 가고 있었던 거예요. 침낭이랑 배낭, 버너를 파는 곳 말이에요. 물론 텐트도 팔고요.

캠핑용품 매장은 지하에 있었어요. 사방에 텐트가 세워져 있었죠. 열두 개쯤 되려나? 1인용 텐트부터 방갈로만 한 커다란 텐트까지 종류도 다양했어요.

"침실 가구 매장만큼 편하진 않아. 하지만 캠핑용품 매장도 나름 괜찮아. 너희도 곧 알게 될 거야."

엄마는 캠핑용품 매장이 새로 이사 온 집이라도 된다는 듯 말했어요.

"텐트다! 우와, 캠핑이야. 효가를 온 것 같아요."

"효가가 아니고 휴가야."

"응, 효가. 내가 그렇게 말했잖아."

내가 앤젤린의 발음을 지적했지만, 걔는 여전히 제멋대로 말했어요. 순간 앤젤린의 몸을 잡고 마구 흔들어대고 싶었어요. 더군다나 걔는 엄마 생각대로만 움직이잖아요. 그런 행동은 엄마가 점점 더 말도 안 되는 잘못을 저지르도록 부추길 뿐이라고요.

엄마가 미소를 지었어요.

"그래, 바로 그거야, 앤젤린. 여기서 휴가를 보내는 거야. 캠핑하러 온 거라고. 네 말이 맞아."

앤젤린은 엄마 말에 신이 나서 얼른 텐트 안으로 들어갔어요.

"엄마, 엄마!"

내가 한마디 하려고 입을 열었어요. 하지만 엄마는 서둘러 내 말을 막았어요. 날 완전히 무시했다고요.

"자, 이곳의 좋은 점을 설명해줄게. 첫째, 텐트는 통로에서 멀리 떨어져 있어. 그리고 경비원은 그저 순찰을 돌 뿐이니까 통로를 벗어나진 않을 거야. 그러면 경비원이 우리 쪽으로 가까이 다가올 일은 없겠지? 둘째, 우린 텐트 안에서 잠을 잘 거야. 그러면 밖에선 절대 우릴 발견하지 못해. 마지막으로, 앤젤린이 쌕쌕거리면서 자더라도……."

"아니라니까! 난 쌕쌕대면서 안 자! 절대로 안 그런다니까!"

앤젤린의 목소리가 이글루 모양 텐트에서 들려왔어요.

"네가 쌕쌕대면서 잔다는 말이 아니야. 혹시 그럴지도 모른다는 말이지."

엄마가 앤젤린을 달랬어요.

"어쨌든 난 안 그래요!"

앤젤린이 소리쳤어요. 그리고 곧 다른 말을 꺼냈어요.

"엄마, 그런데 이 안은 정말 근사해요. 작은 테이블도 있어요."

어느새 쌕쌕거리며 자는 것에 대해서는 완전히 잊어버린 눈치였어요. 그리고 이상한 노래를 부르기 시작했죠.

"쌕쌕쌕, 쌕쌕쌕, 어디서 소리가 날까요? 술을 마시다 껌을 씹으면 배 속에서 바람이 일죠. 그러면 쌕쌕쌕 소리가 나요."

엄마는 앤젤린을 텐트 안에서 놀도록 내버려뒀어요. 그리고 다시 나를 봤어요.

"리비, 엄마가 아까 말했듯이, 셋째는 누가 소리를 내더라도, 그러니까 쌕쌕대거나 코를 골더라도……."

"아니면 '아아아아악!' 하고 소리를 질러도요?"

진심으로 걱정돼서 물어본 거였어요. 하지만 엄마는 내 말을 무시할 뿐이었어요.

"그래도 경비원은 전혀 눈치채지 못할 거야."

"왜요?"

"잠깐, 조용히 하고 귀를 기울여봐. 그럼 엄마 말이 무슨 뜻인지 알 수 있을 거야."

나는 가만히 서서 귀를 기울였어요. 엄마 말이 옳았어요. 왜 진작 알아차리지 못했는지 그게 수수께끼라니까요. 분수대와 폭포에서 쏴 하는 요란한 소리를 내며 물이 쏟아지고 있었어요. 바로 옆에 있는 원예용품, 정원용품 매장에서 들려오는 소리였어요.

나는 얼른 그쪽으로 달려가서 살펴봤어요. 손수레와 갈퀴, 잔디 깎는 기계들 사이에 분수대가 있었어요. 예쁘게 장식된 분수대와 폭포는 아름다운 소리를 냈어요. 그건 잠을 깨우는 요란한 소리가 아니었어요. 오히려 잠을 불러오는 편안한 소리였어요.

"텐트 안에 누워서 우리가 시골에 왔다고 상상할 수도 있어. 정말 좋겠지. 그렇지 않니?"

사실 정말 좋을 거란 말에는 동의할 수 없었어요. 그런 기분이 전혀 아니었으니까요. 하지만 엄마 말에 일리가 있었어요. 그건 인정할 수밖에 없었죠. 경비원 아저씨가 오더라도 분수와 폭포수 소리 때문에 숨소리와 코 고는 소리를 알아채지 못할 것 같았어요. 분명 아무 의심 없이 우리 곁을 지나가겠죠.

"알았어요. 하지만 통로에서 가장 멀리 떨어진 텐트에서 잘래요. 벽 바로 옆에 있는 텐트요."

"그래, 알았다. 한번 찾아보자."

우리는 벽 쪽에 있는 텐트를 살펴보러 갔어요. 앤젤린이 이글루 텐트에서 놀겠다고 고집을 부리는 바람에 살살 달래야 했죠. 마침 벽 바로 옆에 커다랗고 근사한 가족용 텐트가 있었어요. 이것저것 잘 갖춰진 텐트였어요. 꽤 편안해 보이는 접이식 침대 하며, 그 위에는 침낭도 있었어요. 건전지를 넣고 쓰는 작은 전등도 텐트 천장 폴대에 매달려 있었고요. 필요한 것들이 모두 준비돼 있었어요.

"리비, 어때?"

"좋아요."

내키지 않았지만 엄마를 따를 수밖에 없었어요.

"이 정도면 됐어요. 하지만 오늘밤만이에요. 내일은 여기서 나가는 거예요? 약속하는 거죠?"

"알아, 리비, 안다고. 이제 가서 빨래가 다 됐나 봐야겠다. 너희들은 올라가서 책을 마저 읽어. 그러다 보면 잠잘 시간이 되겠지."

엄마는 "알아, 리비, 안다고"라고만 했을 뿐이에요. 하룻밤만 더 잘 거라고 확실하게 '약속'하지 않았어요. 사실 이제까지 엄마가 뭔가를 약속하거나, 가슴에 십자가를 그리며 진심으로 말하는 걸 들어본 적이 없어요.

어쨌든 앤젤린과 나는 텐트 안에 잠시 더 머물렀어요. 침대에 누워서 텐트 천장을 바라봤어요. 천장이 너무 낮아서 손만 뻗으면 닿을 것 같았죠. 그런 다음 다시 도서 매장으로 올라갔어요.

나는 읽던 책을 마저 읽었고, 앤젤린도 보던 그림을 마저 봤어요.

한 시간쯤 후에 엄마가 우리를 찾으러 왔어요. 엄마는 그동안 빨래를 건조까지 모두 마쳐놨더라고요. 다림질이 잘돼 있는 우리 옷이 가지런히 개어져 있었죠.

"자, 이제 잘 시간이야."

엄마가 말했어요.

우리는 책을 다시 책꽂이에 꽂아놨어요. 제자리를 찾아서 원래 있던 그대로요. 나는 앤젤린의 인형도 장난감 매장에 다시 갖다 놔야 할 것 같다고 말했어요. 아침에는 다시 갖다 놓을 시간이 없을지도 모르니까요. 이번만큼은 엄마도 내 말에 찬성했어요.

나는 앤젤린이 싫다고 고집을 부릴 줄 알았어요. 그런데 웬걸, 순순히 말을 듣더라고요. 기특한 말까지 하고요.

"알아. 백화점 거지 내 게 아니니까. 난 애기가 아니라고. 그러니까 잘 알고 있어."

우리는 장난감 매장으로 올라가 인형을 제자리에 다시 돌려놨어요. 앤젤린은 인형에게 잘 자라는 인사를 했어요. 밤새 눈 뜨고 있지 말고, 오줌 싸지 말라는 말도 해줬고요.

우리는 직원 전용 구역으로 가서 샤워를 했어요. 머리를 감고 이도 닦았죠. 그런 다음 잠자리에 들 준비를 했어요. 앤젤린과 나는 침낭 속으로 들어갔어요. 엄마는 텐트 밖에 잠깐 앉아 있겠다고 했어요. 해가 지는 걸 보고 싶다면서요. 그러다가 얼룩말을 볼지도 모른다나요. 우리를 웃기려고 했던 말 같아요. 별로 마음에 들진 않지만 가끔씩 그러거든요. 우리는 서로서로 잘 자라고 인사를 건넸어요.

나는 앤젤린이 잠들 때까지 잠시 누워 있었어요. 그런 다음 자리에서 일어나 텐트 밖에 앉아 있는 엄마 옆으로 갔죠. 엄마는 멍한 눈빛으로 분수와 폭포수 소리를 듣고 있었어요. 생각에 잠겨 있는 것 같았어요.

"엄마."

"리비! 깜짝 놀랐잖니. 엄마는 네가 잠든 줄 알았어."

"엄마, 내일 아침에 일찍 일어나려면 알람시계가 있어야 하잖아요. 안 그래요?"

"그래, 걱정 마."

"늦잠이라도 자면, 그래서 9시까지 못 일어나면 백화점은 손님들과 직원들로 바글거릴 거라고요. 그때까지 텐트 안에서, 그것도 침낭 안에서 잠옷 차림으로 자고 있으면 어떻게 되겠어요?"

"걱정 마, 리비. 걱정 마."

"하지만 알람시계가 울지 않으면 어떡해요?"

"시계 매장에서 하나 더 빌려올게."

"두 개요, 엄마."

"그래, 두 개."

"엄마······."

"왜, 리비?"

"아침에 사람들 눈에 띄지 않고 어떻게 빠져나가죠?"

"리비, 넌 걱정이 너무 많아."

"알아요. 하지만 어떻게 나가냐고요?"

"다 잘될 거야. 아침에 조금만 일찍 일어나면 돼."

"하지만……."

"걱정 말라니까. 어서 가서 자. 걱정 마. 알았지? 다 잘될 거야."

 물론 나는 모든 게 다 잘될 거라곤 생각하지 않았어요. 하지만 엄마에게 입을 맞추고 텐트 안으로 들어갔어요. 아무래도 굉장히 피곤했나 봐요. 곧바로 잠이 들어버렸죠. 그리고 아침 7시에 알람 시계 세 개가 한꺼번에 울릴 때까지 정신없이 잤어요. 하나는 우리 시계였고, 나머지는 엄마가 시계 매장에서 빌려온 거였어요.

 그날 밤, 경비원 아저씨가 캠핑용품 매장에 들렀는지 안 들렀는지 모르지만 어쨌든 아무 소리도 듣지 못했어요. 경비원 아저씨도 우리가 자는 소리를 듣지 못했을 거예요. 그게 아니라면 분명 우리를 깨워서 잡아갔겠죠. 그렇지만 우리는 잡혀가지 않았어요. 아무 일 없었죠. 그래요. 이번에도 엄마가 무사히 큰일을 피한 셈이죠. 하지만 행운이 얼마나 더 우리를 따를까요?

화장실의 숨바꼭질

따르르르릉, 따르르르릉!

삐삐삐, 삐삐삐!

삐요, 삐요, 삐요!

세 개나 되는 알람시계가 요란한 소리를 내며 한꺼번에 울어댔어요. 엄마가 허둥지둥 시계를 껐죠.

"자, 얘들아! 일어나!"

엄마는 서두르기 시작했어요.

"어서 가자. 꼼지락거릴 시간이 없어. 어서, 옷 먼저 입어. 잠옷은 이리 주고."

우리는 불과 몇 분 안에 옷을 다 갈아입고, 머리도 다 빗었어요. 엄마는 커다란 여행가방을 열심히 챙겼어요.

"아, 그래, 아침밥."

엄마가 말했어요.

우리는 식품 매장으로 발걸음을 옮겼어요. 그리고 유통기한이 막 지나려는 우유를 찾아 직원식당으로 갔어요. 냉장고에 넣어 뒀던 빵을 꺼내 굽고, 남은 시리얼을 모두 쏟아부었어요.

서둘러 아침식사를 마치고, 설거지를 하고, 캠핑용품 매장으로 돌아와 겉옷과 학용품을 챙겼어요. 내가 막 준비를 마쳤을 때, 엄마는 여행가방을 숨길 곳을 찾아 사방을 두리번거렸어요.

"하지만 엄마, 이틀만 있겠다고 했잖아요. 다신 돌아오지 않는다면서요."

"그래, 리비."

엄마가 내 말을 막았어요.

"알아. 하지만 이렇게 크고 무거운 가방을 온종일 끌고 다닐 순 없잖아. 주택부에도 가야 하고 사방을 돌아다녀야 하는걸. 그러니까 여기에 두고 나갔다가 오후, 아니면 저녁 문 닫기 전에 돌아와서 가져가면 돼."

"하지만 엄마……."

가엾은 내 가슴이 다시 철렁 내려앉았어요. 도대체 몇 번이나 더 내려앉아야 하는 건지! 늘 가슴 졸이면서 산다는 건 그리 쉬운 일이 아니에요. 어떤 사람들의 심장은 파도가 몰려와도 끄덕하지 않겠죠. 우리 엄마 같은 사람들 말이에요. 하지만 내 심장은 늘 바닷속으로 풍덩 빠져버리는걸요. 아무래도 가라앉지 않게 구명조끼를 입혀놔야 할 것 같아요.

엄마는 여행가방을 텐트 안에 숨겼어요. 사람들 눈에 띄지 않도록 침대 밑에 잘 집어넣었죠. 하지만 조금 위험하긴 했어요. 누군가 텐트를 살펴보다가 침대 위에 앉기라도 하면 금방 탄로가 날 테니까요. 엄마는 늘 인생은 모험이라고 얘기했어요. 인생에서 확실한 건 하나도 없다고요. 하지만 나는 제발 확실해지길 간절히 바랐어요.

엄마는 계속해서 시계를 힐끗힐끗 쳐다봤어요. 8시에 가까워질수록 조바심을 냈죠.

"자, 얘들아, 준비하자. 사람들이 금방 도착할 거야. 빨리 어디로 숨어야겠어."

엄마가 말했어요.

그런데 문제가 하나 있었어요. 직원들은 8시쯤 출근하지만 백화점 문은 8시 30분이 지나야 열거든요. 그 시간 동안 직원들이 손님 맞을 준비를 하는 거예요. 우리는 30분 동안 어딘가에 숨어 있어야 했어요. 하지만 도대체 어디에 숨냐고요?

문제는 그뿐만이 아니었어요. 우리가 30분간 무사히 숨는다고 해도 나는 어떻게 해요? 그 시간에 나가서는 제시간에 학교에 갈 수 없거든요. 수업은 9시에 시작해요. 그러니까 적어도 8시 55분까진 학교에 도착해야 하죠. 그런데 스코틀리 백화점에서 학교까지 가려면 버스를 타도 20분은 걸리거든요. 차가 워낙 밀려서 걷는 게 더 빠르긴 하지만요. 어쨌든 학교에 가는 것도 큰일이었어요. 지각을 하긴 싫으니까요.

"엄마, 어디에 숨어요? 어디에 숨을까요?"

내가 물었어요. 벽시계의 초침이 계속 째깍거리고 있었어요.

"잠깐만. 생각 좀 하자. 엄마 생각엔 옥상이 좋을 것 같은데……."

아주 위험한 생각 같았어요. 옥상은 직원 전용 계단으로만 올라갈 수 있거든요. 우리가 직원 전용 구역에 있다가 다른 사람들 눈에 띄기라도 하면 도대체 무슨 핑계를 댈 수 있겠어요?

그런 생각을 하는데, 엄마가 갑자기 외쳤어요.

"여자 화장실! 직원용 여자 화장실 말고 손님용 여자 화장실에 숨는 거야! 거기라면 안전할 거야. 그리로 가자!"

우리는 여자 화장실로 갔어요. 사실 여자 화장실도 위험하긴 마찬가지였어요. 손님용이라고 해도 그랬죠. 백화점 문을 열기 전에 화장실이 깨끗한지 직원들이 확인할지도 모르잖아요.

그래도 청소부들과 마주칠 위험은 없었어요. 직원식당 벽에 걸린 알림판에 청소기록표가 붙어 있었거든요. 화장실 청소는 매일 밤 백화점 문을 닫은 다음에 해요. 토요일만 빼고요. 토요일 저녁에는 청소를 하지 않아요. 대신 일요일 아침에 대청소를 해요. 우리가 직접 보기도 했죠. 그러니까 청소부들한테 들킬 염려는 없었어요. 월요일 아침에는 오지 않으니까요.

우리는 손님용 여자 화장실로 갔어요. 그리고 한 칸을 골라 들어가서 문을 잠그고 기다렸어요. 웃음이 나오는 걸 꾹 참았죠.

이제껏 그렇게 힘든 일은 처음이었어요. 30분 동안 좁은 화장실 한 칸에서 셋이 엉켜 있다니! 웃음을 참기도 굉장히 힘들었어요. 당연히 불편하기도 했고요. 서로 부둥켜안고 서 있었거든요. 그래서 한 사람씩 번갈아 변기에 앉았어요. 물론 뚜껑을 닫고요. 5분씩 돌아가면서 앉기로 했는데, 사실 앤젤린은 거의 앉아 있다시피 했어요. 앤젤린 차례가 아닐 때도 나랑 엄마가 걔를 무릎 위에 앉혀줬거든요. 그래서 그런지 앤젤린은 잘 견뎠어요.

화장실 문 밖에서 월요일 아침 거대한 백화점이 깨어나는 소리가 들려왔어요. 요란하게 쿵쾅거리는 소리, 여기저기 목청을 높여 서로 부르는 소리, "좋은 아침이네요", "주말은 잘 보내셨어요?" 하고 인사하는 소리도 간간이 들렸어요.

그러다 갑자기 우리를 공포로 몰아넣는 소리가 들려왔어요. 늘 아무 걱정 없던 엄마도 그때만큼은 하얗게 질렸어요. 복도를 따라 '또각, 또각, 또각' 뾰족구두 소리가 점점 가까워지더니 여자 화장실 앞에서 딱 멈추는 게 아니겠어요? 우리한테서 겨우 몇 미터 떨어진 곳이었어요.

"빨리! 변기 위로 올라가. 사람들이 우리 발을 볼지도 몰라!"
엄마가 다급하게 속삭였어요.
우리 셋은 좁은 화장실 변기 위에 쪼그리고 앉았어요.
"절대 아무 소리도 내선 안 돼! 속삭이는 것도 안 돼!"

엄마가 주의를 주는데, 앤젤린이 작은 소리로 엄마를 불렀어요.

"근데 엄마, 나 쉬 마려워요."

나는 변기 위에서 떨어질 뻔했어요. 전혀 웃을 일이 아니었는데 우리 꼴이 너무 우스웠거든요. 화장실 변기 위에 쪼그리고 앉아서, 들킬까 봐 조마조마 가슴 졸이고 있는 순간에 '쉬'라니요.

"조금만 참아봐. 아주 잠깐이면 돼."

엄마가 앤젤린을 달랬어요.

"엄마, 못 참겠어요."

"쉿!"

그때 화장실 문이 열렸어요. 두 쌍의 뾰족구두 소리가 화장실 안으로 들어왔어요. '무슨 일을 처리하러 왔구나' 하는 느낌이 들었어요.

"손님용 여자 화장실입니다, 그레이스톤 양."

한 사람이 말했어요.

"네, 손님용 여자 화장실이에요, 그레그 부인."

다른 사람이 그대로 따라 했어요.

"그레이스톤 양, 상태는 양호한가요? 스코틀리 백화점 분위기에 걸맞게 청결한가요?"

"깔끔하고 만족스럽습니다, 부인."

"기록표에 그렇게 적어주세요, 그레이스톤 양."

"기록표에 적은 내용을 확인해주세요, 부인."

"물론이죠."

"감사합니다, 부인."

"그럼 점검을 계속하시죠, 그레이스톤 양."

"예. 먼저 가시죠, 부인."

문이 열렸다 다시 닫혔어요. 두 사람의 목소리와 또각거리는 구두 소리가 멀어져갔어요.

앤젤린이 입을 열었어요.

"이젠 쉬 안 마려워요."

"그럴 줄 알았어."

엄마가 대답했죠.

나는 엄마의 시계를 쳐다봤어요. 8시 27분이었어요.

"엄마, 어서 나가야 해요. 안 그러면 지각해요."

"그래, 나가자."

우리는 화장실 입구 쪽으로 다가가 기다렸어요. 엄마는 시계만 뚫어져라 쳐다봤어요. 8시 30분이 되자 요란한 벨 소리가 백화점 안에 울려 퍼졌어요. 백화점 개점시간을 알리는 소리였죠. 이제 손님들이 들어와도 된다는 신호이기도 했고, 우리한텐 '나가도 된다'는 신호였어요.

"자, 이제 나가자."

우리는 밖으로 나갔어요. 그리고 뻔뻔한 얼굴로 매장을 통과했어요. 직원 한두 명이 우리를 쳐다보더라고요. '벨은 방금 전에 울렸는데 언제 들어왔지?' 하고 의아해하는 눈치였어요. 하지만 엄마는 쾌활하게 아침 인사를 건네며 아동복 매장이 어딘지 물었어요. 길을 가르쳐준 직원에게 "정말 감사해요" 하고 인사도 했어요.

우리는 다시 걸음을 재촉했어요. 그리고 곧장 백화점 정문으로 향했어요. 하지만 그건 큰 실수였어요. 정문에는 콧수염 아저씨가 있었거든요. 그것도 바로 앞에요.

아저씨는 아주 불쾌한 눈빛으로 우리를 쳐다봤어요. 그 눈빛이란! 마치 극악무도한 사건의 용의자를 보는 듯한 의심 가득한 눈빛이었어요. 마치 우리가 보석을 슬쩍 훔치려고 백화점에 들어갔을지도 모른다는 눈빛이었죠. 스코틀리 백화점은 보석 매장이 유명하잖아요.

"아니, 어떻게 들어오셨죠? 들어오시는 손님은 못 봤는데."

콧수염 아저씨가 말했어요. 하지만 엄마는 전혀 흔들리지 않았어요.

"문이나 좀 열어주시겠어요?"

엄마가 거들먹거리며 말했어요. '당신 할 일이나 하라'는 느낌이었어요.

"오늘은 택시를 불러주지 않으셔도 됩니다. 날씨가 좋아서 그냥 좀 걷고 싶네요. 그러니 신경 쓰지 마세요."

그러니까 아저씨가 정말 문을 열어주더라고요. 솔직히 말하면 우리 때문에 문을 열어준 건 아니에요. 밖에 서 있는 덩치 큰 아줌마를 위해 열어준 거였죠. 그 아줌마는 아주 친절하고 상냥했어요. 우리보고 먼저 나오라고 한 데다 따뜻한 말까지 해줬거든요.

"아이들을 데리고 다니면 얼마나 힘드시겠어요. 어서 먼저 나오세요."

"정말 감사합니다."

엄마가 감사 인사를 했어요. 그리고 얼른 밖으로 나갔죠. 가엾은 콧수염 아저씨는 문 앞에 멀뚱히 서 있었어요. 아저씨 얼굴이 약간 발그레해지더니 결국 붉으락푸르락해졌죠. 돈 많은 사람들에게 하듯 우리에게 문을 열어주려니 속이 부글부글 끓었나 봐요. 성냥으로 아저씨 콧수염에 불을 붙이면 금세 로켓처럼 날아갈 것만 같았다니까요.

그렇지만 그런 건 아무래도 좋았어요. 밖으로 나왔으니까요. 드디어 스코틀리 백화점을 벗어나 자유의 몸이 됐으니까요! 물론 여행가방을 찾으러 돌아가야 하긴 했지만, 저녁쯤에는 새집을 찾을 수 있을 테니까요. 우리가 영원히 살 새집을요.

꽤 흥미진진한 모험이었어요. 이제 모든 것이 끝났다고 생각하니 날아갈 듯 기뻤어요. 하지만 미처 몰랐죠. 이 모든 것이 아직 끝나지 않았다는 사실을요. 그걸 알아차리는 데는 그리 오래 걸리지 않았어요. 왜 그렇게 쉽게 모든 것이 끝났다고 생각했는지 모르겠어요. 그럴 리가 없다는 것쯤은 당연히 알고 있어야 했는데 말이에요. 아니, 어쩌면 이미 알고 있었는지도 몰라요. 내 마음

깊은 곳에선 '우리 엄마가 또 장밋빛 안경을 쓰고, 아무 걱정 없는 눈으로 세상을 보고 있겠지' 하고 생각했을 거예요. 하지만 그렇게 믿고 싶지 않았던 거겠죠.

  나는 가끔 엄마가 다른 눈으로 세상을 바라봤으면 하고 바랄 때가 있어요. 세상이 온통 장밋빛은 아니잖아요. 하지만 엄마 눈에는 그렇게 보이나 봐요.

일상이 된 백화점 생활

학교 정문 앞에 도착했을 때 점심을 가져오지 않았다는 걸 깨달았어요. 그런데 다행히 엄마는 점심 생각을 했더라고요. 엄마가 어깨에 메고 있던 가방에서 도시락가방을 꺼냈어요.

"안에 뭐가 들었어요?"

내가 물었어요.

"좋은 게 들었지. 얼른 가. 우리도 제시간에 유치원에 가려면 서둘러야겠다. 그렇지, 앤젤린? 유치원에 앤젤린을 데려다 주고 엄마는 주택부에 가서 새집도 알아봐야 해. 학교 끝나면 여기서 만나자. 알았지, 리비?"

"네, 여기서 만나요."

내가 대답했어요. 달리 만날 장소도 없었으니까요.

나는 엄마와 앤젤린 볼에 뽀뽀를 했어요. 그리고 그 둘이 걸어가는 뒷모습을 바라봤어요. 도시락가방에는 사과 한 알, 크런치

바, 오렌지주스, 그리고 유통기한이 살짝 지난 스코틀리 백화점 치즈샌드위치가 들어 있었어요.

왠지 앞으로 유통기한이 살짝 지난 음식만 먹게 되는 건 아닌지 불길한 예감이 들었어요. 그렇다고 샌드위치에서 상한 냄새가 났다거나 뭐 그런 건 아니에요. 하지만 다른 방법이 있었다면 굳이 유통기한 지난 샌드위치를 선택하진 않았겠죠.

나는 학교로 들어갔어요. 그리고 몇몇 친구들과 인사를 나눴어요. 사실 나는 친구가 많지 않아요. 언제나 이곳저곳으로 이사를 하니까요. 새 친구를 사귈 때쯤이면 다시 전학을 가게 되거든요. 그래서 아예 친구 사귀기를 포기했어요. 처음에는 친구를 사귀려고 애써보기도 했어요. 하지만 늘 한두 달 만에 헤어지니까, 그것도 지치더라고요. 엄마에겐 하소연을 해봤자 소용없었어요. 엄마는 "모험심은 다 어디로 갔니?", "네 나이는 한곳에 정착하기엔 아까운 나이야"라고 말할 뿐이었어요.

내 마음은 엄마 생각과는 달랐어요. 나는 한곳에 정착하고 싶었어요. 오래오래 한 군데만 콕 박혀 있을 수 있다면 얼마나 좋겠어요. 그렇지만 엄마는 발이 간지럽다는 둥 집시의 영혼이 어떻다는 둥 핑계만 늘어놓잖아요. 이젠 엄마의 간질간질한 발도 지긋지긋해요. 그냥 시원하게 벅벅 긁어버리면 안 되나요?

그날 하루는 뭘 했는지도 모르게 지나갔어요. 전혀 집중이 안 되고, 머릿속은 온통 지난 주말 생각뿐이었어요. 정말 정신 나간 짓이었다는 생각이 계속 들더라고요.

　나는 선생님들에게서 교장선생님으로, 다시 근처 아이들에게로 눈길을 돌렸어요.

　'만약 내가 스코틀리 백화점에서 주말을 보냈다는 사실을 알면 과연 이 사람들이 뭐라고 할까?'

　문득 그게 궁금했어요.

　'놀랄 거야. 놀라서 뒤로 자빠지겠지. 너무 놀라 아무 말도 하지 못할걸. 부러워하는 사람도 있을까?'

　갑자기 뿌듯한 기분이 들었어요. 이상하게 기운도 솟아올랐고요. 우리 반에는 커다란 저택에 사는 아이들도 있어요. 차고에 자동차가 두 대나 있는 그런 집 말이에요. 그런 애들은 유통기한 지난 샌드위치 따위는 먹지 않을 거예요. 디즈니월드는 물론이고, 안 가본 데가 없겠죠. 하지만 스코틀리 백화점에서 주말을 보내진 못했을 거예요. 그런 아이는 하나도 없을 거예요.

　그뿐만이 아니에요. 침실 가구 매장에서 잠을 자본 아이도 없을 거예요. 장난감 매장을 온통 자기 것인 양 누벼본 아이도 없겠죠. 머리 위로 비행기가 날아다니고 도시 전체를 발아래에 둔 백화점 옥상에서 누가 원반던지기를 해봤겠어요? 유통기한이 살짝 지나긴 했지만, 브로콜리와 생선파이를 백화점 매장에서 데워 먹은 아이가 있겠냐고요? 직원식당에서 토스트와 시리얼을 먹어본 아이도 없어요. 직원 전용 샤워실에서 샤워를 한 아이도, 여자 화장실에 한 칸에서 셋이 쭈그리고 앉아본 아이도 없죠. 나는 그 누구도 해보지 못한 일들을 많이 해봤어요. 어찌 보면 신나는 주말을 보냈던 거예요. 가슴을 졸이긴 했지만요. 어쨌든 모든 게 끝나서 정말 다행이었어요.

나는 새로 이사할 집을 상상하며 남은 수업시간을 보냈어요. 집 문제가 해결되면 어떤 즐거운 일이 기다릴까요? 새집을 꾸미고 페인트칠을 하고 벽지를 바르는 모습도 상상했어요. 엄마가 아빠한테 새집 얘기를 편지에 써 보내면 아빠도 새집이 보고 싶을 거예요. 그러면 유전 일을 얼른 마치고 돌아올지도 몰라요. 이제 아빠 얼굴도 잘 생각이 나지 않아요. 아빠는 앤젤린이 엄마 배 속에 있을 때 떠났거든요. 그때는 나도 아기였어요. 그래도 나는 아빠 얼굴 정도는 기억해야 한다고 생각해요. 하지만 아무것도 기억나지 않아요. 하나도요. 이제 정말, 아빠가 있었는지조차 헷갈린다니까요.

어느덧 오후 3시 15분이 됐어요. 학교가 끝났어요. 운동장을 서성이며 엄마와 앤젤린을 기다렸어요. 3시 30분이 돼도 두 사람 모습이 보이지 않았어요. 하지만 걱정은 되지 않았어요. 엄마는 원래 시간 약속을 잘 지키는 사람이 아니거든요. 그나마 운동장에 아이들이 많아서 다행이었죠. 하지만 3시 40분쯤이 되니까 조금 신경이 쓰이더라고요. 그래서 나는 교문까지 나가서 거리 이쪽저쪽을 살펴봤어요. 드디어 엄마가 빠른 걸음으로 다가오는 모습이 보였어요. 앤젤린도 종종걸음으로 따라왔고요.

"리비, 여기야! 미안해, 우리가 조금 늦었지?"

"괜찮아요, 엄마. 30분밖에 안 늦은걸요."

내가 좀 삐딱하게 말했어요. 하지만 엄마는 아무리 비꼬아봤자 소용이 없어요. '쇠귀에 경 읽기'라니까요.

"그래? 다행이네. 학교는 재밌었니?"

"그저 그랬어요. 엄마는요? 주택부에 간 일은 어떻게 됐어요? 새집은 어디예요? 가봤어요? 넓어요, 좁아요? 학교에서 멀어요? 방은 따로따로 쓸 수 있어요? 내 방은 없어도 괜찮아요. 앤젤린이랑 같이 쓰죠, 뭐. 집은 좀 꾸며야 되나요? 페인트칠은요? 우리가 직접……."

"리비."

엄마가 내 말을 막았어요.

"문제가 조금 생겼어."

그 말을 듣는 순간 또다시 심장이 철렁 내려앉았어요. 늘 그런 식이에요. 엄마가 말도 안 되는 계획을 행동에 옮기고, 모든 것이 잘못될 때마다요.

"문제라뇨, 엄마? 무슨 문제요?"

"그렇게 심각한 문제는 아니야. 크게 걱정할 문제는 절대 아니라고. 그저 주택부에서 우리가 원하는 집이 없다는구나."

"엄마, 그게 무슨 말이에요?"

"그러니까 사우스필드에 있는 집 말곤 없대."
"그럼 거기로 가요, 엄마. 그러면 돼요. 괜찮아요. 그리로 가요."
"괜찮지 않아!"
엄마가 단호하게 내 말을 잘랐어요.
"사우스필드 같은 곳엔 절대 가지 않을 거야. 거기가 어떤 곳인지 너도 잘 알잖아? 이 도시에서 가장 험악한 곳이란 말이야! 훔친 차들을 쌓아두는 곳이라고! 그것뿐이면 말을 안 해. 지금껏 잘 기다렸잖아. 그러니까 우리가 원하는 집이 생길 때까지 조금만 더 기다리자. 입장을 분명히 해야 해, 리비. 겨우 그 정도 집에 만족하면 안 된다고. 엄마는 스코틀리 백화점에서 영원히 사는 한이 있어도 절대 사우스필드엔 안 가."
내 심장이 바닥까지 내려앉다 못해 단단한 돌바닥을 뚫고 더 깊은 곳까지 가라앉는 것만 같았어요.
"그래, 그 사람들은 누구한테나 처음엔 사우스필드 말고 다른 곳이 없다고 말하거든. 하지만 그럴 수 없다고 버티니까 곧 다른 곳을 소개해줬어. 그러니까, 곧……."
"그럼 다른 집도 있대요?"
너무 기뻐서 환호성을 지를 뻔했어요.
"당연히 있지."
엄마가 활짝 웃으며 대답했어요.
"웨스턴 드라이브에 있는 작고 예쁜 집이래. 담당자가 우리한테 우선권을 주겠다고 했어. 그 집에 우리가 가장 잘 맞을 거라면서 우리에게 집을 빌려주겠대."

나는 좋아서 제자리에서 펄쩍펄쩍 뛰었어요.

"우리가 그 집에 살아도 좋대요? 정말 살아도 좋대요? 정말요, 엄마? 이제 우리 집이 생기는 거예요? 이제 다신 이사할 일이 없냐고요? 학교도 옮기지 않고, 친구도 사귀면서 오래오래 다녀도 돼요? 정말이에요?"

"그럼, 당연하지. 그렇지, 앤젤린?"

"네, 엄마."

앤젤린이 대답했어요. 사실 앤젤린은 엄마가 묻는 말에는 늘 "네, 엄마" 하고 대답하지만요.

"하지만 엄마 발이 다시 간질간질해지면요? 집시의 영혼은 또 어쩌고요? 집시의 영혼한텐 뭐라고 할 거예요?"

내가 물었어요.

"이렇게 얘기하지 뭐. '나중에 우리 딸들이 다 자라면 그때 떠나요. 그때 다시 방랑을 하며 지내요.'"

"엄마, 엄마, 정말 신나요. 그럼 이젠 아무 문제 없는 거죠?"

"그래, 우리가 해결하지 못할 문제는 아무것도 없단다."

"이사는 언제 해요, 엄마? 지금 갈 수 있어요?"

"아니, 지금 당장은 이사를 할 수도 없어. 지금 살고 있는 사람들이 새집으로 이사할 때까지 조금 기다려야 해. 이사를 하려면 서류 절차도 필요하고…….”

"그러니까 그게 언제냐고요, 엄마? 저녁에요?"

"음, 그러니까 그렇게 금방 갈 수 있는 건 아니야. 조금 더 기다려야 해. 음, 그러니까 한 달쯤."

"한 달이라고요?"

"그래, 한 달. 겨우 4주야, 리비. 한 달은 금방 지나가."

"그럼 우린 한 달 동안 어디서 살아요, 엄마? 새집이 준비될 때까지 어디서 지내냐고요?"

사실 나는 엄마의 대답을 이미 알고 있어요. 엄마가 말을 하지 않아도 딱 알겠더라고요.

"음, 엄마 생각엔 말이야, 아무래도 지금 사는 곳에 좀 더 있어야 할 것 같아."

"하지만 엄마, 우린 지금 '사는 곳'이 없잖아요."

어쩔 수 없는 일이었지만, 최후의 발악이라도 해보고 싶었어요. 내가 엄마한테 애원하듯 말했어요.

"아니, 있어. 지금 스코틀리 백화점에 살고 있잖니. 주말 동안 잘 지냈잖아. 그러니까 좀 더 버틸 수 있을 거야."

엄마의 말에 이젠 내 영혼까지 곤두박질쳤어요. 운동화 바닥을 뚫고 딱딱한 운동장 밑으로 한없이 떨어지기 시작했죠.

"스코틀리 백화점이라고요? 안 돼요, 엄마! 어떻게 거기서 4주나 버텨요. 조마조마해서 더는 견딜 수 없어요. 난 그럴 수 없다고요. 다른 곳은 없어요? 분명 있을 거예요."

"스코틀리 백화점만큼 따뜻하고 편하고 좋은 곳은 없어."

엄마가 말했어요.

"난 스코틀리 백화점이 좋아. 스코틀리 백화점은 좋은 곳이야. 난 오래오래 스코틀리 백화점에서 살고 싶어."

앤젤린이 끼어들었어요.

앤젤린에게 그런 생각을 심어준 건 바로 나였어요. 물론 엄마도 한몫했죠. 내가 나를 그렇게 만든 것이나 다름없었어요. 정말 대단한 가족이에요! 도대체 내가 어쩌다가 이 사람들과 가족이 됐을까요? 내 뜻대로 그렇게 된 건 아니에요. 정말이지 누구든 눈에 띄는 사람을 붙잡고 제발 나를 입양해달라고 매달리고 싶은 심정이었어요. 하지만 절대 엄마와 앤젤린을 떠날 순 없었어요. 어떻게든 함께 있으면서 더 큰 문제에 휘말리지 않게 막아야만 했어요.

"자, 그럼 서둘러. 어서 집으로 가자."

"스코틀리 백화점, 스코틀리 백화점이 우리 집이에요."

엄마의 말에 앤젤린이 맞장구쳤어요. 우리는 집으로 향했어요. 스코틀리 백화점으로요.

백화점에 거의 다 왔을 때쯤 엄마가 말했어요.

"정문으로 들어가지 말자. 콧수염 도어맨이 있을 거야. 옆문으로 가자."

우리는 옆문으로 갔어요. 하지만 우리에겐 운이 따르지 않았어요. 거기 누가 있었는지 알아요? 맞아요, 바로 콧수염 아저씨예요. 다른 도어맨과 잠깐 자리를 바꿨는지 콧수염 아저씨가 거기 있더라고요. 콧수염 아저씨는 우리를 보자마자 발끈하며 말했어요.

"아하! 우리 얘기 좀……."

하지만 엄마는 빠른 걸음으로 아저씨를 지나쳤어요. "화창한 오후네요, 그렇죠?" 하고 말하고는 아저씨가 대답할 겨를도 없이 문을 열고 들어가 에스컬레이터를 향해 발걸음을 옮겼어요.

나는 고개를 돌려 아저씨를 쳐다봤어요. 아저씨는 우리 뒷모습을 바라보고 있었어요. 뭔가를 아는 눈빛이었어요. 우리가 스코틀리 백화점으로 이사했다는 사실을 알고 있는 눈빛이었다고요. 물론 증거를 잡진 못했지만, 의심하고 있는 게 분명했어요. 아무래도 조심해야 할 것 같았어요. 콧수염 아저씨의 수염이 '너희를 잡는 건 시간문제야' 하고 말하는 것 같았거든요.

"어디로 가요, 엄마?"

안전한 곳에 다다르자 앤젤린이 물었어요.

"우선 차를 한 잔 마시자. 엄마한테 그 정도 돈은 있으니까."

엄마는 우리를 3층에 있는 셀프서비스 식당으로 데려갔어요. 벽시계를 보니까, 시곗바늘이 4시 40분을 가리키고 있었어요.

월요일, 화요일, 수요일에는 백화점이 5시 30분에 문을 닫아요. 목요일과 토요일에는 6시에 닫고요. 하지만 가장 큰 문제는 바로 금요일이에요. 금요일은 저녁 늦게까지 쇼핑을 할 수 있는 날이라서 저녁 8시나 돼야 문을 닫거든요.

엄마는 차 한 잔과 주스를 가져왔어요. 우리는 식당에 자리를 잡고 앉아 시간을 보냈어요.

"엄마, 나 배고파요. 유통기한 좀 없어요?"

꼬마 앤젤린이 물었어요. 앤젤린은 이제 아예 모든 음식을 '유통기한'이라고 부르기 시작했어요.

"유통기한 과자 없어요, 엄마? 유통기한 초콜릿은요? 유통기한 지난 유통기한 없어요?"

앤젤린이 자라서 어떤 사람이 될지 불 보듯 뻔했어요. 손님을 초대해놓고 유통기한이 살짝 지난 음식을 대접할지도 몰라요.

"유통기한은 이따가 먹자. 사람들이 돌아간 다음에, 알았지?"

"엄마."

나는 불안한 마음이 들어 엄마를 불렀어요.

"또 왜, 리비?"

"백화점 문을 닫을 때 어떻게 이 안에 있을 거예요? 이번엔 지난번처럼 침대 아래 숨을 수 없잖아요. 안 그래요? 이번엔 어디 숨을 거예요?"

"걱정 마. 숨을 곳을 찾을 수 있을 거야."

"그럼 되도록 빨리 찾아야 할 것 같아요."

내가 힘주어 말했어요.

"겁먹지 말라니까, 리비. 겁먹는다고 도움이 되는 건 아니잖아."

나도 잘 알지만 어쩔 수 없었어요. 잡힐까 봐 겁이 났는걸요. 또 스코틀리 백화점에서 살 생각을 하니 숨이 막혀왔어요. 얼마나 견딜 수 있을지 자신이 없었어요. 식당 유리창에 비친 내 모습을 바라봤어요. 며칠 사이에 주름살이 생긴 것 같았어요. 너무 걱정을 많이 해서요.

가만히 있던 앤젤린이 말했어요.

"엄마, 화장실에서 숨바꼭질하면 안 돼요? 오늘 아침에 했잖아요. 참 재밌었어요. 난 이번엔 변기 닦는 솔인 척할 거예요. 엄마는 화장지인 척하고, 언니는 비누인 척하면 될 것 같아요."

"정말 좋은 생각이다, 앤젤린. 역시 똑똑해. 그래, 다 같이 숨바꼭질을 하는 거야, 어때?"

"난 비누인 척하기 싫어요!"

내가 반대했어요. 하지만 엄마는 내 말 따위는 무시하고 계속 말을 이었어요.

"좋아, 그럼 우선 이걸 다 마시고 장난감 매장에 가자. 장난감 매장에서 좀 놀다가, 5시 30분쯤 되면 화장실로 가서 숨바꼭질을 하는 거야."

우리는 엄마 말대로 했어요. 손님용 여자 화장실로 가서 화장지와 비누인 척하며 사람들이 모두 돌아갈 때까지 기다렸어요. 백화점이 잠잠해진 다음에야 밖으로 나와 캠핑용품 매장으로 갔어요. 우리 여행가방은 아침에 숨겨놓은 그대로 있었어요. 캠핑 침대 아래 그대로요.

"좋아, 일단 여기 계속 놔두자. 우리 가방이 그대로 있는 걸 확인했으니까 됐어. 이제 뭐 먹을 만한 것이 있는지 좀 찾아보자."

우리는 식품 매장 냉장고를 뒤져서 '유통기한'을 찾아냈어요. 그런 다음 직원식당으로 가져가 데워 먹었어요. 유통기한이 지난 생선튀김과 감자튀김이었는데 정말 맛있었어요. 완두콩도 조금 먹었어요. 콩은 유통기한이 지나지 않았지만 엄마는 나중에 청소를 많이 하면 된다고 했어요.

식사를 마친 우리는 진공청소기 헨리와 깃털 달린 먼지떨이, 마른 걸레로 직원 전용 구역을 청소했어요. 청소를 하다 보니까 청소회사 사람들이 도착하는 소리가 들리더라고요. 우리는 당황하지 않고 청소부인 양 아무렇지도 않게 계속 청소를 했어요.

마지 아줌마와 다른 청소부 아줌마가 우리를 발견했어요. 하지만 그 아줌마들은 전혀 놀라지 않았죠. 마지 아줌마는 엄마에게 손까지 흔들었는걸요.

마지 아줌마가 말했어요.

"안녕하세요, 잘 지냈어요? 이번에도 애들을 데려왔네요. 그래도 애들이 말썽은 안 부리죠? 정말 기특하네요."

그런 다음 마지 아줌마는 앤젤린의 머리를 쓰다듬었어요. 앤젤린은 기분이 나쁜지 마지 아줌마가 다른 곳을 보는 사이에 자기 머리를 가다듬더라고요.

이번에는 다른 아줌마가 말했어요.

"복도 청소를 할 거예요? 그럼 우린 직원식당을 청소할게요. 지난번처럼요. 괜찮죠?"

"그럼요."

엄마가 대답했어요. 그리고 아줌마들은 직원식당 쪽으로 가버렸어요. 두 사람은 우리를 다른 청소부들 대하듯 했어요. 분명 우리를 청소부라고 생각했을 거예요. 우리가 다른 차를 타고 왔거나, 알아서 걸어왔다고 생각했을걸요.

그래서 우리는 한동안 청소부인 척하면서 진짜 청소부들이 모두 돌아갈 때까지 최대한 방해가 되지 않도록 노력했어요. 단순히 청소부인 척하기만 하진 않았어요. 정말로 열심히 청소를 했어요. 대놓고 저녁밥 때문에 일한다고 말할 순 없었지만, 어쨌든 열심히 걸레질을 했어요.

청소부들이 차를 타고 돌아간 뒤 직원 전용 샤워실에서 몸을 씻고, 양치질을 했어요. 그리고 잠옷으로 갈아입었어요.

나는 숙제가 조금 있었어요. 엄마는 내가 숙제를 할 수 있도록 가구 매장에서 적당한 책상을 골라줬어요. 그리고 방해가 되지 않게 앤젤린과 텔레비전 매장으로 가서 100개의 텔레비전을 봤어요. 만화 몇 개를 본 다음 엄마는 앤젤린을 캠핑용품 매장으로 데려가 침대에 눕혔어요. 앤젤린은 예쁜 분수대와 작은 인공 폭포에서 떨어지는 물소리를 들으며 곧바로 곯아떨어졌죠.

엄마는 유아용품 매장에서 베이비 모니터(먼 거리에서 아이가 안전하게 잘 있는지 살필 수 있도록 아이 모습을 보여주는 기계-옮긴이)를 빌려왔어요. 그리고 앤젤린 곁에 설치한 다음 수신기를 들고 다용도실로 빨래를 하러 갔어요. 엄마는 나한테 앤젤린보다 조금 늦게 자도 괜찮다고 했어요. 숙제를 끝냈으면 책을 읽거나 텔레비전을 봐도 좋다고요. 아니면 컴퓨터를 해도 좋고요. 엄마는 혹시 앤젤린이 깨더라도 베이비 모니터가 있으니까 걱정 말라고 했어요.

컴퓨터를 하겠다고 말했더니 엄마는 컴퓨터, 통신기기 매장으로 가라고 했어요. 나는 이제 다 컸으니 혼자 가도 괜찮다고 했어요. 하지만 아무것도 망가뜨리지 않겠다는 약속을 해야 했죠.

컴퓨터를 켜고 게임을 했어요. 멀티미디어 백과사전을 열어서 잠깐 읽어보기도 했고요. 중간에 엄마가 잠깐 들렀어요. 내가 별일 없다고 하니까 엄마는 노 젓기나 해야겠다며 운동기구 매장으로 갔어요. 운동을 해서 살을 좀 빼야겠다고 생각했나 봐요.

한 30분 정도 지났나 봐요. 엄마가 다시 컴퓨터 매장으로 왔어요. 그리고 이제 그만 잘 시간이라고 했어요. 컴퓨터를 끄고 캠핑용품 매장이 있는 지하로 갔어요. 앤젤린은 텐트 안에서 곤히 자고 있었어요. 변함없이 쌕쌕대면서요. 하지만 분수대와 폭포에서 나는 물소리 때문에 잘 들리지 않았어요. 어찌나 마음이 놓이던지 쉽게 잠들 수 있을 것 같았어요. 야간 순찰을 도는 경비원이 우리 옆을 지나쳐도 아무 소리도 듣지 못할 테니까요.

나는 침낭 안으로 기어 들어갔어요. 엄마는 빨래가 다 말랐으면 다림질을 하고 오겠다면서 다용도실로 갔어요. 베이비 모니터 수신기를 들고 갈 테니 무슨 일이 있으면 부르라고 했어요. 그러면 엄마가 곧장 달려오겠다고요.

나는 사방에서 들려오는 물소리를 들으며 침낭 안에 누워 있었어요. 텐트 천에서 기분 좋은 냄새가 났어요. 시간이 지나자 편안하고 안전한 느낌이 들었어요. 사람이 한 장소에 얼마나 빨리 적응하는지 아세요? 정말 웃긴다니까요. 불과 몇 시간 전만 해도 스코틀리 백화점이 너무 싫었어요. 백화점으로 다시 돌아가는 게 너무 끔찍하게 느껴졌어요. 들켜서 잡히기라도 하면 큰일이니까요.

하지만 어느새 스코틀리 백화점이 우리 집처럼 느껴졌어요. 우리만의 일과가 생겼고, 다른 사람의 방해도 받지 않았으니까요.

눈 딱 감고 4주만 견디면 됐어요. 4주 정도는 충분히 견뎌낼 수 있을 것 같았어요. 안 그래요? 그렇게 긴 시간도 아니잖아요. 시간은 금방 지나갈 텐데요, 뭐. 일요일이 가장 힘들 것 같았어요. 보안 벨 때문에 안에 들어오면 절대 밖으로 나갈 수 없으니까요. 물론 옥상정원만 빼고요. 옥상정원이 있으니 정말 다행이었죠. 그리고 일요일은 일주일에 딱 하루뿐이니까, 뭐, 괜찮았어요.

나는 어느새 잠이 들었어요. 아늑하고 편안했죠. 지금만 잘 버티면 모든 게 잘될 거라는 생각이 들었어요. 정말로 얼마 지나지 않아 모든 걱정이 사라졌어요. 절대 그러지 말았어야 했는데 말이에요. 우리 엄마 같은 사람과 함께라면 잠시도 걱정을 내려놓아선 안 되는 거였어요.

그래요, 모든 게 잘될 거라고 생각했어요. 4주는 순조롭게 흘러갈 테고, 그다음에는 웨스턴 드라이브에 있는 우리만의 작은 보금자리로 이사한다는 꿈에 흠뻑 빠져 있었어요. '이보다 간단하고 쉬운 일이 또 있을까?' 하고 생각하면서요.

하지만 난 사실 아무것도 모르고 있었던 거예요.

미스터리 아저씨

매일 같은 하루가 이어졌어요. 일어나서 옷을 입고 베이비 모니터를 유아용품 매장에 도로 갖다 놓고, 커다란 여행가방을 챙겨서 캠핑 침대 아래에 숨기거나 진열장 뒤에 숨겼죠. 그런 다음 식품 매장에서 유통기한이 지난 음식을 찾아 직원식당에서 식사를 했어요. 점심으로 가져갈 유통기한 샌드위치도 잊지 않고요. 아침을 먹고, 설거지를 한 다음에는 손님용 여자 화장실에서 30분 동안 숨바꼭질을 했어요. 그리고 안전하게 백화점을 나섰죠.

손님용 여자 화장실에 숨어 있을 때가 최고로 힘들었어요. 특히 그레이스톤 양과 그레그 부인이 화장실 점검을 할 때가 가장 가슴 조마조마했죠..

"손님용 여자 화장실이에요, 그레이스톤 양!"

"손님용 여자 화장실입니다, 그레그 부인!"

"그레이스톤 양, 상태는 양호한가요? 스코틀리 백화점 이름에 걸맞는 상태입니까?"

"구석구석 아주 깨끗합니다, 부인."

"그렇게 기록하세요, 그레이스톤 양."

"그렇게 확인하고 점검표에 기록했습니다, 부인."

"잘하셨어요, 그레이스톤 양."

"감사합니다, 그레그 부인."

"그럼 점검을 계속 진행하시죠, 그레이스톤 양."

"가시죠. 제가 뒤따르겠습니다, 그레그 부인!"

두 사람의 또각거리는 뾰족구두 소리가 멀어지고 나서야 간신히 숨을 쉴 수 있었어요. 숨을 죽이는 동안 온몸이 뻣뻣하고 가슴이 가빴어요. 재채기를 하거나 변기에서 떨어질까 봐 엄청나게 겁이 났다고요. 우리는 좁은 변기 위에서 부둥켜안고 그레이스톤 양과 그레그 부인이 점검을 마치고 돌아가기만 간절히 기다렸어요. 그러다가 앤젤린이 웃음을 터트릴까 봐 얼마나 걱정했는지 아세요? 숨바꼭질에 싫증이 나서 그레이스톤 양과 그레그 부인이 문밖에 서 있을 때 짜증이라도 부리면 또 어떻게 해요? 또 언젠가는 두 사람이 화장실 칸막이 안을 살피려고 문을 열어볼 수도 있지 않겠어요? 내 심장이 어찌나 쿵쾅거렸는지 두 사람이 눈치채지 못한 게 놀라웠다니까요.

정말 조마조마한 순간이었어요. 마치 번지점프 순서를 기다리는 느낌이었어요. 좀 부끄럽긴 하지만 병원에서 주사를 맞으려고 기다리던 때보다도 더 조마조마했죠.

그다음으로 가슴 졸이는 순간은 백화점 문을 드나들 때였어요. 어떤 문으로 들어갈지 고를 필요도 없었어요. 우리가 들어가는 문에 늘 콧수염 아저씨가 서 있었거든요. 정문으로 결정하면 정문에, 옆문으로 결정하면 옆문에 어김없이 서 있었어요. 스코틀리 백화점은 옆문이 여섯 개나 되는데 말이에요.

콧수염 아저씨는 매일 아침저녁으로 우리와 마주친 셈이에요. 분명 우리를 의심했을 거예요. 씰룩거리는 콧수염을 보면 확실히 알 수 있었어요. 우리가 백화점으로 다가가면 아저씨의 콧수염이 황소 뿔처럼 솟아올랐다니까요. 콧수염 아저씨한테 우리는 빨간 천으로 보였을 게 분명해요. 아저씨는 우리가 뭔가 일을 꾸미고 있다는 걸 분명 눈치챘을 거예요. 하지만 그게 뭔지는 상상조차 할 수 없었겠죠. 적어도 나는 그렇게 믿고 싶었어요.

어쨌든 콧수염 아저씨가 할 수 있는 일은 별로 없었어요. 그렇잖아요? 하지만 내 생각에 우리를 백화점 보안실에 신고하긴 했던 것 같아요. 어느 날 저녁에는 검은색 양복을 입은 남자가 우리 뒤를 졸졸 따라다니더니 식당까지 따라 들어오더라고요. 그러고는 가까운 테이블에 앉아서 차를 마시는 내내 우리를 지켜봤어요. 하지만 그게 다였어요. 아무래도 귀찮은 일을 대충 하는 분위기였어요.

그래도 우리한테서 떨어질 것 같진 않았어요. 큰일이었죠. 우리를 계속 따라다닌다면 여자 화장실에 숨을 수 없으니까요. 생각해보세요. 우리가 여자 화장실에 들어가면, 화장실 앞 복도를 서성이며 우리가 나오기를 기다리지 않겠어요? 나는 5시 30분이 되어 다른 사람들과 함께 백화점 밖으로 떠밀려 나오는 우리 모습을 떠올렸어요. 어쩌면 공원 의자에서 밤을 새울지도 모르죠. 게다가 캠핑용품 매장에 숨겨놓은 커다란 여행가방도 챙기지 못할 테고요. 어떻게 여행가방을 가지러 갈 수 있겠어요? 백화점 보안요원이 강아지처럼 우리를 졸졸 따라다니고 있는데 말이에요. 어쩌면 그 아저씨 이름에 파이도(Fido, 개에게 흔히 붙이는 이름-옮긴이)가 붙어 있는 건 아닌가 하는 생각까지 들었다니까요.

그래도 우리가 해를 끼칠 사람처럼 보이진 않았나 봐요. 결국 우리 말고 다른 사람 뒤를 밟기 시작했어요. 화려한 옷차림을 한 여자였는데, 자세히 보니 코트가 불룩한 것이 안에 뭔가를 숨기고 있는 것 같았어요. 덕분에 우리는 무사히 여자 화장실에 숨을 수 있었어요.

걱정되는 게 하나 더 있었어요. 바로 보안 카메라였어요. 스코틀리 백화점 곳곳에 보안 카메라가 설치돼 있거든요. 구석구석 카메라를 숨겨놓고 혹시라도 누가 물건을 훔치지 않는지 사람들의 움직임을 모두 지켜봐요.

카메라가 처음부터 걱정됐던 건 아니에요. 밤새도록 카메라가 돌아가지만 그 카메라를 살피는 사람은 야간 경비원 아저씨뿐이거든요. 찍히는 것들은 보안실에서 볼 수 있어요. 보안실은 직원 전용 구역 안에 있고요. 직원식당에서 그리 멀지 않은 곳이에요.

찍을 때 녹화까지 하는 것 같진 않았어요. 하지만 모든 게 곧 바뀔지도 모른다는 생각이 들었죠. 스코틀리 백화점은 최초로 보안 카메라를 설치한 곳이거든요. 카메라를 처음 설치했을 때는 최신 모델이었을 테지만, 이젠 완전히 구식이 된 셈이잖아요. 보안 카메라 시스템 주식회사라고 적힌 작업복을 입은 아저씨들이 백화점 안을 돌아다니는 모습을 본 적이 있어요. 백화점 안에 있는 카메라들을 하나씩 바꾸는 것 같더라고요. 머지않아 모든 카메라가 녹화용으로 바뀔 게 분명했어요. 녹화 테이프에는 우리 모습이 그대로 담길 테고요. 누구든 밤새 카메라에 무엇이 녹화됐는지 살펴본다면 우리 모습을 볼 게 분명했죠.

나는 새로운 보안 카메라가 설치되기 전에 새집으로 이사할 수 있길 간절히 바랐어요. 그렇게 걱정거리 하나가 더 늘어났죠. 그래서 나는 매일 밤 보안실에 몰래 숨어 들어가서 녹화 장치가 다 설치됐는지 확인해야 했어요.

그런데 그거 아세요? 그걸 궁금해하는 사람은 나뿐만이 아니었어요. 그러니까 백화점의 새 보안 시스템요. 그걸 계속 관찰하는 사람이 또 있었다고요.

금요일이었어요. 아시다시피 금요일에는 백화점 문을 8시에 닫아요. 그래서 학교가 끝나고 엄마와 앤젤린과 함께 영화관에 가서 시간을 보낼 만한 일을 찾아봤어요. 영화관에 갈 돈이 있었냐고요? 다행히 엄마가 전에 일하던 건강식품 가게에서 시간제 일자리를 구했거든요. 앤젤린이 유치원에 가고 내가 학교에서 공부하는 동안 엄마도 바쁘게 일했죠.

 영화관에서 나와 7시 40분쯤 스코틀리 백화점에 도착했어요. 꼬마 앤젤린이 하품을 하기 시작했죠. 백화점에 도착하기 전에 나는 마음속으로 기도했어요.

 '제발 콧수염 아저씨가 문 앞에 서 있지 않게 해주세요. 제발 콧수염 아저씨가 보이지 않게 해주세요. 이번 한 번만이라도요. 제발 거기 서 있지 않게 해주세요.'

 우리는 눈에 잘 띄지 않는 옆문 하나를 골랐어요. 사람들이 별로 드나들지 않는 문이었어요. 돈이 많거나 지위가 있는 사람들은 주로 정문으로 다니는 걸 좋아하거든요. 정문으로 다녀야 다른 사람들이 그들을 볼 테니까요. 그리고 그래야 콧수염 아저씨 같은 도어맨들도 허리를 꾸벅 숙이며 "다시 뵙게 되어 반갑습니다, 부인. 다시 찾아주셔서 정말 감사합니다, 선생님" 하고 인사를 건넬 테죠.

 운전기사가 모는 롤스로이스를 타고 오는 사람도 있어요. 운전기사는 백화점 밖에 노란 차선이 두 줄로 그어진 곳에 차를 세우고 차 안에서 기다리죠. 원래 거긴 차를 세우면 안 되는 곳이에요. 하지만 그 사람들은 신경도 안 써요. 주차 단속원들도 뾰족한 수가 없죠. 주차 단속원이 주차위반 딱지를 떼도 눈 하나 깜짝하지 않거든요. 그저 이런 말만 할 뿐이죠.

"내가 모시는 부인은 돈이 아주 많아요. 그러니 이 정도 주차위반 벌금은 전혀 신경 쓰지 않으실 겁니다. 이 정도는 부인께 껌값도 안 된답니다. 부인은 눈에 붙이는 속눈썹을 세탁하는 데도 그것보다 많은 돈을 쓰죠. 그러니까 당신이 차 유리창을 딱지로 도배를 한다 해도 난 이 자리에 그대로 있을 겁니다. 절대 차를 이동시키지 않아요. 부인께서 그렇게 지시하셨거든요."

최고로 험상궂게 생긴 주차 단속원도 부인에 비하면 전혀 두렵지 않다고 생각하나 봐요. 결국 운전기사는 제자리를 그대로 지켰어요. 가끔은 주차 단속원이 보는 앞에서 주차위반 딱지를 찢어서 단속원의 셔츠 앞주머니에 넣기도 했어요. 주차 단속원은 엄청나게 화를 냈죠.

어쨌든 우리는 작은 옆문으로 향했어요. 콧수염 아저씨와 마주치지 않길 간절히 빌면서요. 다행히 옆문에는 아무도 없는 것 같았어요. 그래서 문을 힘껏 밀고 안으로 들어갔죠.

그런데 긴 콧수염이 우리를 가로막고 있었어요. 처음에는 커다란 송곳니가 난 바다코끼리가 우리를 기다리고 있는 줄 알았다니까요. 맞아요. 그 사람은 바로 콧수염 아저씨였어요. 네, 이번에도 그 아저씨였다니까요. 우리도 놀랐지만 콧수염 아저씨도 우리를 보고 굉장히 놀란 얼굴이었어요.

그런데 콧수염 아저씨가 뭘 하고 있었는지 아세요? 아저씨는 땡땡이를 치고 있었어요. 휘파람을 불어 택시를 잡는 게 힘들었나 봐요. 아니면 "다시 만나게 되어 반갑습니다, 부인" 하고 인사하는 게 지겨웠거나요. 그래서 조용한 옆문으로 와서 쉬고 있었던 것 같아요.

콧수염 아저씨는 우리를 보자마자 마치 차 트렁크 문이 열리듯 입을 쩍 벌렸어요.

"이런, 정말 믿을 수가 없군! 또 당신들이야! 왜 또 여길 왔지? 당신들은 늘 이곳에 있군. 아주 살다시피 하는군."

"사실은요, 우린······."

앤젤린이 뭔가 말하려 했어요.

하지만 내가 앤젤린의 말을 막았어요. 얼른 앤젤린의 입안에 캐러멜을 한 개 집어넣었죠.

"고마워, 리비 언니."

앤젤린이 입을 오물대며 말했어요. 그건 내 마지막 캐러멜이었어요. 하지만 전혀 아깝다는 생각이 들지 않았어요. 그럴 만한 값어치를 했죠.

콧수염 아저씨는 긴 콧수염으로 우리 앞을 가로막고 버텼어요. 아저씨의 콧수염은 떡 벌어진 어깨보다도 양 옆으로 길게 뻗어 나와 있었어요. 콧수염만으로 충분히 문을 가로막을 기세였죠.

"이것 보세요, 내 말을 좀 들어보세요."

아저씨가 다시 입을 열었어요.

"무슨 일을 꾸미는지는 모르겠지만 아주 수상하군요. 그게 뭐가 됐든 무슨 짓을 하다가 나한테 걸리기만 하면 바로 쫓아낼 테니 명심해요!"

"아, 네. 당연히 그러시겠죠!"

엄마는 이번에도 거들먹거리며 대꾸했어요. 엄마는 필요하면 언제든 거들먹거리는 재주가 있거든요.

"그런데 우린 스코틀리 백화점을 가장 자주 찾는 고객이란 점을 밝혀두고 싶군요!"

"그래요? 그렇지만 난 당신이 이곳에서 물건을 사는 걸 한 번도 본 적이 없는데요. 한 번이라도 쇼핑백을 들고 나갔어야지!"

콧수염 아저씨가 지지 않고 맞받아쳤어요.

"그건 배달을 시켰기 때문이에요. 너무 많이 사서 다 들고 갈 수가 없거든요. 그래서 늘 트럭에 배달을 시키죠. 그것도 아주 큰 트럭이라고 덧붙이고 싶네요. 간혹 두 대가 필요할 때도 있고요. 트럭 두 대에, 승합차 한 대, 자전거까지 필요할 때도 있답니다!"

엄마를 쳐다보는 아저씨 얼굴이 자꾸만 씰룩였어요. 엄마의 말을 믿어야 할지 말아야 할지 모르겠다는 얼굴이었어요.

"내 한마디면 당신 같은 사람은 바로 해고될 거예요!"

"정말 그럴까요?"

아무래도 이번에는 엄마가 너무 심했다는 생각이 들었어요.

"물론이죠. 도어맨 정도는 쉽게 구할 수 있으니까요. 긴 콧수염을 지닌 도어맨도 금방 구할 수 있을 거구요. 여자가 아니라면 누구든 콧수염을 길게 기를 수 있는 법이니까요. 뭐, 그렇지 않더라도 장난감 매장에 가면 그런 수염은 쉽게 구할 수 있어요. 하지만 주체하지 못할 정도로 돈을 펑펑 써대는 고객을 찾기란 짚더미에서 바늘 찾기보다 어려울걸요."

콧수염 아저씨도 화가 나서 대답했어요.

"그 말이 맞아요. 그런 고객을 찾기란 쉬운 일이 아니죠. 하지만 당신들이 그런 바늘처럼 보이진 않는군요. 내 눈에 당신들은 오히려 짚더미처럼 보여요. 아니, 지푸라기로 보이는군요."

"정말 무례하네요! 이제부턴 다른 백화점에서 쇼핑을 해야겠어요."

엄마가 화가 잔뜩 난 목소리로 말했어요.

"아, 그러시겠습니까? 그러신다면 매우 기쁘겠습니다."

콧수염 아저씨가 말했어요.

"아마 전혀 기쁘지 않을걸. 스코틀리 백화점 임원들이 VIP 고객을 다른 백화점에 빼앗겼다는 말을 듣고 싶어 하지 않을 테니까요. 그것도 하찮은 도어맨의 무례한 태도 때문에 말이에요."

엄마는 계속 빈정댔어요.

콧수염 아저씨가 아주 오랫동안 엄마를 노려봤어요.

"내가 계속 지켜볼 겁니다. 당신들이 뭘 하는지 아주 가까이서 지켜볼 테니 명심하도록 해요. 당신들이 무슨 일을 꾸미는지 알아낼 때까지 계속 그럴 겁니다. 당신들은 매일 문 닫을 때쯤 백화점으로 오죠? 그리고 아침에 백화점 문을 열자마자 밖으로 나가더군요. 정말 수상해요. 직감으로 알 수 있다고요. 뭘 꾸미고 있는지 정확하게는 모르지만 꼭 밝혀내고 말 겁니다. 하지만 걱정 마세요. 오늘 저녁엔 집에 가서 지금까지의 정황을 모두 꼼꼼히 적어볼 테니까요. 짜 맞춰보면 당신들 속셈이 밝혀낼 수 있겠죠. 내가 밝혀내지 못하는지 어디 한번 지켜보십시오. 큰일이 일어날 테니 기대해도 좋습니다. 당신들 몸집에 맞는 아주 큰일요."

 아저씨는 앤젤린을 향해 고개를 끄덕이며 이렇게 덧붙였어요.
 "아주 작은 꼬마한테 어울리는 큰일."
 그런 다음 나를 향해 고개를 끄덕이면서 말을 이었죠.
 "그다음 꼬마한테 어울리는 큰일, 그리고 다 큰 사람한테 어울리는 큰일."
 우리는 '다 큰 사람한테 어울리는 큰일'이란 말을 누구한테 한 말인지 잘 알고 있었어요. 그렇지만 엄마는 전혀 신경 쓰지 않는 눈치였어요.
 "물러나세요, 도어맨 씨. 그리고 우리가 가장 좋아하는 백화점으로 들어갈 수 있도록 숙녀분들께 길을 안내하세요. 아니면 누군가와 개인적인 친분이 있는 백화점 지배인에게 당신을 고발하겠어요."

백화점 지배인이 누군가와 개인적인 친분이 있는 건 사실이잖아요. 그 누군가가 엄마라고 말하진 않았으니까 거짓말은 아닌 셈이죠. 안 그래요?

콧수염 아저씨는 할 수 없이 옆으로 물러났어요. 그리고 우리를 백화점 안으로 들여보냈죠. 영 못마땅한 얼굴이었어요. 우리가 백화점 안으로 들어가는데 뒤에서 아저씨가 중얼거리는 소리가 들렸어요.

"백화점 문을 닫기 직전에 들어가서 문을 열자마자 나온다 이거지? 흠, 아무리 봐도 수상해. 도대체 무슨 꿍꿍이지? 도대체 무슨 일을 꾸미고 있는 거야?"

나는 뒤를 돌아봤어요. 콧수염 아저씨는 콧수염 한쪽 끝을 질경질경 씹고 있었어요.

잠잘 시간은 아직도 까마득하게 남아 있었어요. 백화점 문을 늦게 닫는 금요일이었으니까요. 저녁 8시가 돼야 영업이 끝나고, 저녁 식사도 그 후에나 할 수 있었어요. 유통기한이 지난 음식을 찾기도 쉽지 않았죠. 식품 매장에 있는 음식들도 거의 다 팔렸거든요. 마치 메뚜기 떼의 습격을 받은 것 같았다니까요. 게다가 밤에는 청소부들이 몰려왔어요. 보통 때보다 늦은 시간이었죠. 청소회사 승합차가 골목에 도착하는 소리를 들은 게 9시쯤이었어요. 가엾은 앤젤린은 피곤해서 제대로 서 있지도 못했어요.

"엄마, 오늘도 청소부인 척해야 해요? 그냥 텐트에 가서 자면 안 돼요? 내 말은, 경비원이 매일 밤 순찰을 돌아도 우릴 발견한 적은 한 번도 없었잖아요. 청소부들도 우리가 그 안에서 잔다는 걸 알아차리지 못할 거예요. 안 그래요? 일찍 자면 직원 샤워실에서 샤워도 못 하겠지만 오늘 하루뿐이니까, 괜찮잖아요? 앤젤린이 무척 피곤해 보여요. 솔직히 말해서 저도 그렇고요."

"그래, 좋아. 여자 화장실에서 얼른 양치질만 하자."

엔젤린과 나는 양치질만 하고 캠핑용품 매장으로 내려갔어요. 그리고 텐트 안에 깔아놓은 침낭 속으로 쏙 들어갔어요.

나는 엄마도 일찍 잠자리에 들 거라고 생각했어요. 하지만 엄마는 가서 청소부인 척하는 편이 좋을 것 같댔어요. 그러지 않으면 다른 사람들이 엄마가 어디 갔는지 궁금해할 거라고요. 백화점에 치를 물건값이 남아 있었으니 일도 조금 해야 했고요.

그렇지만 진짜 이유는 그게 아닌 것 같았어요. 엄마는 청소부 아줌마들이랑 수다를 떨고 싶은 것 같았어요. 왜 마지 아줌마랑 다른 아줌마 있잖아요. 엄마는 그 아줌마들이랑 얘기하는 걸 좋아했거든요. 그날 저녁 어쩌면 이런 얘기를 나눴는지도 몰라요.

"오늘밤은 꼬마들이랑 같이 안 왔어요?"

"네, 안 왔어요. 오늘밤은 집에서 편안하게 자고 있답니다."

물론 백화점 매장에 있는 텐트가 우리 집이고, 그 안에서 자고 있다고 말하진 않았겠죠.

앤젤린은 눕자마자 잠이 들었어요. 하지만 나는 한동안 깨어 있었어요. 인공폭포와 분수대에서 나는 물소리를 들으면서요. 눈을 감으면 마치 시골에 온 듯한 기분이 들었어요. 새소리도 들리는 것 같았다니까요. 물론 밤에 우는 새는 없겠지만요. 아니, 밤에 우는 새도 있긴 있네요. 나이팅게일이나 쏙독새는 밤에 운대요. 실제로 그 새들의 울음소리를 들어본 적은 없지만, 책에서 읽었어요.

그렇게 자리에 누워 있는데, 문득 신경 쓰이는 일 하나가 떠올랐어요. 콧수염 아저씨가 우리를 자꾸 마주치듯, 우리도 백화점 안에서 누군가와 계속 마주친다는 사실이었어요. 전에는 크게 신경 쓰이지 않았는데, 신경을 쓰기 시작하니까 머릿속에서 그 사람 생각이 떠나지 않았어요.

적어도 하루에 한 번씩은 그 아저씨가 눈에 띄었어요. 그 아저씨는 늘 같은 자리를 맴도는 것 같았어요. 어디냐 하면 향수 매장 주위였어요. 여자에게 줄 선물을 고르는 사람 같기도 했고, 그게 아니면 자기가 쓸 스킨로션을 고르는 것 같기도 했어요. 귀금속 매장에 진열된 목걸이, 금시계, 반지를 자세히 들여다보기도 했어요. 돈이 아주 많은 사람처럼 보였어요. 언제나 근사한 긴 코트를 입고 있었는데, 아주 멋쟁이처럼 보였죠.

처음에는 그 아저씨가 백화점 보안요원이 아닐까 하고 생각했어요. 그렇지만 아무래도 아닌 것 같았어요. 보안요원치곤 굉장히 부자처럼 보였거든요. 백화점에서 쇼핑하는 돈 많은 사람들 속에서 튀지 않게 하려고, 백화점에서 코트를 지급했다면 또 모르는 일이긴 하죠. 하지만 그럴 수 있다는 말이지 왠지 그건 아닌 것 같았어요.

백화점 보안요원이 아니라면 그 아저씨는 도대체 누구였을까요? 도대체 백화점에서 뭘 하고 있었던 걸까요? 왜 그 아저씨가 늘 눈에 띄었을까요? 그 아저씨가 물건을 사는 모습은 한 번도 본 적이 없어요. 한 매장에 오래 머물지도 않았고요. 아저씨는 언제나 구경만 하는 것 같았어요.

그러다가 아저씨를 다른 곳에서 본 적이 있다는 사실이 생각났어요. 직원 전용 구역 안으로 들어가는 걸 봤거든요. 하지만 잠시 후 다시 밖으로 나왔죠. 마치 실수로 잘못 들어갔다는 표정을 지으면서요. 백화점 맨 위층에서도 본 적이 있어요. 직원에게 옥상 정원에 대해 물어보더라고요. 고객들이 이용할 수 있는지 묻자 직원은 아니라고 대답했어요. 지금은 개방하지 않고 여름에나 개방한다고 했어요. 아저씨는 웃으며 고맙다는 인사를 했어요. 그리고 가던 길을 가려는지 몸을 돌렸죠. 바로 그때 아저씨와 눈이 마주쳤어요. 내가 아저씨를 보고 있었거든요. 그랬더니 그 아저씨가 어떻게 했는지 아세요? 글쎄, 내게 윙크를 하는 거예요.

아저씨는 윙크를 한 다음 에스컬레이터를 타고 아래층으로 내려갔어요. 정말 이상했어요. 아주 미스터리 한 일이었다고요. 그래서 그 아저씨를 미스터리 아저씨라고 부르기로 했어요. 이제 백화점에는 도어맨 콧수염 아저씨와 아주 부자처럼 보이지만 물건은 한 번도 산 적이 없는 미스터리 아저씨가 있었어요.

아주 잠깐 동안이지만 그 아저씨가 우리 아빠일지도 모른다는 생각을 했어요. 아빠가 유전에서 돈을 많이 벌어 와서 우리를 찾아 백화점을 뒤지다가 나를 알아보고 윙크를 했을지도 모른다고요. 하지만 아무리 생각해도 그건 아니었어요. 진짜 아빠였다면 그렇게 떠났을 리 없죠. 분명 내게 무슨 말을 건넸을 거예요. 몇 년이나 헤어졌던 딸에게 그냥 윙크만 하는 아빠가 세상에 어디 있겠어요? 적어도 걸음을 멈추고 무슨 말이라도 했겠죠. 학교에서 공부는 잘하고 있는지 물어보든가요. 어쨌든 아빠였다면 윙크만 하고 가버리진 않았을 거예요.

나는 잠들 때까지 미스터리 아저씨에 대해 생각했어요.

'혹시 엄마도 미스터리 아저씨를 본 적이 있는지 물어봐야겠다. 내일도 그 아저씨가 나타나는지 살펴봐야지.'

그리고 어느새 눈이 감기고 깊은 잠으로 빠져들었어요.

내가 다시 눈을 떴을 때는, 웬일인지 사방이 온통 혼란스러웠어요. 엄마가 당황한 표정으로 내 몸을 마구 흔들어대고 있었어요.

"리비!"

엄마가 날카롭게 속삭였어요.

"리비, 리비! 일어나, 어서 일어나! 빨리! 일어나라고!"

나는 간신히 눈을 뜨고 엄마를 바라봤어요. 엄마는 정말 오랜

만에 걱정 가득한 표정을 짓고 있었어요. 그런 표정을 마지막으로 지었던 때가 언제였는지 기억도 안 나요. 아무튼 걱정 수준이 아니라 공포에 떨고 있는 듯한 모습이었어요.

"리비, 리비! 큰일 났어!"

나는 침낭에서 벌떡 일어났어요.

"무슨 일이에요, 엄마? 앤젤린에게 무슨 일이 있어요? 아파요?"

"아니, 그런 게 아니야. 그런 일은 아니라고. 하지만 그것만큼이나 나쁜 일이야."

"무슨 일이에요, 엄마? 무슨 일이냐고요?"

"이걸 봐!"

엄마는 시계 매장에서 빌려온 알람시계를 내 얼굴에 바짝 들이댔어요.

"어젯밤에 시계를 맞춰놓고 자는 걸 깜빡했어. 세상모르고 자버렸다고, 리비! 8시 25분이야. 직원들이 벌써 출근했을 거야. 이제 5분만 있으면 손님들도 들어온다고. 우린 아직까지 잠옷 바람에 텐트 안에서 이러고 있고. 어떻게 나가지? 우린 완전히 갇혔어. 이 텐트에 갇혔다고. 누가 와서 텐트 안을 들여다보면 어쩌지? 들키지 않고 어떻게 빠져나가지? 리비, 이제 어쩌면 좋아?"

갑자기 공포가 몰려오면서 화장실에 가고 싶어졌어요. 그것도 아주 급하게요.

늦잠이 부른 위기

그렇게 일이 벌어지고, 나랑 엄마, 그리고 아직 잠들어 있는 앤젤린은 텐트 안에 숨어 있었어요. 토요일 아침, 8시 30분이 거의 다 돼가고 있었어요. 백화점 직원들은 손님 맞을 준비를 하느라 분주했어요.

나는 가만히 귀를 기울였어요. 두꺼운 텐트 천 너머에서 직원들의 말소리가 들렸어요. 매장 끝쯤에 있는 것 같았어요. 우리가 아주 작은 소리로 소곤거린다면 들을 수 없는 거리였죠. 하지만 언제까지 텐트 안에 숨어 있을 순 없잖아요. 안 그래요? 곧 화장실에 가고 싶어질 거예요. 또 앤젤린이 잠에서 깨기라도 하면 화장실에 가자고, 아침을 먹자고 징징댈 게 분명했어요.

그런데 엄마가 내게 속 편한 소리를 하지 뭐예요.

"하루 종일 텐트 안에 있는 것도 괜찮겠다. 저녁 6시에 백화점 문을 닫을 때까지 그냥 이 안에 있자. 겨우 몇 시간인데, 뭐."

'겨우 몇 시간이라고!'

하마터면 소리를 지를 뻔했어요. 아침 8시 30분부터 저녁 6시까지라고요! 그게 어떻게 겨우 몇 시간이에요? 머리를 굴려 계산해봤어요. 답이 나왔죠. 아홉 시간하고도 30분이었다고요. 무려 570분요!

아홉 시간 30분이라니! 그것도 텐트 안에서! 먹고 마실 음식이나, 볼거리나 읽을거리도 하나 없었어요. 말을 하거나 움직일 수도 없었고요! 심지어 텐트 안에는 화장실도 없다고요!

그렇게 오랫동안 어떻게 견디겠어요? 앤젤린은 아홉 시간 30분이 아니라 9.5초도 가만있지 못하는 어린애라고요. 깨우지 않으면 저녁 6시까지 계속 잘 수도 있겠죠. 하지만 아무리 생각해도 그건 말이 안 됐어요. 그때까지 앤젤린이 잠을 자고, 우리가 아무 소리도 안 내고 숨어 있더라도, 그러니까 화장실에도 안 가고 버티더라도 누가 갑자기 텐트 안으로 들어오면 어떻게 해요?

더구나 토요일은 굉장히 붐비는 날이에요. 온 가족이 몰려와 텐트, 텔레비전, 식탁을 사죠. 이게 좋다, 저게 더 좋다, 싸워대면서요. 한 사람이 이걸 사자고 하면 다른 사람은 저걸 사자고 하죠.

그런 사람들 중에 텐트를 사러 온 사람이 있다고 생각해보세요. 안을 살펴보지도 않고 텐트를 사는 사람이 있겠어요? 우리 텐트가 마음에 든다면 당연히 안으로 들어와 살펴보겠죠. 당연히 그렇겠죠.

그때 엔젤린이 막 잠에서 깨려는지 숨소리가 바뀌었어요. 앤젤린은 숨소리가 일곱 가지나 돼요. 나처럼 그 숨소리에 익숙한 사람은 숨소리만 들어도 앤젤린이 다음에 뭘 할지 금방 알아채죠.

"쉿, 우리 천사야. 일어나지 말고 더 자."

엄마가 가만히 속삭이며 앤젤린의 머리를 쓰다듬었어요. 마치 깊은 잠에 빠져 6시까지 깨지 말라고 마법을 거는 것 같았어요. 엄마가 정말 마법의 주문을 알고 있었다면 분명 앤젤린에게 주문을 걸었을걸요.

"엄마."

내가 조용히 엄마를 불렀어요.

"나 아무래도 지금 화장실에……."

"그래, 알아."

엄마는 내가 미처 말을 끝내기도 전에 대답했어요. 그리고 이렇게 덧붙였어요.

"엄마도 마찬가지야."

'그래, 앤젤린도 마찬가지겠지. 잠에서 깨자마자……'

앤젤린의 숨소리가 다시 거칠어졌어요. 그리고 침낭 속에서 꿈틀대기 시작했어요. 직원들의 목소리는 점점 가까워지고 있었죠. 다른 사람들의 목소리도 들려왔어요. 얼른 돈을 쓰고 싶어 안달이 난 손님들이 벌써 매장 안으로 들어온 모양이었어요.

"네, 고객님. 도와드릴까요?"

한 직원의 목소리가 들렸어요.

'제발.'

나는 속으로 간절히 빌었어요.

'제발 캠핑용 버너를 사러 왔다고 말해요. 아니면 텐트 펙을 박을 나무망치를 사러 왔다고 하든가요. 하지만 뭐라고 말하든 그것만은, 그것만은 절대 사러 왔다고 하지 마요.'

하지만 어떤 아저씨가 '그것'을 말해버렸어요.

"텐트를 사러 왔습니다. 이제까지 지겹도록 호텔과 콘도만 이용했거든요. 그래서 내년 휴가는 야외에서 보내기로 마음먹었죠. 오늘 아침이 밝자마자 온 가족이 이리로 온 거예요. 백화점이 붐비기 전이 좋잖아요. 그렇지, 얘들아?"

"네, 아빠."

두 아이의 목소리가 들렸어요. 남자아이 목소리였어요. 하나는 내 또래인 것 같았고, 다른 하나는 앤젤린 또래인 것 같았어요.

그때 앤젤린이 또다시 쌕쌕댔어요. 그리고 침낭 안에서 몸을 뒤척였어요. 이제 곧 일어날 것 같았어요. 당연히 그다음에는, 잠에서 깨면 곧바로……

'이런, 안 돼! 노래를 부르려고 하잖아!'

그랬다니까요. 앤젤린에게 새로 생긴 버릇이었어요. 요즘 들어 그런 버릇이 생겼더라고요. 그것도 아주 큰 목소리로 불러요. 라디오에서 들었다는데 〈정말 아름다운 아침이에요(Oh, What A

199

Beautiful Morning〉라는 노래예요. 끔찍한 아침에도 어김없이 그 노래를 부르더라고요.

'오, 이런. 안 돼. 안 돼!'

앤젤린이 눈을 번쩍 떴어요.

"정말 아름다……."

나는 앤젤린의 목소리가 더 커지기 전에 손으로 입을 막았어요.

"죄송합니다, 혹시 무슨 말씀을 하셨나요?"

텐트 바로 앞에서 직원의 목소리가 들려왔어요.

"제가요? 아니요. 아이들이 뭐라고 한 모양이네요. 텐트를 좀 살펴봐도 될까요? 안에 직접 들어가서 봐도 괜찮나요?"

"아, 그럼요. 물론입니다. 마음껏 둘러보세요. 그리고 도움이나 상품 설명이 필요하시면 언제든 말씀만 하세요."

"알겠습니다. 그럼 좀 둘러보도록 하죠."

앤젤린이 이리저리 눈동자를 굴리기 시작했어요. 마치 어항 속 금붕어처럼요. 나는 몸을 숙여 앤젤린에게 속삭였어요.

"앤젤린, 정말 미안한데 네 입을 꼭 막아야 했어. 지금 우리한테 아주 큰일이 벌어지고 있거든. 늦잠을 자서 백화점이 벌써 문을 열었어. 우리가 여기 있는 걸 들키지 않으려면 지금부터 아주 조용히 해야 돼. 이제 네 입에서 손을 뗄 테니까 아주 조용히 해야 해. 알겠지? 할 말이 있으면 작은 목소리로 최대한 조용히, 응? 〈정말 아름다운 아침이에요〉 같은 건 절대 부르지 말고. 언니 말

알아들었지? 이제 손 뗄게. 뗀다?"

앤젤린이 살며시 고개를 끄덕였어요. 나는 앤젤린의 입에서 손을 뗐어요.

"리비 언니."

앤젤린이 작은 목소리로 속삭였어요.

"왜?"

"나 지금 화장실에……."

"알아. 나도 그래."

나는 엔젤린이 다 말하기도 전에 대답했어요.

"응, 그런데 난 정말 급해."

"알아. 언니도 정말 급하거든."

이렇게 말하고, 나는 엄마를 쳐다봤어요.

'엄마, 이제 어떡해요? 이것 봐요. 그렇게 아무 걱정 말라고 큰소리치더니 결국 이렇게 됐잖아요. 막다른 골목이라고요. 이제 여기서 어떻게 빠져나가요?'

내가 속으로 외쳤어요.

텐트 밖으로 뛰쳐나가 냅다 달음박질칠 수도 없는 상황이었어요. 아직 침낭 속에 있기도 했지만 잠옷 차림이었으니까요. 어떻게 잠옷 바람으로 커다란 여행가방을 끌고 백화점에서 거리로 뛰쳐나가요? 그랬다간 생각할 것도 없이 분명 체포될걸요. 아, 지금도 우리는 체포된 게 맞죠? 그렇죠? 뭐, 그런 것 아닌가요?

이번에는 다른 쪽 텐트에서 아까 그 사람들의 말소리가 들려왔어요. 다른 쪽의 큰 텐트를 먼저 살펴보는 모양이었어요.

"꽤 괜찮아 보이네."

"얼마나 비싼지 봤어요? 게다가 지나치게 크다고요."

아저씨 목소리에 이어 아줌마 목소리가 들려왔어요.

"난 마음에 들어."

동생의 목소리였어요.

"난 싫어. 난 절대 이 안에서 안 자!"

형이 투덜댔어요. 그러니까 동생이 못된 말을 하더라고요.

"그럼 형은 쓰레기통 안에서 자면 되겠네."

아무래도 싸움이 일어난 것 같았어요. 아저씨가 엄청나게 큰 소리로 말렸거든요.

"얘들아, 얘들아! 이제 그만!"

"정말이지 창피해서 살 수가 없어. 도대체 이 녀석들은 데리고 다닐 수가 없다니까. 데리고 다니면 망가뜨린 물건을 배상하고 사과하는 게 일이니, 이거 원."

아줌마도 짜증을 냈어요.

엄마는 소란스러운 틈을 타 우리에게 얼른 옷을 건넸어요. 빨리 갈아입으라는 눈치도 줬고요. 우리는 몸을 꿈틀대며 조심스럽게 잠옷을 벗고 다시 꼼지락거리며 옷을 입었어요. 그러는 동안 밖에 있는 사람들이 우리 텐트로 점점 더 다가오고 있었어요.

"여기 이글루처럼 생긴 텐트가 있어요. 안에 들어가봐도 돼요, 아빠?"

형 목소리가 들렸어요.

"직원이 그래도 된다고 했으니까 괜찮을 것 같구나. 그래, 어디 한번 들어가보자."

그 사람들이 뭘 할지 하나하나 머리에 떠올랐어요. 먼저 이글루처럼 생긴 텐트 안으로 들어간 다음 그 옆에 있는 텐트로 가겠죠. 그런 다음 1인용 텐트를 구경할 테고요. 북극 탐험대를 위해 특별히 만든 텐트 말이에요. 그러면서 티격태격 말다툼을 하고 그 옆에 있는 텐트 안으로 들어갈 거예요. 그리고 마침내 우리 텐트를 보러 오겠죠. 하지만 그 안에는 우리가 있어요. 잠옷을 반만 갈아입고, 화장실에 가고 싶어서 안절부절못하는 표정으로요.

"서둘러."

엄마가 소리 없이 입을 뻥긋거리며 말했어요.

"서둘러, 서둘러, 서둘러!"

나는 바지를 거꾸로 입었어요. 하지만 얼른 옷을 입는 게 중요하지 그런 것까지 신경 쓸 여유가 없었어요. 벗어서 다시 제대로 입을 시간도 없었고요.

어느새 옷을 다 갈아입은 엄마가 앤젤린이 옷을 입도록 도와줬어요. 그리고 우리가 입었던 잠옷을 침대 밑에 넣어뒀던 커다란 여행가방에 넣은 다음 우리 신발을 신겨줬어요. 여기저기 흩어져 있는 물건들을 챙겨서 잠옷 위에 마구 쑤셔 넣고, 우리한테 겉옷을 건네며 얼른 입으라고 고개를 끄덕였어요.

"엄마, 나 화장실이 정말 급한데…….."

앤젤린이 속삭였어요.

엄마는 소리를 내지 않고 입 모양만으로 대답했어요.

"알아, 조금만 더 참아봐."

엄마는 여행가방을 닫고 자물쇠를 잠갔어요. 딸깍 소리가 나지 않도록 엄지손가락으로 최대한 살살 버튼을 눌렀죠.

"좋아. 준비됐어."

엄마가 가만히 말했어요.

나는 멍한 표정으로 엄마를 바라봤어요.

'도대체 무슨 준비가 됐다는 거죠? 뭘 할 준비가 됐는데요?'

사람들은 점점 더 다가오고 있었어요. 곧 우리 텐트 앞까지 올 참이었어요. 먼저 밖에서 이리저리 자세히 살펴보고 색깔이 마음에 든다는 둥, 디자인이 근사하면서도 실용적이라는 둥 하며 떠들어대겠죠. 우리도 같은 이유로 그걸 골랐거든요. 그런 다음 덮개를 열어 지퍼를 내리겠죠. 양쪽으로 지퍼를 열면 바로 그 안에 우리가 있을 거예요. 그리고 무슨 일이 일어나겠어요? 대재앙이죠!

나는 엄마를 흘끗 쳐다봤어요. 하지만 엄마는 이제 아무 걱정도 하지 않는 얼굴이었어요. 오히려 미소를 짓고, 아니, 활짝 웃고 있었다고 할까요? 도대체 뭐가 우스운지 알 수 없었어요. 우리를 최악의 곤경으로 밀어 넣고서도 앉아서 웃고 있다니, 이건 뭐…….

"너희 둘, 이제부터 잘 들어. 엄마가 뭐라고 하든지 너희는 장단만 맞춰, 알겠지?"

"하지만 엄마."

"쉿, 리비. 엄마만 믿어. 그냥 장단만 맞추라고, 제발."

그리고 엄마는 내게 더는 불평하지 말고 조용히 하라는 손짓을 했어요.

사람들은 밖에 있었어요. 우리 텐트 바로 옆에요.

작은애가 텐트 벽에 손바닥을 대고 꾹꾹 눌러대며 말했어요.

"느낌이 좋아요."

그때 앤젤린이 그 애 손바닥에 자기 손바닥을 갖다 대려는 게 아니겠어요? 나는 앤젤린의 손을 얼른 낚아챘어요. 앤젤린은 내가 손을 잡아준다고 생각했나 봐요. 내게 웃음을 지어 보이더라고요.

"이제 텐트 안을 좀 살펴볼까? 밖에서 보는 것처럼 안도 아늑한지 한번 봐야지?"

아저씨의 말소리가 들렸어요.

"좋은 생각이에요. 나는 이 디자인이 가장 마음에 들어요. 너는 어떠니, 팀?"

"나쁘지 않은 것 같네요."

형이 마지못해 엄마의 말에 동의했어요.

그리고 큼지막한 손 그림자가 텐트 입구로 다가왔어요. 이제 막 지퍼를 잡고 텐트 문을 열 참이었어요. 그리고……

그 손이 밖에서 지퍼를 미처 잡기도 전에 엄마가 텐트 안에서 지퍼를 먼저 잡았어요. 그리고 지퍼를 확 내린 다음 텐트 문을 활짝 열어젖히며 일어섰어요. 밖에 있던 네 사람은 너무 놀라 입을 다물지 못했어요. 엄마는 여행가방을 집어 들었어요.

"얘들아, 아무래도 이 텐트는 아닌 것 같아. 굉장히 좋은 텐트이긴 한데, 우리에게 필요한 거랑 좀 다르네. 어서 가서 다른 것들도 좀 살펴보자."

엄마가 먼저 텐트 밖으로 나갔어요. 그리고 눈앞에서 벌어지는 광경을 도무지 믿을 수 없다는 듯 우리를 바라보는 아줌마와 아저씨, 두 아이들을 그대로 지나쳤어요.

엄마가 먼저 그 사람들을 향해 환한 웃음을 지었어요.

"텐트 고르기 정말 어렵네요. 안 그런가요? 특히 가족들이 모두 마음에 들어 하는 걸 고르려니 힘들어요."

말을 마친 엄마는 우리에게 고개를 돌렸어요.

"얘들아, 텐트 구경은 잠시 멈추고 식당에 가서 잠시 쉬면 어떻겠니?"

나는 어디로 가든 상관없었어요. 가는 길에 화장실만 있으면 되니까요. 우리는 얼른 엄마를 따라나섰어요. 엄마가 커다란 여행가방을 들고 앞장서고, 나와 엔젤린이 그 뒤를 따랐어요. 바지를 거꾸로 입어서 좀 불편하긴 했어요.

나는 아까 그 가족을 돌아봤어요. 여전히 놀란 얼굴을 하고 있더라고요. 아저씨가 아줌마를 향해 몸을 돌리더니 물었어요.

"그런데 저 사람들이 여기서 나온 게 맞아? 들어가는 건 못 봤는데?"

직원도 도무지 영문을 모르겠다는 듯 혼란스러운 표정을 지으며 우리를 가만히 지켜봤어요. 우리가 언제 어떻게 매장으로 들어왔는지 궁금했겠죠. 왜 자기가 우리를 못 봤는지도 궁금했을 테고요. 하지만 엄마는 여느 때와 마찬가지로 다정한 미소를 지어 보였어요. 사람을 안심시키는 미소였죠. 그리고 이렇게 말했어요.

"정말 고맙습니다. 다음에 다시 와서 살펴볼게요. 결정을 하려면 생각할 시간이 좀 더 필요해서요."

"아, 네, 물론입니다, 부인. 감사합니다."

직원이 대답했어요.

그 아저씨는 아마 서류를 정리하느라 고개를 숙이고 있어서 우리를 못 봤다고 생각했을 거예요.

"카탈로그 좀 드릴까요?"

직원이 물었어요.

"물론이에요. 정말 고맙습니다."

엄마가 대답했어요. 그런 다음 캠핑용품 매장을 아주 당당한 걸음으로 빠져나왔어요. 엄마는 마음만 먹으면 얼마든지 당당한 모습을 보여주거든요.

앤젤린과 나는 엄마 뒤를 따랐어요. 엄마만큼이나 당당하게 말이에요. 화장실이 몹시 급했지만 고개를 꼿꼿이 세우고 씩씩하게 걸었어요. 어쩌면 화장실이 급해서 몸이 더 꼿꼿했는지도 몰라요. 우리가 어찌나 당당했던지 직원 아저씨는 커다란 여행가방에 뭐가 들었는지 감히 물어보지 못했어요. 분명 궁금했을 텐데 말이에요. 대신 에스컬레이터를 타고 올라가는 우리를 물끄러미 바라보기만 할 뿐이었어요.

우리는 곧장 가장 가까운 손님용 여자 화장실로 향했어요. 그리고 나는 드디어 바지를 제대로 갈아입었죠. 바지를 거꾸로 입으면 얼마나 불편한지 아세요? 그렇게 입어본 사람만 그 기분을 알 수 있다니까요. 어쨌든 우리는 세수를 했어요. 엄마는 식당에서 아침을 사 준다고 했어요.

"유통기한은요?"

앤젤린이 유난히 큰 소리로 물었어요.

"유통기한은 우리끼리 있을 때만 먹을 수 있어. 다른 사람이 많을 때는 안 돼."

엄마가 설명했어요.

"아침 사 먹을 돈이 있어요?"

늘 그렇듯이 내가 걱정이 돼서 물었어요.

"그럼, 있지. 꼭 필요할 때가 아니면 돈을 쓰지 않지만, 있긴 있어. 아침 정도는 충분히 사 먹을 수 있단다. 그렇지만 먼저 여행가방을 숨겨둬야겠다."

엄마는 여행가방을 숨겨둘 곳이 없는지 주위를 둘러봤어요.

손님용 여자 화장실에는 작은 빗자루를 넣어두는 청소함이 있었어요. 엄마가 청소함 문을 열고 여행가방을 밀어 넣었어요. 눈에 띄지 않도록 양동이와 고무밀대 뒤에 잘 감췄어요.

"나중에 가지러 오면 돼. 오늘 밤에 다시 오자."

엄마가 말했어요.

오늘 밤에 다시 온대요. 내일 밤, 모레 밤, 다음 날 밤, 또 그다음 날 밤에도요. 웨스턴 드라이브에 있는 새집으로 이사하려면 3주나 더 기다려야 했어요. 그때까지 견딜 수 있을지 도무지 자신이 없었어요. 목요일에는 분명히 정신이 어떻게 될 것만 같았죠.

꽤 이른 시간이긴 했지만 백화점은 이미 사람들로 북적였어요. 사방으로 난 문으로 토요일 쇼핑을 즐기려는 사람들이 마구 밀려들었죠. 식당 역시 우리가 첫 손님은 아니었어요. 벌써 열두어 명쯤 와 있더라고요. 대부분 아침 식사를 하고 있었어요. 주방에선 지글지글 소리를 내며 베이컨과 소시지를 굽고 있었어요. 보글보글 소리와 함께 달걀이 익고, 식빵도 노릇하게 구워지고 있었죠. 우리는 모두 푸짐한 아침을 먹었어요. 스코틀리 백화점에서 일주일을 보낸 일을 축하라도 하듯 말이에요.

'이번 주가 마지막 주라면 얼마나 좋을까.'

나는 속으로 생각했어요. 그때는 정말 그렇게 될 줄은 몰랐거든요.

아, 잊어버리기 전에 재밌는 얘기 하나 해줄게요. 그때 누가 식당 안으로 들어왔는지 아세요. 바로 미스터리 아저씨였어요. 여느 때처럼 멋진 긴 코트를 입고 있지 않아서 처음에는 아저씨를 알아보지 못했어요. 하지만 쟁반을 들고 우리 테이블 앞을 지나가는 순간 어디서 많이 본 사람이란 걸 알아차렸죠.

'혹시 저 아저씨도 백화점에 사는 건가?' 하는 생각이 들었어요. 그러면 아저씨가 입고 있던 코트도 사실은 아저씨 코트가 아니라 2층 남자 양복 매장에서 빌린 것일 수 있어요. 앤젤린이 장난감 매장에서 커다란 인형을 잠깐 빌렸던 것처럼 말이에요.

미스터리 아저씨가 정말로 스코틀리 백화점에 살고 있었다면, 매일 밤 폐점시간에 손님용 남자 화장실에 숨었을지도 몰라요. 사람들이 모두 집으로 돌아가면 여행용품 매장에 있는 거대한 여행가방 안에서 잠들었을지도 모르죠. 보드라운 비단이 깔린 푹신한 관에 누운 뱀파이어처럼요. 그 아저씨도 웨스턴 드라이브에 있는 집을 기다리고 있던 걸까요? 하지만 아저씨도 백화점에서 몰래 살고 있었다면 왜 밤에는 우리와 마주치지 않았을까요? 그러다가 스코틀리 백화점은 어마어마하게 넓으니까 며칠을 돌아다녀도 못 만날 수 있겠다는 생각이 들었어요.

거기까지 생각한 나는 노릇노릇 구운 식빵을 달걀 반숙 노른자에 콕 찍었어요. 그리고 다시 상상의 나라로 빠져들었어요. 엄마와 미스터리 아저씨에 대한 상상이었어요. 엄마가 어느 날 유전으로 떠난 아빠로부터 편지를 한 통 받는 거예요. 아빠가 집으로 돌아올 수 없다는 내용이죠. 어느 아랍 족장의 아름다운 딸과 사랑에 빠져서요. 엄마는 처음에는 조금 슬퍼하지만 그 기분이 오래가지 않아요. 엄마 역시 이젠 마음 놓고 다른 사람을 만날 수 있으니까요. 미스터리 아저씨 같은 사람 말이에요. 어쩌면 두 사람은 이미 그릇 매장에서 만났는지도 몰라요. 첫눈에 반해서 웨스턴 드라이브의 새집에서 함께 살기로 약속했는지도 모르고요. 우리는 동화처럼 모두 영원히 행복하게 사는 거죠.

왜 그런 상상을 했냐고요? 미스터리 아저씨는 아주 잘생긴 사람이었거든요. 영화배우 같았다니까요. 아주 특별한 사람처럼 보였어요. 차림새도 특별했고요. 나중에는 그냥 특별한 사람이 아니라는 게 다 드러났지만, 어쨌든 그런 생각이 들었어요.

나는 엄마의 관심을 그 아저씨에게 돌려보려고 애썼어요. 조금이라도 관심을 보였으면 해서요. 그래서 시리얼을 먹고 있는 엄마 팔꿈치를 툭 건드리며 말했어요.

"엄마, 저 아저씨가 또 왔어요."

"팔을 치면 엎지르잖니."

엄마가 내게 주의를 줬어요.

"하지만 그 아저씨가 또 왔다고요. 바로 저기요. 식당에 들어왔어요."

"어떤 아저씨?"

"내가 계속 마주친다는 아저씨 말이에요. 내가 말했잖아요. 긴 코트를 입은 아저씨요."

"긴 코트를 입은 사람은 안 보이는데?"

"오늘은 입지 않았어요. 그래서 못 알아볼 뻔했어요. 저기요, 바로 저기. 저 아저씨랑 계속 마주쳐요. 향수 매장에서도 본 적이 있어요. 그런데 저 아저씨는 보석이랑 귀금속에 관심이 많은가 봐요. 바로 저 아저씨요."

엄마도 그 아저씨가 좀 신경 쓰이는 눈치였어요. 우리가 아저씨를 계속 봤다면 아저씨도 우리를 계속 봤다는 뜻이잖아요. 엄마는 의자를 돌려서 미스터리 아저씨를 살펴봤어요.

'첫눈에 반하게 해주세요. 제발 첫눈에 반해서 영원히 사랑하게 해주세요.'

내가 간절히 기도했어요. 하지만 내 바람대로 되진 않았어요. 아니, 엄마가 미스터리 아저씨한테 관심을 보이긴 했어요. 하지만 그건 의심 가득한 관심이었어요.

"매장 감독관일지도 몰라."

엄마가 말했어요.

"매장 감독관이 뭐예요, 엄마?"

꼬마 앤젤린이 입안에 식빵을 가득 문 채로 물었어요.

"매장을 감독하는 사람이지, 당연히!"

내가 짜증스럽게 말했어요. 첫눈에 반하길 바랐는데 일이 어긋나니까 짜증이 좀 났거든요.

"그럼, 식당 감독관도 있어?"

앤젤린이 물었어요.

내가 쌀쌀맞게 대했는데도 전혀 신경을 안 쓰는 눈치였어요. 그래서 더 짜증이 났어요. 기껏 툴툴댔는데 알아차리지 못하다니 얼마나 답답해요? 입만 아프다니까요.

"화장실 감독관도 있어? 샤워실 감독관도? 복도 감독관도? 감독관이 없는 곳은 어디야? 저 아저씨한테 우리 테이블도 감독해 달라고 하면 안 돼? 와서 테이블 검사를 해주는 거야, 그럼?"

"아니, 매장 감독관은 백화점 보안요원이야, 앤젤린."

엄마가 설명했어요.

"백화점 보안요원이 뭐예요?"

앤젤린은 내 예상대로 다시 물었어요.

설명을 해주면 또 다른 질문을 끝없이 던지며 아침 시간을 다 보낼 것만 같았어요. 앤젤린이 그럴 때면 계속 쳇바퀴를 돌고 있는 것 같은 느낌이 든다니까요.

"백화점의 보안을 담당하는 사람이야."

내가 말했어요.

"보안이 뭔데?"

"소매치기나 들치기를 하지 못하도록 막는 사람 말이야."

"들치기가 뭔데? 들판을 친다는 뜻이야? 들판은 엄청나게 넓은 곳이잖아. 그런데 들판은 어떻게 쳐?"

앤젤린은 도무지 쉬지 않았어요. 그렇게 몇 시간동안 이어질 것 같았어요. 겨우 시작이었는걸요.

"그냥 불도저로 밀어버리지, 뭐."

내가 빈정대며 말했어요.

"불도저가 뭔데?"

앤젤린이 다시 물었어요.

도무지 끝이 보이지 않았어요. 나는 결국 엄마에게 도움을 청했어요.

"앤젤린, 빵이 다 식는구나."

엄마가 앤젤린의 주의를 다른 곳으로 돌렸어요.

다행히 그 방법이 통하는 것 같았어요. 앤젤린은 질문을 멈추고 다시 아침을 먹기 시작했죠.

"저 아저씨 꽤 잘생기지 않았어요, 엄마? 저기 있는 미스터리 아저씨 말이에요."

내 말에 엄마는 다시 아저씨를 쳐다봤어요.

"나름대로 매력은 있구나. 하지만 엄마 타입은 아니야."

"친해지면 좋아하게 될지도 몰라요, 엄마."

"마음은 고맙다만 엄마는 저 아저씨랑 그다지 친해지고 싶지 않아, 저 사람이 백화점 보안요원이 아니고, 우리를 눈여겨보지만 않는다면 엄마는 그걸로 충분해."

내 꿈과 상상은 그렇게 물거품이 되어 사라졌어요. 웨스턴 드라이브의 새집에서 영원히 행복하게 살리라는 꿈도 함께 사라졌죠.

엄마가 너무 이기적이라는 생각이 들었어요. 내가 원하는 대로 첫눈에 사랑에 빠지지도 않잖아요. 내가 엄마를 위해 직접 좋은 사람을 찾아줬는데도 말이에요. 하긴 원래 다 그렇죠, 뭐. 비위 맞추기 정말 힘든 사람들이 있잖아요. 특히 우리 가족은 더 그래요. 그러니까 내 말은, 엄마는 그냥 그 아저씨랑 결혼만 하면 되잖아요. 그것 말고는 더 바라는 것도 없었다고요. 자전거를 사달라고 하지도 않았는데 뭐가 그렇게 힘드냐고요.

"가서 텔레비전 봐도 돼요? 만화 할 시간인 것 같아요."

아침 식사를 마치고 앤젤린이 물었어요.

"아무래도 안 되겠구나. 토요일은 전자제품 매장이 늘 붐비거든. 잠시 밖에 나가 있는 편이 더 좋을 것 같아."

엄마가 말했어요.

"불공평해요. 공평하지 않다고요. 다른 사람들이 와서 다 우리 텔레비전을 보잖아요. 우린 여기 사는데, 여긴 우리 집인데 말이에요. 우린 다른 사람들 집에 가서 그 집 텔레비전을 함부로 보지 않잖아요. 그죠? 이건 불공평해요, 엄마."

앤젤린이 징징댔어요.

"그래, 하지만 다른 사람들은 백화점에 살지 않잖니, 앤젤린. 조금 다르단다."

"흥! 불공평해요!"

엄마가 달래도 소용이 없었어요.

바로 그때 곤란한 일이 일어났어요. 한 아줌마가 딸을 데리고 식당으로 들어섰어요. 앤젤린 또래의 꼬마였는데, 품에 인형을 안고 있었어요. 앤젤린이 장난감 매장에서 빌렸던 인형과 똑같은 인형을요. 잠잘 때 두 눈을 동그랗게 뜨고 오줌을 싸는 그 인형 말이에요. 앤젤린은 그 인형을 보자마자 벌떡 일어섰어요. 그리고 손가락으로 인형을 가리키며 있는 대로 고함을 질러댔어요.

"저 애가 내 인형을 훔쳤어!"

엄마는 창피한 나머지 귀까지 빨갛게 물들었어요. 사실 엄마를 창피하게 만들기란 결코 쉬운 일이 아니거든요. 엄마 얼굴을 빨갛게 만드느니 차라리 코뿔소의 얼굴을 빨갛게 만드는 편이 쉬울걸요.

"앤젤린! 조용히 해!"

엄마가 소리쳤어요.

하지만 앤젤린은 연설하러 단상에 올라간 사람처럼 이미 의자 위로 기어 올라간 후였어요.

"저 인형은 절대 가져가면 안 돼! 빌려서 갖고 놀다가 다시 제자리에 돌려놔야 한단 말이야! 낮엔 절대 들고 다니면 안 돼! 안 그러면 사람들이 텐트에 사는 걸 알아채니까!"

엄마가 얼른 앤젤린을 안았어요. 그리고 냅킨으로 앤젤린의 입 주위에 묻은 빵가루를 털어줬어요.

"애들아, 이제 그만 가야겠다. 아침은 이제 다 먹었어."

하지만 엔젤린이 계속 악을 써댔어요.

"쟤가 물건을 훔쳤잖아! 보안요원을 불러요. 쟤는 인형치기예요! 얼른 인형 감독관을 데려와요!"

"매장 감독관이야!"

나는 그 와중에도 엔젤린의 말을 고쳐줬어요.

"그래, 맞아. 어서 가서 그 사람을 데려와! 얼른, 리비 언니. 빨리 어떻게 좀 해봐."

앤젤린이 말했어요.

엄마는 우리를 식당 밖으로 밀어냈어요. 모든 사람들이 우리를 쳐다보고 있었어요. 여자아이의 엄마는 굉장히 화가 난 모양이었어요. 여자아이는 금방이라도 울음을 터뜨릴 것만 같았어요.

"난 절대 인형을 훔치지 않았어. 훔친 게 아니야. 엄마가 생일선물로 사 줬단 말이야."

여자아이가 울먹였어요.

"엄마, 잠깐! 인형치기야!"

앤젤린이 소리쳤어요.

엄마는 앤젤린을 식당 밖으로 끌어내려 애썼어요.

"쟤가 인형을 다 훔쳤어요! 청소도 안 하면서 말이에요. 저걸 좀 봐요! 유통기한도 아니잖아요! 그러니까 절대 가져가면 안 돼요! 유통기한도 아니라고요!"

어느새 엄마 얼굴이 우체통처럼 새빨갛게 변했어요.

"정말, 정말 죄송합니다."

엄마가 말을 더듬으며 여자아이의 엄마에게 사과했어요.

"제 딸아이의 잘못을 용서해주세요. 도대체 왜 이러는지 모르겠어요. 아마도 무척 샘이 난 모양이에요."

그런데 앤젤린이 엄마의 말을 듣고 말았어요.

"아니야! 샘 안 났다고요! 도둑질을 못 하게 막으려는 거예요! 불공평해요! 다른 사람들은 저렇게 도둑질을 하는 데, 왜 난 안 돼요?"

"앤젤린, 저쪽으로 가자."

엄마가 앤젤린을 안아서 간신히 식당 밖으로 끌어냈어요.

"아가, 어서 가자. 아무래도 신선한 바깥 공기를 좀 마셔야 할 것 같구나."

"아니에요. 경찰서에 가야 해요."

앤젤린은 끝내 울음을 터뜨리고 말았어요.

15장
마틴 콧수염

우리는 에스컬레이터를 타고 1층까지 내려갔어요. 어느새 울음을 그친 앤젤린은 식당에서 본 여자아이와 인형은 모두 잊어버렸는지 여느 때와 똑같은 얼굴을 하고 있었어요.

"좋아. 동관 옆문으로 나가자. 도어맨이 어제 그 문에 서 있었잖아. 보통 교대를 하니까 오늘은 거기 없을 거야. 이틀 연속 같은 문에 서 있는 건 본 적이 없거든. 그게 규칙인가 봐."

우리는 동관 옆문으로 향했어요. 하지만 아니나 다를까, 막 모퉁이를 돌아 나가려는 순간, 그렇게 피하고 싶었던 사람을 발견했어요. 바로 콧수염 아저씨였어요.

"안 돼!"

엄마가 혼잣말로 중얼거리더니 걸음을 멈췄어요. 앤젤린과 나도 그 자리에 서버렸고요. 다행히 콧수염 아저씨는 우리를 보지 못했어요.

우리에게 등을 돌린 채 밖을 보며 서 있었거든요. 하지만 아저씨의 콧수염은 볼 수 있었어요. 살짝 구부러진 수염의 양쪽 끝이 얼굴 옆으로 삐죽 나와 있었거든요.

"다른 문으로 가자."

엄마가 몸짓을 섞어가며 작은 소리로 속삭였어요.

우리는 얼른 알아듣고 천천히 몸을 돌리기 시작했어요. 바로 그때였어요. 콧수염 아저씨가 뒤를 돌아보는 거예요. 결국 우리는 들키고 말았죠.

"이런! 당신들이군! 또 당신들이야!"

콧수염 아저씨가 소리쳤어요.

이젠 돌아설 수가 없었어요. 그대로 몸을 돌렸다간 뭔가를 숨기는 사람처럼 의심을 살 게 분명했으니까요. 물론 그게 사실이긴 했지만 정말로 뭔가를 숨길 때는 다른 사람이 의심하지 않도록 행동해야 하는 법이에요.

"자, 얘들아, 어서 가자."

엄마가 말했어요.

우리는 당당하게 문을 향해 걸어갔어요. 우리를 내려다보는 아저씨의 무시무시한 콧수염이 가늘게 떨리고 있었어요. 드디어 문 앞에 다다랐어요. 나는 엄마가 문을 열어주기를 기다렸어요. 하지만 엄마는 문을 열어주지 않았어요. 걸음을 멈추더니 가만히 서서 아저씨를 쳐다보는 거예요.

"왜 그러시죠?"

콧수염 아저씨가 물었어요.

"잊은 게 없나요?"

엄마가 도리어 질문을 하더라고요.

"잊은 게 없냐고요?"

"문 말이에요."

"문이 왜요?"

"그러니까 문을 어떻게 해야 할까요?"

엄마는 절대 물러서지 않았어요.

"문을 어떻게 해야 하는데요?"

"글쎄요. 문을 열어줘야 하는 것 아닌가요?"

엄마의 말에 콧수염 아저씨의 얼굴이 희한하게 변하기 시작했어요. 창백해진 것도 아니고 붉게 달아오른 것도 아니었어요. 어디가 아픈 사람처럼 누레졌다고 하는 편이 낫겠네요. 또 아저씨의 콧수염이 위아래로 들썩이기 시작했어요. 마치 날갯짓을 하는 새처럼요. 그걸 봤다면 아저씨의 머리가 곧 몸에서 떨어져 나가 스코틀리 백화점 위로 날아가겠다고 생각했을걸요. 머리도 없고, 콧수염도 없는 아저씨의 몸을 백화점 문 앞에 그대로 세워둔 채 말이에요.

마침내 콧수염 아저씨가 입을 열었어요.

"문을······."

그리고 씩씩거리면서 말을 끝맺었죠.

"열어달라고? 당신들에게?"

"네, 열어주세요."

엄마가 온화한 미소를 지으며 대답했어요.

"당신이 당연히 할 일이잖아요. 당신은 도어맨이니까요."

"세상에, 어떻게 그런……."

하지만 콧수염 아저씨는 이내 포기하는 눈치였어요. 엄마 말대로 아저씨는 도어맨이었으니까요. 안 그래요? 그리고 사람들을 위해 문을 열고 닫는 게 아저씨가 하는 일이잖아요. 휘파람을 불어 택시를 잡고 "안녕하십니까, 부인" 하고 인사를 건네는 일도 마찬가지고요.

그러니까 엄마는 우리를 다른 사람 대하듯 똑같이 대해달라고 부탁한 것뿐이에요. 그렇죠? 월급을 받으려면 일을 제대로 하라고 말해준 것뿐이라고요.

그런데 아저씨가 어떻게 했는지 아세요? 나는 깜짝 놀랐어요. 사실 아저씨가 우리를 한 사람씩 번쩍 들어서 문에 처박을 거라고 생각했거든요. 하지만 그러지 않았어요. 전혀요. 아저씨가 어떻게 했을까요?

처음에는 몸을 부르르 떨더라고요. 떡 벌어진 어깨가 부들부들 떨리기 시작했죠. 그러더니 콧수염도 파르르 떨렸어요. 나는 콧수염 아저씨가 우는 줄 알았다니까요. 충격이 심해서 머리가 어떻게 될 수도 있고요. 나도 가끔 그럴 때가 있거든요.

하지만 그런 게 아니었어요. 콧수염 아저씨는 웃고 있었어요. 정말로 웃고 있었다니까요! 웃다 지쳐서 나중에는 눈물까지 흘리던데요. 진짜로 눈물이 뚝뚝 떨어져 아저씨의 긴 콧수염을 타고 흘러내렸어요. 콧수염을 타고 내린 눈물이 빗방울처럼 바닥으로 떨어졌어요.

"하하, 세상에. 이렇게 재밌을 수가! 문을 열어달라니! 당신들을 위해서! 최고예요. 정말 재밌다고요! 아, 미안, 미안합니다. 하지만 웃겨서 참을 수가 없네요. 이런, 이런. 정말 재밌네요."

아저씨는 숨도 제대로 쉬지 못했어요.

하지만 그게 다가 아니었어요. 더 놀라운 일은 그다음이었어요.

나는 아저씨가 '말도 안 되는 소리 마세요. 꿈 깨시죠! 내 눈에 흙이 들어가기 전엔 절대 당신들한테 문을 열어주지 않을 테니까!'라고 말할 줄 알았어요. 그렇다고 정말 아저씨 눈에 흙이 들어간다는 건 아니고요. 그냥 하는 말이잖아요.

하지만 그러지 않았어요. 그냥 문을 열어주더라고요.

네, 정말이에요. 정말로 콧수염 아저씨가 문을 열어줬다니까요. 우리를 위해서 문을 잡아줬을 뿐만 아니라 다정하고 환한 미소를 지으며 앤젤린에게 "먼저 나가세요, 꼬마 아가씨"라는 말까지 했는걸요.

앤젤린은 자기도 멋진 콧수염이 달린 사람처럼 환하게 웃어 보였어요. 그리고 문 밖으로 폴짝 뛰쳐나갔어요. 누가 보면 스코틀리 백화점의 단골손님인 줄 알았을 거예요. 그다음은 내가 밖으로 나갔고, 마지막으로 엄마가 나갔어요.

"감사합니다. 정말 감사합니다."

엄마가 말했어요.

"천만에요. 별말씀을요, 부인."

콧수염 아저씨가 대답했어요.

그때 아저씨의 표정이 참 희한했어요. 마치 아저씨가…… 그러니까 아저씨가 우리 엄마를 좋아하기라도 하는 표정이었어요. 엄마 역시 콧수염 아저씨와 비슷한 표정이었죠. 나는 콧수염 아저씨의 얼굴을 자세히 들여다봤어요. 콧수염 아저씨는 생각만큼 그렇게 늙은 것 같진 않았어요. 다시 살펴보니 꽤 젊은 것 같았고요. 엄마 또래 정도로 보였다니까요. 미소도 다정하게 느껴졌고, 파란 눈은 놀라울 정도로 반짝였어요. 지금껏 콧수염 때문에 늙어 보였던 거예요.

아마도 아저씨는 하는 일 때문에 그런 수염을 기르고 있는 것 같았어요. 엄마를 '부인'이라고 부를 때는 장난기마저 느껴졌어요. 콧수염 아저씨의 얼굴은 어딘지 모르게 개구쟁이 같았어요. 그때 깨달은 게 있어요. 콧수염 아저씨가 백화점을 찾는 부자 손님들을 위해 문을 열어줄 때, 어쩌면 그들을 비웃고 있었는지도 몰라요. 그러니까 기사가 운전하는 차를 타고 와서 노란 차선 안에 차를 세우고 기다리게 하는 부자들을 위해 문을 열어 줄 때, 진심으로 그 사람들을 존중하지 않았을지도 모른다고요.

그렇지만 엄마를 진심으로 존중하는 것 같았어요. 비록 엄마는 부자도 아니고 돈도 없지만 콧수염 아저씨는 엄마야말로 진정한 귀부인이라고 생각하는 사람처럼 문을 잡아줬어요. 그때까진 우리를 그저 '당신들'이라고 불렀어요. 그리고 우리만 보면 화를 냈죠. 불청객 취급을 했고요. 사실 아저씨는 자기 일을 열심히 한 것뿐이에요. 우리를 말썽쟁이 손님이나 좀도둑으로 생각했을지도 모르고요. 하지만 이젠 우리가 그런 사람이 아니라는 사실을 알아차린 모양이에요. 경사님도 아시다시피, 우리는 그냥 보통 사람들이랑 똑같잖아요. 남에게 해를 끼칠 만한 사람은 절대 아니잖아요. 물론 약간 문제를 일으키긴 했지만요.

나는 하마터면 우리가 백화점에 살고 있다는 사실을 털어놓을 뻔했어요. 하지만 그러진 않았죠. 백화점은 콧수염 아저씨가 일하는 곳이니까요. 도저히 아저씨에게 할 말이 아니었어요. 아저씨의 직업의식이 상처를 입을 테니까요. 여기서 직업의식이란 말이 적절한 표현인가요?

그리고 그런 사실을 말했다면, 아저씨는 큰 고민을 해야 했을 거예요. 우리를 신고해야 할지 말아야 할지, 갈등했을 거예요. 사실 갈등이 무슨 뜻인지는 정확히 몰라요. 음, 그런데 그런 상황을 진퇴양난에 빠졌다고 하나요? 뭐, 진퇴양난도 무슨 뜻인지는 잘 모르지만, 어쨌든 아저씨는 그럴 것 같았어요.

"감사합니다. 감사해요. 정말 친절하시군요."

엄마는 문을 잡고 있는 콧수염 아저씨에게 말했어요.

"별말씀을요."

콧수염 아저씨가 대답했어요.

"그런데 우리 꼬마 아가씨는 이름이 뭔가요?"

콧수염 아저씨가 앤젤린의 머리카락을 매만졌어요.

"치워요!"

앤젤린이 대답했어요. 하지만 아저씨는 화내지 않고 말했어요.

"치워요? 정말 예쁜 이름이구나."

"내 이름은 '치워요'가 아니에요. 내 이름은 앤젤린이에요."

"그렇구나. '치워요'만큼이나 예쁜 이름이구나. 아니, 더 예쁜 이름이야. 그럼 이 아가씨 이름은 뭘까?"

"리비예요. 올리비아를 줄여서 그렇게 불러요."

내가 대답했어요.

"리비도 예쁜 이름이구나."

콧수염 아저씨가 내게 말했어요.

그런 다음 콧수염 아저씨는 엄마를 쳐다봤어요.

"이 젊은 숙녀분의 이름은 어떻게 되시는지?"

그랬더니 엄마가 얼굴을 붉혔어요! 정말 그랬다니까요! 조금 전 식당에서도 얼굴을 붉히긴 했지만, 그때랑은 완전히 달랐어요.

체리 빛깔이었다니까요. 아니, 토마토케첩 색깔이었나? 얼굴이 완전히 발그레해지고 당황해서 말도 제대로 못 했어요. 그때까지 단 한 번도 본 적이 없는 모습이었어요. 엄마는 늘 유창한 말솜씨를 뽐냈거든요. 불만이 있을 때도 그렇고요.

"제럴딘이에요."

엄마가 겨우 마음을 진정시키고 대답했어요.

"젊은 신사분의 이름은 어떻게 되시죠?"

"아, 저요? 마틴입니다. 그게 바로 제 이름이에요."

콧수염 아저씨가 대답했어요.

"마틴."

앤젤린이 아저씨 말을 따라 했어요.

"그럼 마틴 콧수염이네."

우리는 모두 웃음을 터뜨렸어요. 앤젤린의 말이 우습기 때문만은 아니었어요. 어색한 분위기를 좀 떨쳐버려야 했거든요.

다른 손님들이 백화점 안으로 들어가려 했어요. 마틴 아저씨는 손님들이 들어갈 수 있도록 문을 잡아줬어요.

"좋은 아침입니다, 선생님. 좋은 아침입니다, 부인."

마틴 아저씨가 여느 때와 같은 모습으로 인사를 건넸어요. 손님들이 백화점 안으로 다 들어가고 난 다음 아저씨가 우리 쪽으로 몸을 돌려 큰 소리로 인사를 했어요.

"그럼 나중에 또 만나요, 아가씨들."

우리는 아저씨를 보며 킥킥댔어요. 우리를 아가씨들이라고 불렀잖아요. 엄마도 거기에 들어갔고요. 왠지 훈훈한 느낌이었어요. 다시 꼬마가 된 것 같기도 했고요. 이제 아무것도 걱정할 필요가 없을 것 같았어요.

마틴 아저씨가 좋아지기 시작했어요. 정말 웃기지 않아요? 전에는 싫었던 사람이잖아요. 사람을 완전히 잘못 판단하는 경우가 있긴 있어요. 안 그래요? 살다 보면 그런 실수를 저지르기도 하죠. 보통 겉모습만 보고 사람을 판단하니까요. 하지만 콧수염만 보고 사람을 판단해선 절대 안 돼요.

우리는 길을 따라 걸었어요. 쇼윈도에 전시된 시계를 보니 10시 5분이더라고요. 6시 15분까진 백화점으로 돌아갈 수 없었어요. 거의 여덟 시간이라는 긴 시간을 밖에서 보내야 했어요. 시간이 그렇게 길게 느껴졌던 적은 그때가 처음이었어요.

한참을 걷다가 앤젤린이 드디어 입을 열었어요.

"이제 어디로 가요, 엄마?"

"글쎄, 잘 모르겠구나."

엄마가 애써 밝은 표정을 지으며 계속 말을 이었어요.

"공원으로 산책이나 가자."

우리는 공원으로 갔어요. 거기서 그네랑 미끄럼틀을 타고, 정글짐에도 올라갔어요. 그런 다음 오리 구경을 했어요. 안타깝게도 우리에겐 오리한테 줄 빵이 하나도 없었죠.

"유통기한이라도 좀 가져올걸. 그런데 오리도 유통기한을 먹을까요?"

앤젤린이 물었어요.

"아니, 우리만 먹어. 우린 유통기한 가족이잖아."

내가 퉁명스럽게 말했어요. 하지만 엄마가 내 말을 무시하고 다시 말했어요.

"걱정 마, 앤젤린. 오리들은 배가 고픈 것 같지 않으니까."

잠시 후에 비가 내리기 시작했어요. 아주 천천히 내리는 부슬비였어요. 옷을 조금씩 적시는 듯하다가 어느새 흠뻑 적셔버리는 그런 비 말이에요. 우리는 공원 대피소로 몸을 피했어요. 그리고 비가 내리는 모습을 바라봤어요.

"이제 어쩌죠, 엄마? 이제 어떡해요?"

"그러게 말이야. 아, 그래, 박물관에 가자."

우리는 박물관으로 향했어요. 하지만 안으로 들어갈 수 없었어요. 나하고 앤젤린은 어려서 입장료를 낼 필요가 없었지만 엄마는 돈을 내야 했거든요. 엄마는 입장료를 낼 돈이 없었어요. 엄마 없이 우리들만 안으로 들여보내지도 않았고요. 나는 매표원 아저씨한테 엄마를 그냥 들여보내주면 안 되냐고 물었어요. 그랬더니 그렇게 하면 모든 사람을 그냥 들여보내줘야 한다며 절대 안 된다고 했어요. 그런 부탁을 하는 사람은 우리밖에 없을 텐데도 말이에요. 그러면서 자기는 그저 해야 할 일을 할 뿐이라고 했어요.

왜 사람들은 자기가 해야 할 일을 할 때는 다른 사람에게 친절을 베풀면 안 되는 걸까요? 그래서 우리는 기념품점으로 가서 자리를 잡고 앉았어요. 기념품점은 박물관에 있는 상점 같은 곳인데, 몸이라도 말리려면 어쩔 수 없었어요. 그곳에서 어떤 아저씨가 하프를 뜯으며 자기 음악을 담은 카세트테이프를 팔고 있었어요. 우리는 그 아저씨 음악을 잠시 감상했어요. 돈을 주고 싶었지만 엄마는 그럴 돈은 없다고 했어요. 점심을 사 먹으려면 돈을 아껴야 했거든요.

오전 시간은 그렇게 흘러갔어요. 참을 만큼 참은 앤젤린이 짜증을 내며 불평을 늘어놓더니 콧물을 훌쩍이기 시작했어요. 기분이 별로 좋지 않다며 아무래도 감기에 걸린 것 같댔어요.

"엄마, 집에 가요. 스코틀리로 가요. 가서 눕고 싶어요."

엄마는 스코틀리 백화점은 진짜 우리 집이 아니라고 설명했어요. 우리가 마음대로 할 수 있는 곳이 아니라고요. 하지만 소용이 없었어요.

"춥단 말이에요. 옷도 흠뻑 젖었고요. 기분이 완전 나빠요. 배도 엄청 고파요. 유통기한을 통째로 다 먹을 수 있을 것 같아요. 집에 가요!"

앤젤린이 칭얼댔어요.

사실 엄마와 나도 앤젤린과 똑같은 기분이었어요. 하지만 우리 둘은 나이가 많으니까 솔직하게 말할 수 없었죠. 나이를 먹으면 비참한 기분도 마음껏 표현할 수 없는 것 같아요. 그저 웃으며 참는 것 말고는 도리가 없어요. 아무리 힘들어도 다 괜찮은 체하며 이보다 더한 경우도 있다고 떠들어대죠. 세상에는 나보다 더 힘든 일을 겪는 사람들이 100만 명은 된다고 애써 자신을 위로해요. 사실은 그렇지 않은데 말이에요.

엄마는 과자를 한 봉지씩 사 줬어요. 기념품점 문 앞에 서서 과자를 먹었어요. 순식간에 다 사라지더라고요. 그때가 겨우 1시쯤이었어요. 스코틀리 백화점으로 돌아가서 지친 몸을 누이려면 아직도 다섯 시간이나 남아 있었어요. 돈 한 푼 없이, 딱히 할 일도 없이 보내는 토요일이라니! 그렇게 끔찍할 수 없었어요.

문득 돌아갈 집이 없는 사람들이 가여워졌어요. 커다란 종이상자 안에서 담요를 덮고 자는 사람들 있잖아요. 길가에 앉아서 구걸을 하는 사람들요. 사람은 돈이 없으면 아무것도 할 수 없어요. 온몸이 흠뻑 젖은 채로 춥고 비참한 토요일을 보낼 수밖에 없죠. 영화관 같은 데는 당연히 갈 수 없고요. 그래도 우리는 저녁에 돌아갈 곳이 있으니 다행이었죠.

그런데 우리에게 정말 돌아갈 곳이 있었던 걸까요? 정말 그랬던 걸까요? 다시 생각에 빠진 나는 충격을 받았어요. 사실 우리에겐 돌아갈 곳이 없었던 거예요. 우리도 홈리스잖아요. 진짜 집은 없다고요.

우리에겐 스코틀리 백화점에서 살 권리가 없었어요. 누가 초대

하지도 않았고 거기서 살아도 좋다고 허락한 적도 없으니까요. 우리는 마음대로 들어가서 자리를 잡은 불청객이었어요. 백화점에 해를 끼친 일은 없지만 어쨌든 백화점에서 살 권리는 없었어요. 우리한테 백화점 열쇠가 있는 것도 아니었죠. 집 열쇠도 없는데, 어떻게 우리 집이라고 할 수 있겠어요?

네, 맞아요. 어떻게 보면 우리도 홈리스였어요. 어느 날 밤, 끔찍한 이유로 백화점에 들어가지 못했다고 생각해보세요. 그럼 우리가 어디로 갈 수 있겠어요? 백화점 문 앞에서 서로 부둥켜안고 오들오들 떨어야겠죠. 아니면 커다란 상자 안에서 지내거나요. 뼛속까지 파고드는 찬바람을 맞으며 애써 잠을 청해야 했을 거예요.

나는 또다시 걱정을 하기 시작했어요. 내 원래 모습으로 돌아간 거죠. 어느 때보다도 많은 걱정거리가 한꺼번에 몰려왔어요. 회색빛 하늘 때문인지 걱정스러운 마음은 더했어요. 왜 걱정은 온통 내 차지여야 하는 걸까요? 엄마와 앤젤린은 왜 늘 천하태평일까요? 우리 가족 중에서 왜 나만 책임감 있는 사람일까요? 왜 책임감은 사람은 불행하게 만들까요?

"이제 어디로 가요, 엄마? 어디로 가야 해요?"

앤젤린이 물었어요. 그 순간만큼은 앤젤린도 천하태평이 아니었어요.

"아, 맞다. 도서관!"

엄마가 외쳤어요.

우리는 도서관으로 향했어요. 천만다행이었죠. 도서관 안은 환하고 따뜻했어요. 또 어린이 도서실에는 책이 수천 권이나 꽂혀 있었어요. 키가 작은 어린이들을 위해 낮은 탁자와 의자도 있었어요. 편하게 누워서 책을 읽을 수 있도록 거북이 모양 쿠션도 놓여 있었고요.

엄마는 우리를 어린이 도서실에 두고 엄마가 읽을 만한 책을 찾으러 갔어요. 나는 앤젤린이 볼 그림책을 잔뜩 찾아다 줬어요. 그러면 내가 책을 읽는 동안 나를 편하게 놔둘 것 같았거든요. 다행히 앤젤린은 나를 내버려두고 푹신한 거북이 쿠션에 기대 누웠어요. 옆에는 다른 여자아이가 있었죠.

앤젤린은 그림을 열심히 봤어요. 그리고 책장을 넘길 때마다 "와!", "멋지다!", "저것 좀 봐!" 하고 소리를 지르며 옆에 있는 여자아이를 팔꿈치로 쿡쿡 찔렀어요. 자기처럼 감탄하라고 은근히 부추기는 것 같았죠.

우리는 5시가 되어 도서관 문을 닫을 때까지 거기 있었어요. 책을 빌리기도 했죠. 그러려면 먼저 대출증을 만들어야 했어요. 그런데 대출증을 만들려면 사서 언니에게 우리 주소를 알려줘야 했어요. 엄마는 스코틀리 백화점이라고 말하는 대신에 하이 스트리트 23번지라고 알려줬어요. 그리고 내일까지 우리 주소를 증명할 우편물을 가져온다고 했어요. 사실 그 주소가 맞아요. 하이 스트리트 23번지가 바로 스코틀리 백화점 주소거든요. 하지만 그걸 아는 사람이 얼마나 되겠어요. 사서 언니는 확실히 모르는 것 같았어요. 고개를 끄덕이며 대출증을 만들어줬거든요. 우리는 그렇게 책을 빌릴 수 있었어요.

춥고 축축한 거리로 막 나서려는데, 엄마가 말했어요.

"자, 서둘러. 꾸물거리지 말고! 일찌감치 백화점으로 돌아가자. 백화점 문을 닫을 때까지 숨어 있으려면 미리 들어가야 해."

우리는 비에 젖어 질척거리는 거리를 따라 걸음을 재촉했어요. 어둠이 짙게 내려앉자 가로등이 하나씩 켜졌어요. 가로등 빛이 거리를 환하게 비췄어요. 벽난로와 따끈한 코코아가 생각났죠.

스코틀리 백화점에 거의 다 도착했을 때, 엄마를 올려다봤어요.

"엄마, 콧수염 아저씨를 또 만나게 될까요?"

살짝 기대하며 물어봤어요. 사실 그러길 바랐거든요. 그날 아침 전까진 아저씨를 만나는 일이 끔찍하게 싫었어요. 하지만 이번에는 왠지 아저씨가 기다려졌어요. 내가 아저씨를 제대로 알아봤는지 확인하고 싶었거든요. 긴 콧수염 뒤에 젊은 아저씨가 정말로 숨어 있는지, 파란 눈과 다정한 미소, 이제까지 상상 못 했던 다른 것들이 감춰져 있는지 궁금했어요.

"그럴지도 모르지. 아마 다시 보게 될 것 같구나."

엄마가 어깨를 으쓱였어요.

엄마도 나처럼 아저씨를 만나고 싶었을 거예요. 우리는 동관 옆문으로 향했어요. 아침에 아저씨가 서 있던 바로 그 문으로요.

아저씨는 거기 없었어요. 왠지 그럴 것 같더라니까요. 뭐, 늘 그렇죠. 원하지 않을 때는 늘 마주치고, 간절히 원할 때는 사라져버리죠. 도대체 왜 그런지 알 수가 없어요. 하느님이 세상을 만들 때 원래 그렇게 되도록 만들었나 봐요.

어쨌든 우리는 안으로 들어갔어요. 그리고 여느 때처럼 하던 일을 했죠. 왔다 갔다 하다가 안전하다는 생각이 들어 곧장 손님용 여자 화장실로 들어갔어요. 그리고 화장실 칸막이 안으로 숨었죠.

백화점 문을 닫기 전에 화장실 칸막이 안까지 샅샅이 확인할 것 같죠? 나도 처음에는 그럴까 봐 걱정했어요. 그런데 절대 확인하지 않더라고요. 이따금 화장실 밖에서 안을 빼꼼 들여다보며 "여긴 아무도 없군, 좋아" 하고 중얼거리는 사람이 있긴 해요. 하지만 정작 화장실 안으로 들어와서 살피는 사람은 없어요.

우리는 늘 하던 대로 했어요. 변기 위에서 서로를 부둥켜안고, 문 아래로 발이 보이지 않도록 발을 들어 올리고 있었어요. 누가 그 모습을 봤다면 배꼽을 잡고 웃었을 거예요. 하지만 우리는 그 상황이 전혀 웃기지 않았어요. 손님용 여자 화장실에 숨는 일은 이제 우리 삶의 일부였어요.

드디어 손님들이 모두 돌아갔나 봐요. 백화점 문을 닫을 때가 된 거죠. 여기저기서 직원들이 서로 "잘 가"라며 인사하는 소리가 들렸어요. 지난주에 침실 가구 매장의 기둥침대 아래 숨었을 때처럼 "주말 잘 보내" 하고 인사하는 소리도 들렸어요.

'지난주? 이제 겨우 한 주가 지났어?' 하고 생각했어요. 마치 오래전 일처럼 느껴졌거든요. 그리고 우리가 웨스턴 드라이브로 이사하려면 아직도 3주나 남아 있었죠.

그날 밤이 우리의 마지막 밤이 될 거라는 생각은 전혀 하지 못했어요. 그날 밤, 모든 일이 완전히 꼬여버릴 줄 무슨 수로 알았겠어요?

아이스크림 천국

그날 밤 앤젤린은 최고로 별난 요구를 했어요. 마치 앞으로 모든 일이 꼬여버릴 거라는 사실을 아는 사람처럼요. 왜, 책이나 영화에서도 그러잖아요. 꼭 총 맞을 사람이 그걸 알고 있기라도 한 듯 자기가 좋아하는 것들로 아침을 차려달라고 하잖아요.

우리는 유통기한을 찾으러 식품 매장으로 내려갔어요. 엄마는 온 가족이 먹을 수 있을 정도로 커다란 피자를 찾았어요. 상하기 전에 얼른 먹어치워야 하는 거였어요.

"피자 먹을래?"

엄마가 물었어요. 우리는 당연히 좋다고 했어요.

"좋아, 그럼 피자를 먹자. 푸딩은 어떤 걸로 할까?"

엄마는 다시 요구르트 칸을 뒤졌어요. 유통기한이 지난 것을 찾아야 하잖아요. 바로 그때였어요. 앤젤린이 뜻밖의 요구를 했어요.

"엄마, 아이스크림 먹어도 돼요?"

"유통기한이 지난 아이스크림은 못 찾을 것 같은데? 아이스크림은 냉동식품이잖아."

"아니, 아이스크림을 사 먹자고요. 아이스크림선디가 먹고 싶어요. 스코틀리 백화점에 아이스크림 가게가 있잖아요. 아이스크림 천국요."

엄마는 꽤 놀란 모양이었어요. 나도 마찬가지였고요.

"아이스크림 천국? 4층에 있는 아이스크림 가게 말이야?"

"네."

"하지만 거기 아이스크림을 본 적은 있니?"

"사진으로만요."

앤젤린의 말은 사실이었어요. 걔랑 나랑 그 아이스크림 가게 앞에서 얼마나 군침을 흘렸다고요. 최고의 아이스크림이 뭘까? 가장 큰 아이스크림, 가장 맛있는 아이스크림, 가장 오래 먹을 수 있는 아이스크림은 뭘까? 우리는 아이스크림 가게 앞에서 그런 얘기를 했어요. 그걸 다 먹고 나면 과연 배가 아플지 안 아플지 궁금했던 적도 있는걸요. 그 가게에선 엄청나게 큰 아이스크림을 잔뜩 얹고, 잘게 다진 호두랑 초콜릿을 뿌린 다음, 막대과자를 통째로 꽂고 캐러멜 소스를 듬뿍 얹어서 팔아요. 아이스크림 위에는 종이로 만든 깜찍한 우산도 꽂혀 있어요. 그건 먹는 게 아니지만, 기념으로 가져가든가 이쑤시개로 쓰면 돼요.

"하지만 앤젤린, 아이스크림이 얼마인지 봤니? 거기서 파는 아이스크림은 정말 비싸. 스코틀리에서 파는 아이스크림 한 개 값이면 우리 가족이 근사한 식사를 하고도 남는다니까."

꼬마 앤젤린에게 돈이나 물건값은 별로 중요하지 않았어요.

"괜찮아요. 난 상관없어요."

"넌 그럴지도 모르지. 그렇지만 엄마한텐 상관있어."

"엄마, 제발요. 언제 달콤한 걸 먹었는지 기억도 안 나요."

앤젤린이 떼를 썼어요.

"넌 지금 스코틀리 백화점에 살고 있어. 이 동네에서 가장 좋은 백화점이라고. 이 정도면 하루하루가 달콤하지 않니? 이보다 더 달콤하고 좋은 일이 어디 있어?"

"하지만 백화점은 먹는 게 아니잖아요. 난 먹는 게 더 좋아요."

솔직히 말해서 나도 앤젤린과 같은 생각이었어요.

"앤젤린 말도 맞아요, 엄마. 그동안 우린 너무 고생했잖아요."

"고생을 했다고? 고생했다니 그게 무슨 말이니? 이렇게 고급스러운 스코틀리 백화점에서 지내잖아. 절대 고생하면서 지내는 게 아니야!"

"그럴지도 모르죠. 그렇지만 텐트에서 살잖아요."

내가 대답했어요. 엄마도 내 말에 살짝 웃음을 지어 보였어요.

"그래, 한번 생각해보자. 자, 어서 직원 전용 구역으로 가서 유통기한이나 데우자."

그제야 우리는 피자를 들고 직원 전용 구역으로 향했어요. 우리는 이미 엄마를 설득했다는 걸 알고 있었어요. 뭐라 설명할 순 없지만 느낌이 딱 들었는걸요. 나와 앤젤린은 스코틀리 백화점 아이스크림 천국에서 아이스크림선디를 먹을 수 있다는 생각에 신이 났어요. 우리는 활짝 웃으며 서로를 쳐다봤어요.

우리는 피자를 뜨겁게 데운 후에 늘 앉는 식탁에 앉았어요. 식탁이 엄청나게 많은데도 늘 같은 자리에 앉는다는 게 재밌지 않나요? 우리는 피자를 먹으며 유통기한 우유도 마셨어요. 뭔가를 축하하는 파티를 여는 기분이었어요. 작별 파티 같기도 했고요.

이제와 생각해보니 정말로 작별 파티를 한 거였네요. 그때는 미처 알아차리지 못했지만 말이에요. 그런데 어쩌면 미리 알고 있었는지도 모르겠어요. 왠지 모르게 그날 밤이 스코틀리 백화점에서 보내는 마지막 밤이 될 거라는 걸 우리가 느끼고 있었던 것 같아요. 그래서 백화점한테 그동안 고마웠다고, 잘 있으라고 인사를 한 거죠. 직원식당에서 우리만의 작은 파티를 열면서요.

네, 지금 생각하면 뭔가 일이 벌어질 거란 사실을 이미 알았던 것 같아요. 뭔가 엄청난 큰일이 일어나고, 그 때문에 우리 가족의 삶이 완전히 바뀔 수도 있다는 걸 어렴풋이 느끼고 있어요. 정말 그랬다니까요.

"저, 엄마?"

피자를 다 먹은 앤젤린이 조심스레 엄마를 불렀어요.

"아이스크림선디 생각은 해봤어요?"

"글쎄, 돈은 어떻게 내지? 그게 문제야."

엄마가 대답했어요.

"청소를 더 열심히 하면 돼요, 엄마!"

우리가 한꺼번에 소리쳤어요.

"아이스크림선디 세 개 값을 내려면 청소를 정말 많이 해야 해."

"두 개만 사요, 엄마. 엄마는 안 먹어도 되잖아요."

앤젤린이 말했어요. 엄마한테 일부러 못되게 군 건 아니었어요. 그저 조금이라도 도움을 주고 싶어서 그런 생각을 했을 거예요.

"너희 둘만 맛있게 먹고 엄마는 쳐다보기만 하라고? 싫어, 정말 너무하는구나!"

엄마가 화난 척 말했어요.

"내가 한 숟가락 줄게요."

앤젤린의 제안에 엄마는 더욱 목소리를 높였어요.

"너희들이 아이스크림 하나를 다 먹는다면 엄마도 하나를 다 먹을 거야! 엄마한테 먹지 말라고 할 거면 너희들도 먹지 마!"

"알았어요, 엄마. 그럼 엄마도 하나 먹어요."

앤젤린이 크게 인심 쓰듯 말했어요.

"좋아. 하지만 너희들 지금부터 엄마 말 잘 들어. 그러면 내일은 세 시간 동안 청소를 해야 해. 각자 세 시간씩, 알았지? 힘들다고 징징대면 절대 안 돼. 세 시간 동안 일하는 게 싫으면 지금 얘기해. 스코틀리 백화점에서 뭔가를 훔치면 안 되니까, 우리 것이 아닌 건 아이스크림 한 숟가락도 건드리면 안 돼. 유통기한은 달라. 어차피 버릴 음식이니까. 하지만 다른 것들은 돈을 내든가 아니면 다른 방법으로라도 반드시 값을 치러야 해. 자, 아이스크림선디 한 개당 세 시간씩 일할 자신이 있어, 없어?"

"할래요. 할게요!"

우리가 동시에 소리쳤어요. 엔젤린은 이런 말까지 하더라고요.

"사흘 내내 청소를 해도 좋아요."

아무리 생각해도 사흘은 너무하다는 생각이 들었어요.

"아니, 그건 아니에요. 세 시간이 딱 적당해요."

"그래, 세 시간이야. 그럼, 분명히 약속했다. 명심해, 알았지? 너희들이 약속한 일이니까 절대 징징대면 안 돼!"

"네!"

나는 가슴에 십자가를 그리며 맹세할 참이었어요. 그런 다음에는 손가락을 걸어 약속도 하고, 도장도 찍고, 손바닥에 침을 뱉어 복사도 하고요. 하지만 식당에서 손바닥에 침을 뱉으면 엄마가 좋아할 것 같지 않았어요. 그래서 아예 아무 말도 안 했죠.

"좋아. 그럼 서둘러. 먼저 설거지를 하고 뒷정리를 하자. 그런 다음에 아이스크림 천국으로 가자."

우리는 설거지를 하고 정리를 마친 다음 직원식당의 불을 껐어요. 그리고 4층의 아이스크림 가게로 올라갔어요.

아이스크림 가게는 꽤 넓었어요. 사람들이 앉을 의자가 60개쯤 되는 것 같았어요. 파스텔 톤의 은은한 커튼과 바닥에 깔린 밝은 아이스크림 빛깔의 새하얀 타일이 잘 어울렸어요. 테이블은 납작하게 눌러놓은 아이스크림콘 모양이었고 의자는 마치 웨하스로 만든 것 같았어요.

"아가씨들이 오셨네. 모두 몇 분이신가요? 두 분이 앉을 자리를 마련해드리면 되겠죠?"

엄마가 웨이트리스 흉내를 내며 물었어요.

"네, 맞아요. 둘이에요."

앤젤린이 대답했어요.

"셋이 앉을 자리를 주시는 게 어때요? 우리랑 함께 아이스크림을 드시지 않겠어요?"

내가 권했어요.

"어머, 근사한 생각이네요."

엄마가 나긋나긋한 웨이트리스 목소리로 대답했어요.

"손님들과 함께 아이스크림을 먹는 일은 거의 없거든요. 제게 아이스크림을 권하는 손님이 없었으니까요. 좋아요, 그렇게 하죠. 정말 감사합니다. 그럼 셋이 앉을 수 있는 자리로 안내하겠습니다. 여기 앉으세요, 꼬마 아가씨들. 창가 자리인데 괜찮으시죠?"

"네, 완벽해요. 아이스크림도 먹고, 야경도 감상할 수 있으니까요. 정말 멋지네요."

내가 대답했어요.

엄마는 우리를 창가 자리로 안내했어요. 그리고 우리가 자리에 앉자 메뉴판을 하나씩 건넸어요.

"어떤 아이스크림이 있는지 한번 보시겠어요? 메뉴를 정하실 동안 잠시 기다릴까요?"

"고맙지만 기다리지 않아도 돼요. 우린 뭘 먹을지 벌써 정했거든요."

사실이었어요. 앤젤린이랑 나는 아이스크림 천국에 자주 갔거든요. 메뉴판을 보고 먹고 싶은 아이스크림을 상상해보곤 했죠.

"잘 알겠습니다, 아가씨들. 그럼 주문하시겠습니까?"

엄마는 옆 카운터 위에 놓인 주문서랑 연필을 가져왔어요. 그런 다음 연필심 끝을 혀로 살짝 핥았어요. 보통 웨이트리스들이 그렇게 하잖아요. 주문을 받을 준비가 됐다는 뜻이죠.

"나는 초콜릿 분수를 먹을래요."

내가 먼저 주문했어요. 엄마 눈이 금방이라도 튀어나올 것처럼 커졌어요.

"초콜릿 분수라고요, 꼬마 아가씨? 지금 뭘 주문하셨는지 알고 있나요? 초콜릿 분수라고요? 아가씨가 그걸 혼자 다 먹을 수 있겠어요?"

"아가씨는 그렇게 생각해요. 아가씨는 다 먹을 수 있어요."

"아무래도 아가씨가 너무 욕심을 부리는 것 같은데요?"

엄마가 다시 물었지만 나는 메뉴를 바꾸지 않았어요.

"아가씨는 분명히 먹을 수 있답니다."

"그렇지만 아가씨는 초콜릿 분수 안에 뭐가 들어가는지 알고 있나요? 초콜릿 분수 안에는 초콜릿 칩 아이스크림, 민트 초콜릿 칩 아이스크림, 바닐라 아이스크림, 커피와 호두 아이스크림이 각각 한 숟가락씩 들어가요. 그게 다가 아니에요. 아가씨가 한 번도 본 적이 없는 엄청난 크기의 초콜릿 덩어리들도 그 위에 얹어요. 또 그것들을 커다란 유리잔에 다 담은 다음에 그 위에 잘게 부순 초콜릿을 얹어요. 그 위에 생크림을 또 얹고, 초콜릿 시럽과 캐러멜 시럽을 뿌리죠. 그것도 아주 듬뿍 얹는답니다. 그리고 과자를 아이스크림 위에 꽂아요. 마치 크리스마스트리에 다는 요정 장식처럼 말이에요. 그것도 알고 있나요? 아가씨가 지금 뭘 시켰는지 알긴 알아요? 다시 생각해보지 않을래요? 작은 사이즈의 무지방 플레인 요구르트로 바꿀 생각은 없어요?"

"아뇨, 전혀 없어요."

내가 단호하게 대답했어요.

"아가씨는 절대 그러지 않을 거예요. 아가씨는 벌써 결정을 했다고요. 초콜릿 분수로 주세요."

"그래요, 그럼. 아가씨가 원하시는 대로 준비해드릴게요."

이어서 엄마는 앤젤린 쪽으로 몸을 돌려 주문을 받았어요.

"동생 아가씨는 어떤 아이스크림으로 주문하시겠어요?"

"동생 아가씨도 같은 걸로 주문할래요."

엄마는 너무 놀라서 주문서를 떨어뜨릴 뻔했어요.

"같은 걸로요? 동생 아가씨도 언니 아가씨랑 같은 걸로 주문하겠다고요? 초콜릿 분수를 먹겠다고요? 토핑을 모두 얹어서요? 동생 아가씨는 지금 뭘 주문하는 건지 알고 있어요? 금방 피자를 먹고 나서 그 많은 아이스크림을 먹겠다니! 동생 아가씨는 그걸 다 먹으면 배탈이 나요."

"아뇨! 배탈 안 나요!"

앤젤린이 아주 단호한 목소리로 대답했어요.

"이런, 세상에! 내 귀가 다 의심스럽네요. 하지만 할 수 없죠, 손님은 왕이니까. 그럼 초콜릿 분수 두 개를 준비하겠습니다."

앤젤린과 나는 환호성을 질렀어요.

"그런데 엄마는요? 아니, 그러니까, 웨이트리스 부인은요? 웨이트리스 부인은 어떤 아이스크림을 주문하실 건가요?"

내가 물었어요.

"웨이트리스 부인도 아가씨들과 똑같은 걸 주문할 거예요!"

엄마가 장난기 가득한 목소리로 대답했어요.

"와! 아이스크림을 다 먹은 다음에 다 같이 배탈이 나면 되겠네요!"

앤젤린이 소리쳤어요.

"그렇게 안 되길 간절히 바랄 뿐입니다. 자, 꼬마 아가씨들은 편하게 앉아서 5분 동안 경치 구경을 좀 하세요. 그럼 저는 얼른 가서 아이스크림을 준비하겠습니다."

하지만 우리는 엄마 말대로 가만히 앉아서 경치를 구경하진 않았어요. 대신 엄마를 따라서 카운터로 갔어요. 그리고 엄마가 길쭉한 유리잔에 아이스크림을 담는 모습을 지켜봤어요. 엄마가 만든 아이스크림선디는 메뉴판에서 본 사진이랑 똑같은 모양이었어요.

"엄마가 가져갈게. 넘어지기라도 하면 큰일이니까."

엄마는 아이스크림을 쟁반 위에 올렸어요. 우리는 창가 자리로 갔어요. 엄마는 숟가락과 냅킨도 가져왔어요. 굉장히 긴 숟가락이었어요. 유리잔 맨 아래 남은 아이스크림까지 싹싹 긁어 먹을 수 있을 것 같았어요.

드디어 우리는 아이스크림을 먹기 시작했어요. 아이스크림을 입에 넣는 순간, 왜 그곳이 아이스크림 천국인지 알게 됐어요. 그야말로 천국의 맛이었거든요. 정말 최고였어요. 그렇게 환상적인 아이스크림 맛은 생전 처음이었어요. 초콜릿은 살살 녹았고 캐러멜 시럽은 끝내주게 달콤했어요. 아무리 많이 먹어도 배탈이 날 것 같지 않았어요. 자꾸만 손이 갔어요. 먹으면 먹을수록 맛있었어요. 만약 죽어서 천국에 가야 한다면, 나는 두말할 필요 없이 스코틀리 백화점 아이스크림 천국을 선택할 거예요. 하늘나라에 있는 진짜 천국은 아니지만, 이 땅 위에선 분명 천국이거든요.

아이스크림을 다 먹고 나니까 우리 얼굴이 온통 초콜릿 범벅이었어요. 초콜릿 턱수염에 초콜릿 콧수염까지 생겼죠. 엄마도 마찬가지였어요. 내가 엄마를 보며 말했어요.

"앤젤린, 엄마가 누굴 닮았게?"

"누구?"

앤젤린이 물었어요.

"콧수염 아저씨. 초콜릿 콧수염 부인이야."

앤젤린은 입안에 아이스크림이 잔뜩 들어 있어서 차마 웃지 못했어요.

우리는 아이스크림을 다 먹고도 10분 정도 더 자리에 앉아 있었어요. 불룩한 배를 쳐다보며 아이스크림이 소화되기를 기다렸죠. 마침내 엄마가 한숨을 내쉬며 먼저 자리에서 일어섰어요.

"꼬마 아가씨들, 더 필요하신 게 있나요?"

앤젤린이 대답했어요.

"같은 걸로 주세요."

물론 우리는 앤젤린이 진심으로 한 말은 아니라는 걸 잘 알고 있었어요.

"물 한 잔 드릴까요?"

엄마가 다시 물었어요.

"네, 좋아요."

우리는 물을 조금 마셨어요. 그리고 나서 접시와 숟가락, 우리가 쓴 물건들을 모두 깨끗이 닦아 제자리에 갖다 놨어요.

"어땠니? 세 시간 동안 청소할 만한 맛이었니?"

"세 달 동안 청소를 해도 좋은 맛이었어요."

우리는 입을 모아 대답했어요. 정말로 그랬거든요.

우리는 아이스크림 천국을 나와 아래층으로 내려갔어요. 손님용 여자 화장실 청소함에 넣어둔 여행가방을 가지러요. 그런 다음 직원 샤워실에서 샤워를 하고 양치질을 했어요. 그리고 잠옷으로 갈아입었어요.

"빨래를 할 때가 됐구나. 하지만 오늘은 안 할래. 내일 아침에 해야겠어."

엄마가 말했어요.

그래서 우리는 곧바로 캠핑용품 매장으로 갔어요. 우리 텐트가 아직 거기 있었어요. 나는 아침에 만났던 사람들이 어떻게 했을지 궁금해졌어요. 왜, 우리가 텐트 속에서 갑자기 나오는 바람에 깜짝 놀란 가족들 있잖아요. 우리 텐트처럼 생긴 텐트를 샀을까요? 그랬으면 좋겠다고 생각했어요. 우리 텐트는 정말 좋은 텐트였거든요. 누구에게나 권해주고 싶은 텐트였다니까요.

앤젤린과 나는 침낭 속으로 들어갔어요. 아늑하고 행복했어요. 이젠 백화점에 사는 게 전혀 이상하게 느껴지지 않았어요. 엄마는 텐트 밖에 있는 의자에 앉았어요. 그리고 유리갓을 씌운 램프를 켜고 오후에 도서관에서 빌려온 책을 읽었어요.

"안녕히 주무세요, 엄마."

앤젤린과 내가 큰 소리로 말했어요.

"그래, 잘 자. 내일은 빈둥거려도 될 거야. 청소를 하려면 오전엔 조금 바쁘겠지만 그다음엔 좀 쉬어도 괜찮아. 그렇지만 밖엔 나갈 수 없을 거야. 지난주 일요일에도 그랬잖아. 물론 옥상정원엔 올라가도 되겠지. 날씨만 좋다면 말이야."

"괜찮아요. 계속 안에 있어도 돼요. 집 안에 온종일 있어도 괜찮다고요."

내가 대답했어요. 그리고 잠이 들었어요. 한가한 일요일을 꿈꾸면서요. 카펫에 누워 30개의 텔레비전으로 어린이 방송을 보는 상상도 했어요.

원래는 그렇게 아침까지 자야 했어요. 그렇지만 그러지 못했어요. 잠에서 깼을 때도 아직 한밤중이었어요. 그런데 백화점에 누군가 있었어요. 나는 알 수 있었어요. 이번에는 경비원이 아니었어요. 다른 사람이었어요. 갑자기 토할 것 같은 기분이 들었어요. 저녁에 먹었던 초콜릿 분수 때문이 아니라 두려움 때문이었어요.

왜 그런 기분 있잖아요. 우리 머리 위에서 굉장히 이상한 일이 일어나고 있는 것 같은, 몹시 끔찍한 기분요. 바로 위층에 있는 귀금속, 보석 매장에서 무슨 일이 벌어지고 있었어요. 네, 아주 이상한 일이 진짜로 벌어지고 있었어요.

17장
한밤의 침입자

"엄마!"

나는 조용히 엄마를 불렀어요. 하지만 엄마는 꼼짝도 하지 않았어요.

"엄마!"

내가 다시 엄마를 불렀어요. 이번에는 엄마가 눈을 떴어요. 그리고 언제나처럼 기지개를 켜며 "아아아아아!" 하고 하품을 했어요.

"왜?"

"들어봐요!"

"무슨 일인데?"

"누가 왔다 갔다 하고 있어요."

"경비원?"

"아니에요. 경비원 아저씨는 12시 반에서 1시 사이에 오는걸요. 지금은 2시 45분이에요."

나는 엄마가 시간을 볼 수 있도록 야광 시계를 엄마에게 보여줬어요. 시계 매장에서 며칠 동안만 파는 거였어요.

"오늘만 늦게 온 게 아닐까?"

"하지만 말소리도 들려요."

"무전기에 대고 말하는 거겠지."

"아니에요, 엄마. 다른 사람이에요. 확실하다니까요. 백화점에 다른 사람들이 있어요."

엄마는 피곤하다는 듯 긴 한숨을 내쉬었어요. 앤젤린이 화장실에 가고 싶다거나 목이 마르다고 칭얼대며 엄마를 깨울 때도, 엄마는 그런 긴 한숨을 내쉬곤 했어요.

"한번 살펴봐야 하지 않을까요?"

"리비, 무슨 소리를 들은 게 확실하니?"

"그렇다니까요. 들어봐요. 바로 저 소리예요!"

위층에서 누군가 드릴을 쓰는 것 같은 소리가 들렸어요.

"수리공인가 보지."

"한밤중에요?"

"그럼, 수리공이 언제 수리를 하겠니? 백화점이 텅 비어 있어야 수리를 할 수 있잖아? 손님들이 없을 때 해야 하니까, 점검이나 수리를 하기엔 한밤중이 딱 좋은 시간이지."

드릴 소리가 멈췄어요. 잠시 침묵이 흘렀죠. 하지만 이내 앤젤린의 씩씩대는 숨소리가 침묵을 깼어요.

"내가 올라가서 볼까요, 엄마?"

"안 돼!"

"그냥 보고만 올게요. 아무 짓도 안 하고 곧장 돌아올게요. 누군가는 앤젤린 곁에 있어야 하잖아요. 안 그래요? 앤젤린 혼자 두고 갈 순 없으니까, 내가 다녀오는 편이 나아요. 내가 엄마보다 작으니까 더 잘 숨을 수 있어요. 그림자 속에 몸을 완전히 숨길 수 있다고요!"

"안 돼, 리비!"

"제발요! 금방 돌아올게요."

"그럼, 다른 짓은 하지 않을 거지? 보고만 올 거지?"

"네, 약속해요."

"그리고 곧장 돌아와야 해."

"그것도 약속해요."

"그럼 가봐. 그리고 리비."

"네?"

"저쪽에 있는 손전등을 가져가. 진열대 위에 있어. 하지만 조심해. 누가 손전등 불빛을 보면 안 되니까."

"알겠어요."

"딱 5분이야. 5분 만에 안 돌아오면 앤젤린을 깨워서 널 찾으러 갈 거야."

"알겠어요, 딱 5분."

나는 몸을 움직였어요. 그리고 텐트 덮개 아래로 기어 나갔어요. 그리고 손전등을 찾을 때까지 캠핑용품 매장 바닥을 계속 기어갔어요. 어둠 속에서 걸어가다가 뭔가에 걸려 넘어지기라도 하면 소리가 날 거고, 그러면 위험할 수도 있잖아요.

나는 겨우 손전등을 찾아 들었어요. 그리고 살며시 손전등을 켜고 천천히 에스컬레이터까지 걸어갔어요. 그런 다음 발뒤꿈치를 살짝 들고 살금살금 1층으로 올라갔어요.

1층에 도착하자마자 곧바로 손전등을 껐어요. 어차피 1층은 거리에서 들어온 불빛 때문에 환했거든요. 드릴 소리가 다시 들리기 시작했어요. 나는 소리가 들리는 쪽으로 걸음을 옮겼어요. 차가운 타일 바닥을 밟으며 조용하고 빠르게 움직였어요. 드릴 소리가 점점 크게 들렸어요. 말소리도 들렸고요. 속삭이는 듯 작은 목소리였지만 텅 빈 매장 안에선 사방으로 울려 퍼졌어요.

스카프 코너를 지나 우산 코너로 향하는 복도를 따라 계속 걸어갔어요. 비누, 샤워젤 코너에 가까워지고 있다는 걸 냄새로 알 수 있었어요. 그러다가 굉장히 익숙한 향수 냄새가 코를 찔렀어요. 향수 매장 근처에 귀금속, 보석 매장이 있었어요.

내가 수상한 그림자 셋을 본 건 바로 그때였어요. 그 사람들이 하는 짓은 안 봐도 뻔했어요. 매장을 부수고 닥치는 대로 쓸어 담으려는 것이었어요.

나는 '헉' 하고 숨을 들이마셨어요. 그중 한 사람이 내 소리를 들은 것 같았어요. 나는 '미스 모던 걸'을 진열해놓은 진열대 뒤에 얼른 몸을 웅크렸어요. '미스 모던 걸'은 새로 나온 향수인데, 마침 홍보 기간이었거든요.

"뭐지?"

한 남자가 말했어요.

"나도 무슨 소리를 들은 것 같은데?"

다른 사람이 말했어요.

"아니, 아무것도 아니야."

또 다른 누군가가 말했어요.

"너희들이 예민해서 그래. 자, 어서 하던 일이나 하자고."

나는 잠시 기다렸다가 다시 용기를 내어 몸을 일으켰어요. 엄마가 5분을 정확하게 지키지 않기만 간절히 바라면서요. 만약 엄마가 앤젤린을 데리고 나를 찾아 나서기라도 한다면, 그래서 저 남자들이 엄마를 발견하기라도 한다면…….

'만약 저 사람들한테 총이 있으면 어쩌지?'

나는 그 사람들이 뭘 하는지 자세히 살펴봤어요.

귀금속, 보석 매장은 스코틀리 백화점의 여느 매장과는 다른 곳이에요. 밤에는 쇠로 된 셔터를 내려요. 그리고 자물쇠로 셔터를 콘크리트 바닥에 고정시키죠. 경보장치도 따로 설치돼 있어요. 그래서 우리도 귀금속, 보석 매장을 지날 때는 경보가 울리지 않도록 항상 조심해야 했어요.

매일 영업이 끝나면 진열대에 있는 보석과 장신구들을 꺼내 셔터 뒤에 있는 보관함에 넣은 다음 다시 자물쇠로 단단히 채워요. 다이아몬드가 박힌 정말 비싼 목걸이나, 반지, 팔지는 금고로 옮기고요. 몇백, 몇천만 파운드나 되는 보석들도 있어요. 그러니까 그렇게 꼭꼭 잠가놓는 거죠.

어떻게 했는지 모르지만, 도둑들은 셔터에 달려 있던 경보장치를 끈 다음 드릴로 바닥에 채워놓은 자물쇠를 끊었어요. 두 명은 벌써 보석과 목걸이들을 검정색 가방 안에 쓸어 담고 있었어요. 나머지 한 사람은 금고를 살피고 있었죠.

나는 카운터 뒤에 몸을 잔뜩 웅크리고 마음을 가라앉히려고 노력했어요. 어찌나 심장이 벌렁거리는지 터질 것만 같았어요.

도둑들 중 한 사람은 내가 아는 사람이었어요. 잘못 봤을 리가 없어요. 백화점 안은 어두웠고 나는 멀리 떨어져 있었지만, 그래도 확실히 알 수 있었어요.

누구였는지 아세요? 미스터리 아저씨였어요. 맞아요, 미스터리 아저씨. 왜 그 아저씨가 계속 눈에 띄었는지, 왜 백화점 안을 계속 돌아다녔는지, 그제야 알 수 있었어요. 백화점 구조를 샅샅이 살피며 미리 준비를 했던 거예요. 백화점 보안요원이 아니었어요. 도둑이었어요.

문득 이상한 생각이 들었어요. 도대체 어떻게 백화점 안으로 들어온 걸까요? 백화점으로 몰래 들어오면 분명히 보안 벨이 울렸을 텐데, 어떻게 들어올 수 있었을까요? 안으로 들어오는 문 중에서 보안 벨이 없는 문은 딱 하나뿐이었어요. 그러니까 딱 하나, 옥상정원으로 통하는 문뿐이었어요.

'그거구나!'

바로 그거였어요. 어떻게 했는지 모르지만, 도둑들은 먼저 백화점 옥상으로 올라갔을 거예요. 그리고 옥상정원 문을 통해 백화점 안으로 들어와서 1층 매장으로 내려왔겠죠. 어느새 매장 안에 있는 보석을 절반이나 챙겼고요. 금고까지 열게 되면 나머지 보석들도 모두 챙겨서 들어왔던 방법으로 도망치겠죠.

정말 똑똑한 도둑이었어요. 물론 우리가 더 똑똑하지만요. 도둑이 거기 있다는 사실을 아는 사람은 우리뿐이었어요. 그리고 도둑을 막을 수 있는 사람도 우리뿐이었죠.

나는 종종걸음으로 최대한 빠르고 조용하게 지하로 돌아갔어요. 하지만 서둘러 내려가느라 에스컬레이터에서 손전등을 떨어뜨리고 말았어요. 손전등이 맨 아래까지 굴러떨어졌어요. 다행히 도둑들은 그 소리를 못 들은 것 같았어요. 드릴 소리가 계속 들려왔거든요. 나는 손전등을 찾아서 다시 켰어요. 그리고 캠핑용품 매장에 있는 텐트로 돌아갔어요. 잠에서 완전히 깬 엄마가 나를 기다리고 있었어요.

"리비! 널 찾으러 올라가려던 참이야. 거의 10분이나 지났잖아."

"알아요, 엄마. 미안해요. 하지만 곧바로 돌아올 수가 없었어요. 위층에 도둑이 있어요. 귀금속, 보석 매장에 도둑이 들었다고요."

"뭐? 도둑이라고? 몇 명이나 되는데?"

"세 명이에요. 그중에 누가 있는지 아세요?"

"누구?"

"미스터리 아저씨예요."

"무슨 아저씨?"

"오늘 아침에 식당에서 만난 아저씨요. 아니다, 이젠 어제 아침이구나. 내가 말한 아저씨 있잖아요. 잘생기지 않았냐고 하니까 그런 것 같지만 엄마 타입은 아니라고 했잖아요."

"아, 그 남자!"

엄마가 무척이나 놀랐어요.

"어쩐지 수상하더라니!"

엄마가 그 아저씨를 수상하게 봤다는 건 사실이 아닐 거예요. 그 아저씨에 대해 두 번 생각해봤을 리가 없어요. 그냥 진작 의심하고 있었다고 으스대고 싶어서 한 말일 거예요.

"지금 드릴로 금고를 뜯고 있어요. 엄마, 어떻게 막죠?"

"그런데 도둑들이 도대체 어떻게 들어왔지? 보안 벨도 울리지 않았잖아? 문을 열자마자 바로 보안 벨이······."

"옥상으로 들어온 게 틀림없어요. 그 방법밖에 없다고요."

"하지만 옥상까지 어떻게 올라갔을까? 날개가 있는 것도 아니잖아."

"줄을 타고 올라갔거나 옆 건물에서 건너왔겠죠, 뭐. 아니면 백화점 문을 닫을 때까지 옥상이나 손님용 남자 화장실에 숨어 있었는지도 모르고요. 아니면 헬리콥터를 타고 왔을지도 몰라요."

"헬리콥터라고? 리비, 헬리콥터는 아닐 거야. 헬리콥터를 타고 백화점 옥상에 내렸는데도 아무도 알아채지 못했다는 건 말이 안 돼."

"그럼, 그건 아닌가 보네요. 어쨌든 여기서 나가는 방법도 미리 생각해놨을 거예요. 이제 어쩌죠?"

"여기서 기다려. 먼저 내 눈으로 확인해야겠다. 손전등 좀 줘봐. 앤젤린이 잠에서 깰지도 모르니까 넌 여기 있어. 그리 오래 걸리진 않을 거야."

엄마가 말했어요. 그리고 내가 미처 말리기도 전에 벌써 저만치 가버렸어요.

시간이 꽤 오래 흐른 것 같았어요. 나는 걱정이 되기 시작했어요. 도둑들이 엄마를 포로로 잡은 모습이 떠올랐어요. 자동차용품 매장에서 가져온 고무줄로 엄마를 꽁꽁 묶고, 소리를 지르지 못하게 사무용품 매장에서 가져온 두꺼운 테이프로 입을 막은 거예요. 별별 생각이 다 떠올랐어요.

다행히 엄마는 무사히 돌아왔어요. 15분쯤 지나 손전등 불빛이 에스컬레이터를 내려와 우리 쪽으로 다가왔어요.

"리비?"

엄마가 속삭였어요.

"여기예요, 엄마!"

"괜찮니? 앤젤린도 괜찮아?"

"네, 아직 자고 있어요. 도둑들은 봤어요?"

"응."

"금고를 뜯었어요?"

"아니, 하지만 드릴은 멈췄어. 폭탄을 터뜨려서 금고를 부수려는 것 같아."

"안 돼요, 엄마! 우린 어쩌죠? 경찰에 신고해야겠어요."

"하지만 리비! 경찰을 부르면 우리도 들키고 말 거야. 경찰이 우릴 어떻게 생각하겠어? 그럼 우린 어떻게 되겠니?"

물론 그런 생각을 전혀 못 했던 건 아니에요. 어쨌든 우리가 그 시간에 스코틀리 백화점에서 뭔가를 하고 있으면 안 되는 거잖아요? 사실 우리도 도둑이나 마찬가지였죠. 물론 우리가 문을 뜯고 들어가서 물건을 훔친 건 아니지만, 그래도 경찰이 어떻게 생각하겠어요? 유통기한 먹은 것도 좀 걸렸고요. 경찰이 보기에는 우리도 침입자니까, 도둑들과 함께 잡아갈 게 분명했어요. 어쩌면 우리를 도둑들과 한패라고 생각할지도 모르고요. 꼬마 앤젤린은 흉악한 범죄자치곤 너무 어렸지만요.

"우선 경찰에 신고를 한 다음에, 도둑들을 체포할 때까지 어디 숨어 있으면 안 될까요? 도둑들을 체포해서 모두 돌아갈 때까지 기다리면 되잖아요."

"그건 안 될 것 같아, 리비. 경찰이 오면 백화점 구석구석까지 샅샅이 뒤질 거야. 여기저기 다 살피다 보면 우린 분명히 들키고 말 거야."

"그럼, 그냥 다시 자요. 도둑들이 보석을 훔쳐 가게 그냥 내버려 두자고요. 아무 일도 없다고 쳐요."

"리비! 너한테 정말 놀랐다!"

"하지만 이제 착하게 구는 것도 지긋지긋하다고요. 올바르고 책임감 있는 사람이 되는 건 정말 힘들어요. 나도 짜증이 날 때가 있다고요. 늘 옳은 일만 하는 것도 이젠 지쳐요. 그렇다고 누가 나한테 고마워하지도 않잖아요."

"네 말이 옳을지도 몰라, 리비. 하지만 누군가 네 물건을 훔쳐 가는데 사람들이 가만히 서서 구경만 한다면 네 기분이 어떨 것 같니?"

나는 솔직하게 털어놨어요.

"나한텐 훔쳐 갈 만한 물건이 없는걸요. 사실 내 물건이란 것도 별로 없고요. 이제까지 난 다른 사람들처럼 뭘 가져본 적이 없는 것 같아요. 돈이 인생의 전부가 아니죠. 장난감이나 다른 물건들도 인생의 전부는 아니에요. 그걸 알고 있지만, 나도 뭔가 내 물건이 있으면 좋겠어요. 아주 작은 것이라도요."

엄마는 내 말을 전혀 듣지 못한 사람처럼 행동했어요. 약간 미안하다는 생각을 했는지도 몰라요. 내 말이 전부 사실이었으니까요. 어쩌면 엄마가 내 말에 상처를 받았는지도 모르죠. 하지만 옳은 말을 할 때는 다 그런 법이에요. 그럴 생각은 아니었어도 누군가의 마음에 상처를 내거나 아예 대못을 박죠.

"그럼 네가 가진 게 많다고 치고 생각해봐."

엄마가 억지를 부렸어요.

"아니면 가진 게 조금이라도 있다고 생각해봐. 그걸 누가 훔쳐 갔으면 좋겠어? 아니지?"

"그건 아니죠."

"그럼 이대로 가서 자면 안 돼. 안 그래? 경찰을 부르면 우리한테도 문제가 생기니까 우리끼리 알아서 도둑을 막아보자."

"우리끼리요? 엄마랑 나랑 앤젤린이랑요? 우리끼리 드릴이랑 자물쇠 자르는 도구랑 폭탄을 가진 흉악범 세 명을 어떻게 막아요? 정신 좀 차려요, 엄마!"

나는 너무 어이가 없었어요.

"좋은 생각이 있어. 우선 도둑들이 어떻게 밖으로 빠져나갈 속셈인지 알아보자. 서둘러. 얼른 옥상으로 가자."

"하지만 엄마, 앤젤린은요? 저렇게 씩씩대며 자고 있는데 여기 혼자 두고 갈 순 없잖아요. 도둑들이 앤젤린을 발견하기라도 하면 어떡해요? 앤젤린을 납치해서 우리한테 몸값을 요구할 수도 있다고요."

"당연히 앤젤린도 데려가야지. 서둘러."

엄마는 앤젤린을 품에 안았어요. 그리고 에스컬레이터로 향했어요. 앤젤린은 거친 숨소리를 냈어요. 하지만 다행히 잠에서 깨진 않았어요.

"서둘러, 리비. 손전등도 챙기고. 어서 가자. 옥상으로 가는 거야."

18장
도둑의 계획

어휴, 옥상으로 올라가느라 죽는 줄 알았어요. 이미 기진맥진한 데다 잠도 겨우 몇 시간밖에 못 잤으니까요. 게다가 아무 소리도 내면 안 됐기 때문에 더 힘들었어요. 작은 소리라도 내면 도둑들이 들을 수 있잖아요. 그러면 백화점 안에 누가 있다는 사실을 알아차릴 테고, 우리 뒤를 쫓을지도 모르죠.

다행히 우리는 아무 일 없이 꼭대기 층에 도착했어요. 엄마가 옥상정원으로 통하는 문을 열었어요. 우리는 차가운 밤공기 속으로 발을 내디뎠어요. 앤젤린이 몸을 부르르 떨더니 눈을 떴어요.

"추워. 나쁜 꿈인가?"

앤젤린이 중얼거렸어요.

"오래 걸리지 않을 거야, 앤젤린. 금방 안으로 들어갈 거야."

엄마가 앤젤린을 다독였어요.

우리는 먼저 주위를 둘러봤어요. 옥상은 환하게 밝았어요. 둥글

게 차오른 달이 밤하늘을 밝게 비춰주고 있었어요. 하늘은 맑았고 도시의 화려한 야경이 한눈에 들어왔어요.

"봐, 여기야!"

엄마가 바닥에 널린 배낭을 발견했어요. 엄마는 내게 앤젤린을 안겨주고 가방을 열었어요. 그 안에 칭칭 감긴 밧줄이 가득 들어 있었어요. 길이가 수십 킬로미터는 될 것 같았어요. 뾰족한 못이 박힌 신발이랑 쇠갈고리, 암벽등반을 할 때나 쓰는 도구들도 있었어요. 그동안 캠핑용품 매장에서 많은 시간을 보냈고, 거긴 등산용품도 많기 때문에 금방 알아봤어요.

"네 말이 맞았어, 리비. 저 사람들은 백화점 문을 닫기 전에 여기 숨어들었을 거야. 그리고 밤이 되어 야간 경비원이 순찰을 돌 때까지 기다렸겠지. 경비원이 순찰을 돌고 간 다음에 이 문을 열고 백화점 안으로 들어온 게 틀림없어. 보석을 다 훔친 다음엔 자일을 타고 건물 벽을 내려갈 계획이었나 봐. 저 아래까지 말이야."

"자일을 타고 내려간다는 게 무슨 말이에요, 엄마?"

"쉽게 말하면 밧줄을 타고 내려간다는 뜻이야. 봐!"

엄마가 담장에 뚫린 구멍 사이로 고개를 내밀고 골목을 내려다봤어요. 골목 한 구석에 비싸 보이는 자동차 한 대가 주차돼 있었어요. 반쯤은 어둠 속에 감춰져 있었죠.

"분명 저 차가 도둑들의 차일 거야. 저걸 타고 도망갈 거라고."

엄마가 말했어요.

나는 까마득하게 보이는 자동차를 내려다보느라 눈이 빙빙 돌 지경이었어요. 그 정도로 높았다니까요. 솔직히 말해서 그 아저씨들은 도둑이긴 하지만 정말 용감한 사람들인 게 분명해요. 스코틀리 백화점 옥상에서 바닥까지 달랑 밧줄 하나에만 매달려 내려간다니! 나 같으면 죽어도 못할 거예요. 낙하산 30개랑 열기구가 있다면 또 모를까요. 그리고 바닥에는 만약을 대비해서 매트리스를 25개쯤 쌓아둬야 할 거예요.

"엄마, 이제 어떡해요?"

"좋은 생각이 있어."

엄마는 도둑들의 가방에서 밧줄을 다 끄집어냈어요. 그다음에 엄마가 어떻게 했는지 아세요? 맞아요. 담장 너머로 밧줄을 냅다 던져버렸어요. 마구 풀어헤쳐진 밧줄이 골목길에 세워둔 자동차 지붕 위로 떨어졌어요.

"좋았어. 이제 도둑들이 도망갈 길은 완전히 사라졌어. 이제 녀석들은 궁지에 몰린 거야. 나갈 길이라곤 백화점 문밖에 없으니까. 그리고 백화점 문을 여는 순간 보안 벨이 울리겠지."

엄마가 손을 탁탁 털며 말했어요. 꽤 만족하는 듯했어요. 하지만 나는 이런 말을 할 수밖에 없었어요.

"하지만 엄마, 도둑들이 궁지에 몰렸다면 우리도 마찬가지예요. 도둑들이 옥상으로 올라와서 밧줄이 사라진 걸 알면 이 백화점에 자기들 말고 다른 사람이 있다는 걸……."

미처 말을 마치기도 전에 발밑에서 희미한 소리가 들렸어요. 처음에는 '쿠르르 쾅!' 하더니 곧이어 작게 '쿵' 하는 소리가 들렸어요.

"추워요. 들어갈래요."

앤젤린이 다시 입을 열었어요.

"금고예요. 도둑들이 성공했나 봐요. 금고 문을 드디어 부순 것 같아요."

내가 말했어요.

"그래, 이제 그 안에 있는 것들을 모두 꺼내겠지. 그리고 곧장······."

"이제 이리로 올라올 거예요! 그리고 우리를 보겠죠. 우리가 밧줄을 아래로 던져버렸다는 사실을 알면 우리도 밧줄처럼 던져버릴지도 몰라요."

내가 벌벌 떨며 말했어요.

"바보 같은 소리하지 마, 리비. 절대 그런 일은 없을 거야."

엄마가 대답했지만, 그리 자신 있는 목소리는 아니었어요.

"그래도 여기서 빠져나가는 게 좋겠다. 어서 가서 숨어야겠어."

우리는 다시 백화점 안으로 들어와서 옥상 문을 닫았어요.

"빨리, 서둘러! 최대한 빨리 계단을 내려가야 해."

옥상에서 내려가는 길은 그 계단뿐이었어요. 만약 그 계단에서 도둑들과 맞닥뜨리기라도 한다면 우리는 끝장이었어요.

"어디로 가요?"

"아무데나! 이쪽으로 와, 어서!"

벌써 도둑들의 말소리와 발소리가 들리기 시작했어요. 도둑들이 계단으로 올라오고 있었던 거예요. 금고 문을 부순 다음, 안에 든 것들을 모두 챙긴 모양이었어요. 그러고 나서 도망가려고 서둘러 옥상으로 올라오는 중이었어요.

"여기야. 얼른 들어가."

우리는 옥상 바로 아래, 그러니까 백화점 맨 꼭대기 층의 학생복 매장에 몸을 숨겼어요. 짙은 색 재킷과 회색 바지, 회색 치마, 줄무늬 넥타이가 줄줄이 걸려서 매장 안을 꽉 채우고 있었어요.

"졸려. 다시 자러 가고 싶어."

내 품에 안긴 앤젤린이 중얼거렸어요.

"엄마, 앤젤린 좀 받아줘요. 점점 무거워져요."

엄마가 앤젤린을 다시 안았어요. 우리는 매장 맨 구석으로 걸음을 재촉했어요.

"여기야."

엄마가 말했어요.

우리는 탈의실 하나를 골라 안으로 들어갔어요. 그리고 문을 닫았죠.

나는 엄마와 바닥에 앉았어요. 엄마는 앤젤린을 무릎에 앉히고 품에 안았어요. 그때 내가 앤젤린의 슬리퍼 한 짝이 없어졌다는 걸 알아차렸어요.

"앤젤린! 네 슬리퍼 어딨어?"

"몰라. 다시 잘래."

그러더니 도로 눈을 감아버리더라고요. 나는 엄마를 쳐다봤어요.

"어디 있을까, 리비? 분명 옥상으로 올라가기 전에 슬리퍼를 신겨줬는데……."

"두 짝 다요?"

"응."

"그럼 어딘가에 떨어뜨렸나 봐요."

"도둑들이 발견하면 어쩌지?"

"잠깐만요. 옥상에 있을지도 몰라요. 내가 가서 보고 올게요."

"조심해."

나는 탈의실 문을 살짝 열고 고개를 내밀어 주위를 둘러봤어요. 마치 쥐구멍 밖으로 머리를 내밀고 사방을 살피는 생쥐처럼요. 다행히 아무도 없었어요. 나는 우리가 왔던 길을 되짚으며 앤젤린의 슬리퍼를 찾아봤어요. 하지만 찾을 수가 없었어요. 주위를 살피며 계속 계단 쪽으로 다가가니까 도둑들의 말소리가 점점 크게 들렸어요. 이제 한 층 정도밖에 떨어지지 않은 것 같았어요.

"이게 다 얼마나 될까?"

"적어도 20만은 될 거야."

"너희 둘, 어서 서둘러. 얼른 여길 빠져나가자고. 돈 계산은 나중에도 할 수 있잖아."

나머지 한 사람이 두 사람을 재촉했어요. 바로 미스터리 아저씨였어요. 그 목소리의 주인공이 미스터리 아저씨라는 걸 알아차릴 수 있었어요.

계단을 올라오는 도둑들의 그림자가 점점 더 크게 보였어요. 순간 내 몸이 얼어붙었어요. 꼼짝도 할 수 없었어요. 나는 회색 치마가 잔뜩 걸려 있는 행거 옆에 얼어붙은 채 서 있었어요. 도둑들의 모습이 보이기 시작했어요. 한 사람이 나를 똑바로 쳐다봤어요. 정말 그랬다니까요. 하지만 나를 보고 있는 게 아니었어요. 그저 옷걸이에 걸려 있는 옷을 쳐다봤던 거예요.

어쨌든 도둑들은 옥상으로 가는 계단을 계속 올라갔어요. 도둑들의 발소리, 옥상정원으로 나가는 문을 여는 소리가 들려왔어요.

곧 밧줄이 없어졌다는 사실을 알게 될 테죠. 저 아래 골목에 세워놓은 자동차 지붕 위에 밧줄이 죽은 뱀처럼 널브러져 있는 모습도 발견할 거예요. 그것 말고 다른 것도 발견할지 몰라요. 앤젤린의 슬리퍼 말이에요. 아무래도 거기 있는 게 틀림없었거든요. 옥상에요. 우리가 옥상에 갔을 때 떨어뜨렸던 게 분명해요.

나는 조금씩 몸을 움직였어요. 얼마나 떨렸는지 심장이 쿵쾅거리는 소리에 정신이 번쩍 들 정도였어요. 나는 엄마와 앤젤린이 숨어 있는 탈의실로 달려갔어요.

"리비, 슬리퍼 찾았어?"

"아뇨. 아무래도 옥상에 있는 것 같아요. 그런데 도둑들이 벌써 옥상으로 올라갔어요. 이제 곧 알게 될 거예요. 자기들 말고 다른 사람이 백화점 안에 있다는 걸 알게 될 거라고요. 그럼 우릴 찾아다닐 게 뻔해요. 엄마, 어떡해요?"

나는 다시 걱정에 휩싸였어요.

그때였어요. 사람들 말소리가 들려왔어요. 머리끝까지 화가 난 목소리였어요. 아니, 겁에 질린 목소리 같기도 했어요. 옥상 문이 '쿵' 하며 닫히는 소리가 났어요.

"분명히 저기 놔뒀어. 분명히 그랬다니까!"

"그럼 도대체 어디로 간 거야?"

"그걸 내가 어떻게 알아?"

"그럼 이제 어떡하지?"

"정신 챙겨! 생각을 좀 하자고. 잠깐, 등산용품 매장이 어디 있지?"

"지하에 있어."

"그래, 거기 가면 밧줄이 있을 거야. 가서 가져오자."

"잠깐, 이게 뭐지?"

"뭐?"

"계단 위에 있는 것 말이야. 이게 뭐지?"

"어린애 슬리퍼잖아. 그렇지?"

"이게 왜 여기 있는 거야?"

"누가 잃어버렸겠지, 뭐. 어서 가자."

"아니, 잠깐. 아까는 분명히 없었어."

"무슨 소리야?"

"아까 옥상에서 내려올 땐 없었단 말이야. 분명히 누가 있어. 이 건물 안에 누가 있다고."

그때, 앤젤린이 아주 길게 큰 숨소리를 냈어요.

엄마가 손으로 앤젤린의 입을 막으려고 했지만, 한발 늦었어요. 도둑들이 그 소리를 들은 거예요.

"무슨 소리야?"

"저기야, 저 아래 누가 있어."

"알았어. 어서 가보자."

미스터리 아저씨의 목소리였어요. 아무래도 미스터리 아저씨가 대장인 것 같았어요.

"돈! 넌 지하에 가서 밧줄을 가져와. 그리고 리! 넌 나하고 저쪽에 누가 있는지 보러 가자. 만약 저기 누가 있다면 확실히 입단속을 시켜야겠군."

누군가 계단을 뛰어 내려가는 소리가 들렸어요. 발소리가 점점 멀어져갔어요. 다시 미스터리 아저씨의 목소리가 들렸어요.

"넌 저쪽으로 가. 난 이쪽을 살펴볼 테니까."

미스터리 아저씨가 우리 쪽으로 다가왔어요. 아저씨의 발소리가 점점 가까워졌어요. 바닥에 깔린 두꺼운 카펫도 아저씨의 발소리를 완전히 없애진 못했어요. 주위는 아주 고요했고, 작은 소리도 아주 분명하게 들렸거든요. 심장 뛰는 소리도 천둥소리만큼이나 크게 들리는 것 같았어요.

'우리 소리를 들을 거야. 우리 소리를 들을 거라고.'

내 심장이 뛰는 소리를 분명히 알아차렸을 거예요. 그때 내 심장 소리는 3킬로미터 밖에서도 들릴 정도로 요란했으니까요.

미스터리 아저씨가 점점 다가왔어요. 옷걸이에 걸린 옷을 건드렸는지, 옷걸이가 서로 부딪히는 소리가 들렸어요. 발소리가 한 걸음, 한 걸음씩 가까워지고 있었죠.

그리고 방향을 바꾸더니 탈의실에 점점 더 가까이 다가왔어요. 무슨 말이라도 하고 싶었어요. 엄마 목소리가 듣고 싶었거든요. 하지만 너무 위험했어요. 그때 필요한 건 침묵뿐이었어요.

숨바꼭질을 할 때처럼 떨렸어요. 멀리 있던 술래가 점점 내가 있는 곳으로 다가오는 느낌이었어요. 점점 더 다가오고, 더 가까이 다가오고, 그다음에는 우리를 발견하겠죠.

탈의실에는 옷 갈아입는 칸이 양쪽 벽에 각각 다섯 칸씩 있었어요. 우리는 왼쪽 네 번째 칸에 숨어 있었어요.

끼익!

미스터리 아저씨가 맨 첫 번째 칸 문을 열었어요. 물론 안을 들여다봤을 거예요.

정말 가까워졌어요. 점점 더 가까워지고 있었어요.

첫 번째 칸 문이 달가닥 하며 닫히는 소리가 났어요. 다시 끼익 하는 소리가 들렸어요. 두 번째 문이 열리는 소리였어요. 이젠 더 가까워졌어요. 손에 잡힐 듯한 거리였어요. 두 번째 문이 닫혔어요. 미스터리 아저씨의 숨소리가 들려왔어요. 내 귀에는 그 소리 말곤 아무것도 들리지 않았어요.

끼익!

세 번째 칸 문이 열렸어요. 거의 다 왔어요. 잡힌 거나 다름없었어요. 완전히 끝장이었다고요. 미스터리 아저씨가 계속 우리 쪽으로 다가왔어요. 점점 더 가까이 다가왔어요. 속이 타서 견딜 수가 없었어요. 이제 우리 문 앞까지 왔어요. 가까운 정도가 아니라 아예 우리 앞에 서 있었어요.

아저씨가 손을 뻗어 문고리를 잡았어요. 이제 문이 열릴 차례였죠. 문이 열렸냐고요? 아니에요. 문이 그냥 사라져버렸어요. 우리 눈에는 그렇게 보였다고요. 문이 보이지 않았어요. 미스터리 아저씨가 이미 문을 열고 우리 앞에 서 있었어요. 두 눈을 부릅뜨고요. 지난번과는 달리 전혀 멋져 보이지 않았어요. 오히려 아주 악랄하고, 잔인하고, 포악하고, 사악하고, …… 그렇게 보였어요.

"이게 누구야? 도대체 이게 누구냐고? 당신들이로군. 이제 알겠어. 이제 이해가 가는군. 왜 당신들이 자꾸 눈에 띄나 궁금했는데, 이제야 그 이유를 알겠어. 여기 아예 눌러앉아 살고 있었구먼. 그러면 밧줄을 내던진 것도 당신들 짓이겠군. 아주 잘했다고 생각했겠지? 안 그래? 하지만 내 말 잘 들어. 이제까지 어떻게 들키지 않고 여기 살았는지 모르겠지만, 더 이상 여기서 살진 못할 거야. 아니, 어느 곳에서도 살지 못할 거야. 왠지 알아? 더 이상 이 세상 사람이 아닐 테니까. 이리 나와!"

미스터리 아저씨가 손을 뻗었어요. 그와 동시에 엄마가 소리쳤어요.

"지금이야, 리비! 뛰어! 어서 뛰어! 젖 먹던 힘을 다해 뛰라고!"

엄마가 미스터리 아저씨의 정강이를 힘껏 걷어찼어요. 그게 엄마의 주특기죠. 사실 엄마는 여자 축구팀 선수였거든요. 미스터리 아저씨가 몸을 홱 구부리며 고통스러운 비명을 질러댔어요. 그리고 차마 입에 담기도 힘든 심한 욕들을 마구 해댔어요. 뭐라고 했는지 궁금해하진 마세요. 제 입으로 그런 말을 하고 싶진 않으니까요.

우리는 냅다 달렸어요. 미스터리 아저씨도 다리를 절뚝거리며 우리를 바짝 뒤쫓았어요. 잠시 후에는 그리 절뚝거리지도 않더라고요. 굉장히 아팠을 텐데, 참고 달리는 것 같았어요. 아저씨는 우리를 쫓으면서 다른 쪽을 살피던 도둑에게 빨리 오라며 소리를 질렀어요.

우리는 계속 달렸어요. 젖 먹던 힘을 다해서요. 마치 악마한테 쫓기는 사람처럼 정신없이 도망쳤어요.

엄마의 비밀

　미스터리 아저씨는 우리보다 몸집도 크고 힘도 셌어요. 그리고 당연히 우리보다 빨랐죠. 하지만 우리에게 유리한 점도 있었어요. 우리는 아저씨보다 스코틀리 백화점을 더 잘 알고 있었거든요. 아저씨는 환할 때의 백화점 모습밖에 몰랐겠지만, 우리는 캄캄할 때의 모습도 잘 알고 있었어요. 우리는 에스컬레이터 쪽으로 냅다 뛰었어요.
　"리! 아래층으로 내려가고 있어! 어서 쫓아가! 가서 해치워!"
　미스터리 아저씨가 소리쳤어요. 아저씨는 어둠 속에서 허우적대며 우리를 뒤를 바짝 쫓았어요.
　에스컬레이터를 내려오니 장난감 매장이 보였어요.
　"이쪽이에요, 엄마."
　나는 앞장서서 잔뜩 쌓여 있는 장난감 상자 사이를 내달렸어요. 마치 미로를 빠져나가는 것 같았어요. 하지만 빽빽하게 들어선 진열장과 사방 가득한 장난감, 후미진 구석구석까지 내가 모르는 곳은 없었어요. 뒤를 돌아봤어요. 여전히 두 사람이 우리를 쫓고 있었어요. 그중 하나는 다리를 살짝 절고 있었고요.

"어디로 가는 거니, 리비?"

엄마가 앤젤린을 안고 뛰느라 숨을 가쁘게 몰아쉬며 물었어요.

"이쪽이에요, 엄마!"

나는 왼쪽으로 방향을 틀었어요. 거기 커다란 장난감 집이 있었어요. 우리에게 딱 알맞은 곳이었죠.

"엄마, 이 안으로 들어가요!"

우리는 장난감 집으로 서둘러 들어갔어요. 도둑들이 옆을 지나가는 동안 우리는 들키지 않으려고 몸을 잔뜩 웅크렸어요. 다행히 앤젤린은 엄마 품에서 다시 깊은 잠에 빠져 있었어요.

"어디 있지? 도대체 어디로 간 거야?"

미스터리 아저씨의 목소리가 들렸어요.

"그나저나 돈 이 녀석은 밧줄을 갖고 오는 거야, 마는 거야?"

"오고 있을 거야."

리가 대답했어요.

"옥상에서 우리를 기다리고 있을지도 모르겠군. 넌 여기 있어. 그 여자랑 꼬맹이들이 나타나는지 잘 지켜. 난 돈이 밧줄을 가져왔는지 보고 올 테니까."

미스터리 아저씨는 리에게 우리를 계속 찾도록 시키고 옥상으로 올라갔어요.

"엄마, 경찰에 신고해야 해요."

내가 속삭였어요.

"우리가 곤란해진다고 해도 어쩔 수 없어요. 지금 신고해야 해요. 아니면 기회가 없을 거예요."

"그래, 엄마도 알아. 하지만 전화기가 없잖아?"

바로 그때였어요. 앤젤린이 갑자기 눈을 동그랗게 떴어요. 그리고 주위를 둘러보더니 "와, 장난감 집이네" 하고 중얼거렸어요. 그러더니 언제 그랬냐는 듯 눈을 감고 다시 잠들어버렸어요.

"맞다, 엄마! 컴퓨터, 통신기기 매장이 있잖아요."

"그 매장이 왜?"

"거기 전화기가 잔뜩 있어요. 그중 하나는 분명히 쓸 수 있을 거예요."

"좋아. 그럼 한번 가보자."

우리는 장난감 집 창문으로 밖을 조심스럽게 내다봤어요. 장난감 매장 끝 쪽에 리가 망을 보며 서 있었어요. 네 개의 통로가 만나는 교차로 같은 곳이었어요. 장난감 매장과 쿠션, 시트 매장이 거기서 만나요. 리 옆에는 커다란 쿠션이 차곡차곡 쌓여 있었는데, 산처럼 쌓여서 천장에 닿을 듯했어요.

"저 사람은 도저히 못 따돌리겠는데. 저 사람 몰래 빠져나갈 방법이 없겠어."

"그러게요. 내가 보기에도 그래요."

뾰족한 수가 없었어요 아무래도 불가능할 것 같았죠.

그러다 문득 좋은 생각이 떠올랐어요. 사실 나는 좋은 생각을 그리 자주 떠올리는 편이 아니에요. 하지만 한번 떠올리면 정말 좋은 게 나와요. 그리고 이번 건 진짜 최고로 멋진 생각이었어요. 하긴 그런 건 나 혼자 평가할 일이 아니죠. 경사님이 한번 평가해 주세요. 정말 좋은 생각이었는지 아니었는지.

내가 생각해낸 건 바로 자동차였어요. 자동차 말이에요. 전에 얘기했던 장난감 자동차 생각나세요? 수천 파운드짜리 장난감 자동차요. 그 자동차를 이용하면 될 것 같았어요. 장난감 자동차들이 한 줄로 쭉 세워져 있었거든요. 앞에는 '절대 만지지 마세요, 직원에게 문의하세요'라고 쓴 팻말이 붙어 있었어요.

"엄마! 자동차예요. 저기 있는 장난감 자동차 말이에요."

내가 장난감 매장에 세워둔 작은 전기 자동차를 가리키며 속삭였어요. 진짜 자동차를 크기만 줄여놓은 모습이었어요.

"그래서?"

"가서 직접 보여줄게요. 자, 어서 가요."

우리는 살금살금 장난감 집 밖으로 기어 나왔어요. 그리고 발뒤꿈치를 들고 자동차가 있는 곳까지 갔어요.

"엄마, 운전할 줄 알아요?"

"그렇다고 볼 수 있지."

할 줄은 모르지만 한번 해볼 순 있다는 의미인 듯했어요. 하지만 엄마가 타기에는 운전석이 너무 작았어요.

"아무래도 내가 해야 할 것 같아요. 엄마는 앤젤린이랑 같이 뒷좌석에 앉아요."

엄마는 뒤에 앉았어요. 마침 앤젤린도 잠에서 깼어요. 어리둥절한 눈으로 사방을 볼 뿐 아무 말도 하지 않았어요. 새벽 3시 30분에, 스코틀리 백화점 장난감 매장에서, 장난감 자동차 뒷좌석에 타고 있는데, 전혀 이상하지 않은지 얌전히 앉아 있었어요.

"우리 어디 가?"

앤젤린이 작은 소리로 물었어요.

"잠깐 여행을 떠나는 거야."

내가 대답했어요. 그리고 시동 버튼을 눌렀어요.

조용히 시동이 걸리고, 전기 모터가 돌아가기 시작했어요. 소리는 컴퓨터를 켤 때 나는 소리보다 조금 큰 정도였어요. 하지만 냉난방기 돌아가는 소리에 묻혀 거의 들리지 않았어요.

가속페달을 밟았어요. 자동차가 앞으로 미끄러지듯 움직였어요. 처음에는 핸들에 익숙하지 않아서 차가 지그재그로 움직였지만, 곧 중심을 잡을 수 있었어요.

언젠가 범퍼카를 타본 적이 있어서 처음 운전을 해본 건 아니었어요. 그러니까 '초보 운전'이라고 써 붙일 필요는 없었죠. 물론 그럴 상황도 아니었고요.

통로를 따라 달렸어요. 통로가 끝나는 곳, 두 통로가 만나는 곳에 리가 서 있었어요. 그 도둑은 두 손을 늘어뜨린 채 우리에게 등을 돌리고 있었어요. 그런데 한 손에 굉장히 무거워 보이는 물건이 들려 있더라고요. 몽둥이, 아니면 총이었는지도 몰라요.

처음에는 라이트를 켜고 운전할까 하는 생각도 들었지만, 그러지 않았어요. 너무 위험할 것 같았거든요. 아무래도 라이트를 켜면 들키기 쉬우니까요. 나는 가속페달을 좀 더 세게 밟았어요. 속도계가 시속 8킬로미터에서 11킬로미터로 올라가더니 16을 지나 20을 가리켰어요.

"엄마, 안전벨트요!"

내가 작은 소리로 말했어요.

잠시 후 딸깍 하고 엄마와 앤젤린이 안전벨트를 채우는 소리가 났어요.

"너도 얼른 매!"

엄마가 내게 속삭였어요. 나는 한 손으로 핸들을 잡고 다른 한 손으로 안전벨트를 잡아당겨 맸어요.

"야호! 신난다!"

앤젤린이 소리쳤어요.

"쉿!"

엄마가 앤젤린을 조용히 시켰어요.

자동차는 미끄러지듯 통로를 내달렸어요. 나는 온 힘을 다해

가속페달을 밟았어요. 속도가 시속 24킬로미터까지 올라갔어요. 도둑이 거의 코앞에 있었어요. 자동차의 전기 모터 소리가 점점 커지고, 타이어도 요란스럽게 윙윙거렸어요.

"리비!"

엄마가 내 귀에 대고 속삭였어요.

"너, 뭘 하는 거야? 설마 저 사람을 치려는 건 아니지? 그러다 저 사람이 죽기라도 하면 어쩌려고? 도대체 뭘 하려는 거야?"

"걱정 마세요. 나한테 생각이 있어요."

우리는 어느새 도둑의 바로 뒤까지 다가갔어요. 1미터도 채 안 되는 거리였어요. 바로 그때였어요. 내가 손을 뻗어 있는 힘껏 경적을 눌렀어요.

빠아아아아아아아아앙!

그 얼굴을 봤어야 하는데! 도둑이 몸을 돌렸는데, 완전히 겁에 질린 얼굴이었어요. 도저히 믿을 수 없다는 표정이었죠. 완전히 허둥지둥하더라고요. 차에 치이겠다고 생각한 모양이에요.

사실 평소에 일어날 만한 일은 아니죠. 안 그래요? 특히 한밤중에 스코틀리 백화점에 도둑질을 하러 온 사람이 겪을 일은 아니잖아요. 잠옷 바람의 사람들이 장난감 자동차를 타고 시속 24킬로미터로 자기를 향해 달려오다니, 상상이나 했겠어요? 더구나 요란한 경적 소리를 내며 팔을 휘휘 저으면서 "비켜요, 비켜! 안 그러면 죽어요!" 하고 소리까지 질러대고 있었으니!

더 놀라운 건 뭔지 아세요. 장난감 자동차에 탄 사람들 중 하나는 마치 자기가 여왕이라도 된 듯, 인형들과 장난감들을 향해 손을 흔들며 인사를 하고 있었다고요. "만나서 반가워요, 여러분. 곰돌이들은 특별히 더 반가워요" 이러면서요.

우리는 곧 도둑을 깔아뭉갤 기세였어요. 도둑은 내 예상대로 옆으로 펄쩍 뛰어 자동차를 피했어요. 몸을 날리는 모양새가 얼마나 대단한지, 골문으로 들어가는 공을 아슬아슬하게 낚아채는 골키퍼 같았다니까요. 하지만 잔뜩 쌓여 있는 쿠션 더미에 머리를 처박고 말았죠. 그 바람에 산더미처럼 쌓인 쿠션들이 무너져 내렸어요. 웬 초고층 빌딩이 무너지는 줄 알았다니까요.

그런데 커다란 쿠션 하나가 우리가 타고 있는 자동차 보닛 위에도 떨어졌어요.

"엄마, 도와줘요! 앞이 보이지 않아요. 이러다 부딪히겠어요!"

나는 잠깐 동안 중심을 잃었어요. 장난감 자동차도 통로를 벗어났어요. 나는 쿠션을 보닛 위에서 떨어뜨리려고 핸들을 좌우로 마구 돌렸어요.

"왼쪽으로 꺾어!"

엄마가 소리쳤어요.

"앞에 커튼 같은 게 있어! 아니, 블라인드인가?"

나는 핸들을 홱 꺾었어요. 다행히 그 바람에 쿠션이 보닛 위에서 떨어졌어요. 이제 앞이 제대로 보였어요.

나는 다시 통로 쪽으로 차를 몰았어요. 달리는 동안 도둑이 어떻게 됐는지 궁금해서 백미러를 봤어요. 도둑은 아직도 쿠션 더미에 깔려 있더라고요. 그것 때문에 다쳤을 것 같진 않았어요. 금방 밖으로 빠져나오겠지만 우리는 도망갈 시간을 벌었어요.

"이제 어디로 가지, 리비? 어디로 가는 거냐고?"

엄마가 물었어요.

"컴퓨터, 통신기기 매장으로요. 경찰서에 전화를 해야죠."

나는 오른쪽으로 핸들을 꺾었어요. 우리는 시속 32킬로미터로 벽지, 페인트, 스텐실 코너를 가로질렀어요. 그게 장난감 자동차의 최고 속도였어요.

"너무 빨라, 리비!"

엄마가 소리쳤어요. 하지만 앤젤린은 즐거운 비명을 질렀죠.

"야호! 정말 마음에 들어. 야호! 자, 다 같이 따라 해요, 야호!"

"너무 빠르다고, 리비! 속도를 조금만 줄여!"

"얼른 전화기가 있는 곳으로 가야 해요, 엄마. 도둑들한테 잡히기 전에요."

우리는 전속력으로 벽지 코너, 페인트 코너를 지났어요. 한 줄로 꽂아놓은 페인트 붓이 마치 우리를 향해 더 빨리 달리라고 손짓하는 것 같았어요. 어느새 카메라 매장, 헤어용품 매장, 미용용품 매장도 지났어요. 그리고 드디어 어두운 백화점 안을 달려 컴퓨터, 통신기기 매장에 도착했어요.

나는 브레이크를 밟아 자동차를 세웠어요. 시동을 끄고 잠시 숨을 돌렸어요.

"휴! 다들 괜찮아요?"

내가 먼저 입을 열었어요.

"괜찮을 리가 있니? 몸도 기분도 완전 엉망이야."

엄마가 대답했어요.

"난 정말 재밌었어."

앤젤린이 떠들어댔어요.

"기분 최고예요. 돌아가서 한 번만 더 타요. 이번엔 눈을 가리고 뒤로 달리는 거야."

"절대 안 돼!"

엄마가 안전벨트를 풀며 말했어요.

"서둘러. 얼른 전화기를 찾아보자."

그건 쉬웠어요. 전화기가 수백 대나 있었거든요. 하지만 전화선이 연결된 전화기는 단 한 대도 없었어요. 전화기들은 진열대 위에 놓여 있거나 상자 안에 들어 있었어요.

"이런, 안 돼."

엄마가 전화기를 확인하며 중얼거렸어요.

엄마는 수화기를 일일이 들어 혹시라도 신호음이 나는지 확인했어요. 아무 소리도 들리지 않으면 내려놓고 다른 수화기를 들었어요.

"제발, 제발, 제발. 들키기 전에 하나라도 나와라."

엄마는 무척 걱정하는 눈치였어요. 물론 나도 걱정이 됐고요. 언제나처럼요. 그때 멀리서 화난 남자들이 다투는 소리가 들렸어요. 이젠 소곤거리지도 않았어요. 조용히 일을 처리하려고 하지 않았다고요.

"리! 도대체 어디 있는 거야?"

미스터리 아저씨의 목소리였어요.

"여기야! 쿠션 더미 아래 깔려 있다고!"

"거기서 뭘 하는 거야? 지금 한가하게 쿠션에 누워서 쉬고 있을 때가 아니야!"

"누워 있는 게 아니야. 쉬고 있는 게 아니라고! 아까 그 빌어먹을 꼬맹이들이 차로 날 깔아뭉갰다고!"

"널 깔아뭉갰다고? 차로? 도대체 무슨 소리를 지껄이는 거야?"

"도와줘. 어서 쫓아가자고!"

"관둬. 그럴 시간이 없어. 돈이 밧줄을 가져왔어. 서둘러. 얼른 지붕으로 가자!"

엄마는 미친 듯이 수화기를 확인했어요.

"연결돼 있는 전화기가 하나도 없어. 하나도 없다고."

"포기하지 마요, 엄마. 이걸 한번 확인해봐요."

내가 엄마를 진정시켰어요.

"여보세요."

앤젤린은 아무 소리도 들리지 않는 수화기에 대고 말을 걸고 있었어요. 전화놀이를 하고 있었나 봐요.

"난 앤젤린이에요. 거기 누구 없어요?"

바로 그때, 벽에 걸린 전화기가 내 눈에 띄었어요.

"엄마! 백화점 전화기예요. 저걸 쓰면 돼요."

내가 수화기를 귀에 갖다 댔어요. 뚜 하는 신호음이 들렸어요.

"이건 돼요. 이건 연결돼 있어요."

"그건 내선 전용 전화기잖아. 백화점 안에 있는 사람들끼리 연락을 주고받을 때 사용하는 거라고. 바깥으로 전화를 걸 수 있는 전화기가 필요해."

"그래도 한번 해봐요."

"바깥으로 전화를 걸 때 뭘 눌러야 하나? 자, 대개 9번을 누르지. 그렇지?"

엄마가 9번을 눌렀어요.

"어때요? 소리가 나요?"

"응, 이제 됐어! 바깥으로 연결이 돼!"

"그럼 얼른 전화를 해요, 엄마. 얼른요. 경찰서에 전화를 해요. 999(영국에서 경찰서, 소방서 등으로 연결되는 긴급 전화번호-옮긴이)를 눌러요. 도둑들이 도망치기 전에 어서요!"

하지만 엄마는 그러지 않았어요. 글쎄, 다시 수화기를 내려놓는 거예요.

"왜 그래요, 엄마? 무슨 일이에요?"

나는 거의 비명을 지르다시피 했어요.

"너희들 지금부터 엄마 말을 잘 들어. 엄마가 전화를 걸기 전에 너희들이 꼭 알아둬야 할 게 있어. 엄마가 전화를 걸면 경찰들이 와서 도둑을 잡겠지. 그래, 좋아. 하지만 그러면 우리도 함께 잡혀갈 거야. 무슨 말인지 알지? 경찰들이 와서 우리가 여기 산다는 걸 알게 되면, 우릴 잡아갈 거라고. 솔직히 말하면 우린 그러면 안 되는 거였어. 그건 모두 엄마 생각이었어. 우리가 이곳으로 온 건 모두 엄마 잘못이야. 엄마가 일을 잘 처리하지 못했기 때문이고, 엄마가 돈을 잘 벌지 못했기 때문이야. 하지만 이것만은 알아줘. 엄마는 너희들을 사랑해. 이 세상 그 무엇보다도 더 많이 너희들을 사랑해. 하지만 엄마는…… 좋은 엄마가 아닌가 봐."

"아니에요, 엄마. 엄마는 좋은 엄마예요."

내가 말했어요. 그리고 엄마를 꼭 끌어안았어요.

"엄마는 세상에서 가장 좋은 엄마예요. 정말이에요! 그렇지, 앤젤린?"

"응, 엄마가 최고야. 이 세상에서 제일 좋은 엄마야. 스코틀리 백화점에서도 제일 좋은 엄마야."

앤젤린은 키가 작아서 엄마를 제대로 끌어안을 수가 없었어요. 대신 엄마 다리를 두 팔로 감싸 안았어요. 그리고 엄마한테서 떨어지지 않았어요.

"아니야, 그렇지 않아. 엄마는 좋은 엄마가 아니야. 엄마는 무책임하고 멍청한데다 너희들처럼 착한 딸을 둘 자격이 없어. 너희들을 이리로 데려오지 말았어야 했는데. 정말 바보 같은 생각이었어. 엄마 생각이 너무 짧았어."

솔직히 말하면 엄마 말이 사실이었는지도 몰라요. 인정할 건 인정해야죠. 사실이 그랬으니까요. 나는 똑똑한 편이니까, 엄마가 잘못하고 있다는 걸 그동안 잘 알고 있었어요. 하지만 중요한 건 그런 게 아니었어요. 그래서 이렇게 말할 수밖에 없었어요.

"엄마, 우릴 스코틀리 백화점으로 데려온 건 엄마가 한 행동 중에서 가장 무책임한 행동인지도 몰라요. 하지만 우린 이곳에 와서 정말 기뻤어요. 가장 신나는 모험이었거든요. 그렇지 앤젤린? 이렇게 멋진 모험을 즐겨본 사람이 얼마나 되겠어요? 이 세상에 아무도 없을걸요. 나중에 내가 늙어서 기억이 가물가물해져도 이번에 겪은 일만큼은 또렷하게 기억할 거예요. 우릴 스코틀리 백화점에서 살게 해준 이 세상에서 가장 근사한 엄마를 어떻게 잊겠어요. 다른 아이들은 매일 똑같이 지루하게 자기 방에서만 잠을 자지만, 우린 스코틀리 백화점에서 잠을 잤잖아요. 다른 아이들은 겨우 자기 장난감만 갖고 놀지만, 우린 백화점 장난감 매장에 있는 모든 장난감을 갖고 놀았고요. 또 다른 아이들은 작은 식탁에서만 밥을 먹지만, 우린 직원식당에 있는 커다란 식탁에서 밥을 먹었어요. 다른 아이들이 겨우 텔레비전 하나만 볼 때, 우린 수십 개를 한꺼번에 봤고요. 다른 아이들이 작은 장난감 차를 가지고 노는 동안, 우린 진짜 자동차와 똑같이 생긴 전기 자동차를 타고 신나게 달렸어요. 다른 아이들은 책을 보며 도둑을 만나고, 추리를 하고, 영웅이 되는 상상을 하겠지만, 우린 진짜 도둑을 만나서 영웅이 됐어요. 스코틀리 백화점 카페에서 차를 홀짝거리는 것보단 이런 모험을 실제로 해보는 게 훨씬 좋아요. 모험이 최고잖아요. 값비싼 보석보다 훨씬 값지다고요. 모험보다 더 좋은 건 이 세상에 없어요. 돈 같은 건 없어도 좋아요, 엄마. 우리한텐 엄마가 있으니까요. 엄마가 있는 한 우린 언제나 모험을 할 수 있어요. 그렇지, 앤젤린? 내 말이 맞지?"

  앤젤린은 아무 말도 하지 않았어요. 그저 고개만 끄덕였어요. 엄마가 잠옷 주머니에서 휴지를 꺼내 엔젤린에게 줬어요. 엄마 눈가에도 눈물이 맺혔어요.

  "좋아."

  엄마가 코를 푼 다음에 말을 이었어요.

  "너희들에게 해둘 말이 한 가지 더 있어. 벌써 말해줬어야 했는데, 아빠 얘기야. 아빠는 유전에서 일하고 있지 않아. 솔직히 엄마도 아빠가 어딨는지 모르겠어. 아빠도 좀 무책임하거든. 그래서 몇 년 전에 집을 나가버렸단다. 네가 아직 어릴 때 말이야, 리비. 앤젤린이 갓 태어났을 때였어. 아빠는 분명 너희들을 사랑했단다. 하지만 책임을 감당하진 못했지. 솔직히 말할게. 아빠를 다시 만날 수 없을 것 같아. 진작 말해줬어야 했는데 정말 미안해. 그래야 했단 걸 엄마도 잘 알아. 하지만 그러지 못했어. 엄마는 겁쟁이야. 엄마는 사실을 털어놓기보다 아닌 척하는 편이 쉬웠어."

앤젤린과 나는 서로 마주봤어요. 하지만 울거나 그러진 않았어요. 우리가 어른은 아니었지만 그렇다고 바보도 아니었거든요. 어쩌면 이미 다 알고 있었는지도 몰라요. 아빠가 유전에서 일하는 사람이고, 돈을 많이 벌어올 거라는 말은 다 꾸며낸 얘기라는 걸요. 아빠가 우리를 떠났다는 사실을요.

"괜찮아요, 엄마. 우리도 이미 알고 있었던 것 같아요. 하지만 우리한텐 가족이 있잖아요. 엄마랑 나랑 앤젤린요. 우리 셋만 함께 있으면 돼요. 그것만으로도 충분해요. 우리끼리 알아서 살아갈 수 있어요. 괜찮을 거예요."

내가 말했어요.

엄마는 다시 코를 풀었어요. 그리고 진지한 표정을 지었어요. 예전의 엄마 모습을 보는 것 같았어요. 당당하고, 자신감 넘치고, 뭔가 단단히 결심한 얼굴이었어요. 하지만 장난기 어린 눈빛은 여전했죠.

"그럼 이제 경찰서에 전화를 해볼까? 그리고 도둑이 들었다고 신고하는 거야, 어때?"

"네, 엄마. 우리가 할 일을 해야죠. 이제까지 우리가 여길 잘 지켜왔잖아요. 여긴 우리가 사는 곳이니까요."

내가 말했어요.

"네, 여긴 우리가 사는 곳이에요. 여긴 우리 집이에요."

앤젤린도 거들었어요.

"좋아. 우리가 할 일을 하자."

엄마가 다시 수화기를 들었어요. 그리고 9번을 눌렀죠. 그런 다음 다시 999를 눌렀어요. 엄마는 경찰서를 연결해달라고 했어요. 그리고 잠시 후에 입을 열었어요.

"여보세요, 도둑이 들었는데 신고를 하려고요. 스코틀리 백화점이에요. 네, 맞아요. 지금 옥상에 있어요. 하지만 서둘러주세요. 곧 밧줄을 타고 아래로 내려갈 거예요. 등산용품 매장에서 밧줄을 훔쳤거든요. 그걸 어떻게 아냐고요? 아주 쉬워요. 내가 여기 살고 있거든요."

친구

그다음 얘기는 경사님도 잘 아실 거예요. 경찰차가 어떻게 도착했는지, 훔친 밧줄을 타고 옥상에서 내려오는 미스터리 아저씨와 도둑들을 경찰 아저씨들이 어떻게 체포했는지 말이에요. 미스터리 아저씨가 훔친 보석들을 되찾은 얘기도 다 알죠? 그 아저씨가 보석이 든 가방을 벨트에 단단히 묶고 있었잖아요. 그 자리에서 체포된 세 도둑은 경찰차에 실려 끌려갔고요.

그다음에는 스코틀리 백화점 지배인이 열쇠꾸러미를 가져와서 백화점 문을 열었어요. 사람들이 지하에 있던 우리를 발견했죠. 막 옷을 갈아입고 짐을 꾸린 참이었어요. 엄마가 잠옷 바람으로 손님을 맞을 순 없다고 했거든요.

경찰 아저씨들은 우리에게 같이 가야 한다고 했어요. 엄마가 꼭 그래야 하냐고 물었더니 꼭 그래야 한댔어요. 아참, 엄마가 경찰 아저씨들과 함께 가기 전에 캠핑용품 매장은 깨끗하게 정돈했다고 이상할 정도로 힘주어 말했어요. 우리가 들어오긴 전과 달라진 건 하나도 없다고요. 사실 그랬거든요.

스코틀리 백화점 지배인도 한밤중에 깨서 그런지 눈빛이 약간 멍하긴 했지만, 매장 안이 잘 정돈돼 있다는 사실을 인정할 수밖에 없었죠. 우리가 살았던 흔적을 찾을 수 없을 정도로요. 우리가 그동안 매장을 깨끗이 청소해놓아서 굳이 원한다면 카펫 위에서 밥을 먹을 수도 있었을 거예요.

우리는 경찰차를 타고 백화점을 떠났어요. 처음에는 여기로 데려왔었는데, 한밤중이라서 우리한테 질문을 할 수 없댔어요. 그러고는 우리가 잠을 잘 곳을 마련해줬어요. 나랑 엄마랑 앤젤린이 함께 잘 곳으로요. 우리는 편안하게 쿨쿨 잠을 잤어요. 그리고 아침이 되자마자 경찰 아저씨들이 우리를 다시 여기로 데려왔어요. 그런 다음 경사님이 우리한테 계속 질문을 하고 있고요. 솔직히 말해서 이제 좀 피곤해요. 내가 아는 건 이미 다 얘기했고, 더는 할 말도 없어요.

아, 한 가지가 더 있구나! 이건 아주 중요한 거예요. 오늘 아침 경찰서로 돌아왔을 때, 우리를 기다리는 사람이 있었어요. 우리를 어떻게 도울 수 있는지 물었어요.

경사님도 보셨죠? 대기실에서 기다린 사람 말이에요. 못 보셨어요? 누군지 아시겠어요? 모르겠다고요? 가서 한번 보세요. 금방 알 수 있을 테니까. 우리가 앞으로 어떻게 될지 알려주지 않으면 절대 돌아가지 않겠대요. 누군지 아시겠죠? 네? 모르겠다고요? 정말요? 짐작도 안 가요?

　음, 바로 콧수염 아저씨예요. 네, 그렇다니까요. 도어맨 제복을 벗으니까 좀 달라 보이긴 해요. 하지만 콧수염을 보면 금방 알 수 있잖아요.

　우리는 혼자가 아니에요. 우리에게도 누군가 있다고요. 친구가 있어요. 그러니까 우리한테 함부로 하거나 우리를 떼어놓겠다는 생각은 하지 않는 게 좋을 거예요. 도와줄 사람이 아무도 없다고 만만하게 보면 안 된다고요. 우리한텐 콧수염 아저씨가 있어요. 콧수염 아저씨는 대단한 사람들도 많이 알아요. 문도 얼마나 잘 여는데요. 그러니까 절대 우리를 떼어놓을 수 없어요. 그랬다간 큰일 날 테니까 명심하세요.

클라크 경사 리비, 너희 가족을 떼어놓으려는 사람은 아무도 없어. 그러니 걱정 마.
도미닉스 부인 하지만 모든 사건은 공과에 따라 공정하게 처리해야 해요.
매틀리 여경 휴~, 제발 잘난 척 좀 그만하세요!

에필로그
리비의 일기

   이것은 리비의 개인적인 소유물입니다. 절대 만지거나 열어보거나 읽어선 안 됩니다. 이건 아주 개인적인 것입니다. 만약 이 일기를 읽는다면 당신은 틀림없이 내 손에 여러 번 죽을 테니 명심하세요.

   7일 화요일, 오늘 일어난 일
   나는 매일 일기를 쓰진 않는다. 새해가 시작되는 1월에는 매일 일기를 쓰겠다고 다짐했지만, 금방 귀찮아져서 약속을 지키지 못했다. 나는 천성적으로 일기를 열심히 쓸 사람이 아닌 것 같다. 어쩌면 일기장에 적을 만큼 신나는 일이 일어나지 않기 때문인지도 모르겠다.
   지금 이 글을 쓰는 건 아주 특별한 이유에서다. 그렇다고 생일이나 뭐 그런 날은 아니다. 그저 우리들만의 색다른 기념일이다.

1년 전 오늘, 나와 엄마와 앤젤린은 스코틀리 백화점에서 살기 위해 백화점으로 들어갔다. 정말 대단한 경험이었다. 그렇게 짜릿한 경험은 앞으로 내 인생에 두 번 다시 없을 것이다. 이젠 그것이 일생에 한 번 겪을까 말까 한 모험이었다는 걸 잘 알겠다. 그런 기회는 자주 찾아오지 않을 테니 조금 아쉽기도 하다. 아쉽다고 생각해선 안 되는 걸까? 그런 일을 다시 겪게 된다면 그 모든 걱정들을 감당해낼 자신이 없다.

　앤젤린은 이제 더 이상 꼬마가 아니다. 앤젤린은 지난 몇 달 사이에 마치 자동차 안테나가 올라가듯 쑤욱 자랐다. 이제 또래 여자아이들보다 키가 훨씬 크다. 하지만 내게는 언제나 꼬마 앤젤린일 뿐이다. 나보다 키가 훌쩍 커버린다고 해도 마찬가지다.

　콧수염 아저씨 역시 내게는 언제나 콧수염 아저씨다. 아저씨는 늘 아빠라고 불러달라고 애원하지만 말이다. 엄마는 아저씨한테 제발 콧수염 좀 깎으라고 잔소리를 한다. 하지만 아저씨는 절대 고집을 꺾지 않을 것 같다. 아무리 엄마라고 해도 어쩔 수 없는 일이다. 아저씨가 콧수염을 깎지 않아서 다행이다. 아저씨에게 콧수염이 없다면 아저씨를 좋아할 수 없을 것 같다. 콧수염이 없다면 아저씨는 그리 특별한 사람이 아닐 테니까 말이다.

　이제 아저씨를 아빠라고 불러야겠다. 아저씨가 날 낳아준 진짜 아빠는 아니다. 하지만 내가 아는 사람들 중에서 가장 멋진 사람이다. 엄마와 콧수염 아저씨의 결혼은 꽤 신나는 일이었다. 콧수염 아저씨의 엄마가 결혼식장에 와서 색종이 조각들을 마구 뿌려댔다. 할아버지한텐 콧수염이 조금 있긴 하지만, 다행히 할머니는 콧수염이 없다.

우리는 새집으로 이사했다. 드디어 웨스턴 드라이브에 집을 구한 것이다.

나는 엄마와 헤어지는 줄 알았다. 그래서 너무 겁이 났다. 보나마나 앤젤린과 나는 보호시설로 보내지고 엄마는 어딘가에 갇히게 될 줄 알았다. 하지만 그렇게 되지 않았다. 정말 다행이었다.

스코틀리 백화점의 총책임자 아저씨는 다이아몬드를 훔친 도둑을 잡아준 건 참 용감한 행동이었다고 했다. 우리가 백화점에 몰래 숨어 산 일은 사면할 수 없지만, 경찰에 신고를 해줬으니 감사의 뜻으로 우리를 용서하겠다고 했다. 그러면서 백화점에 새로운 보안 시스템을 마련하여 24시간 비디오 녹화를 할 거라고 했다. 또 도둑을 막기 위해 새로운 최첨단 보안 벨도 설치하겠다고 했다. 문은 물론 옥상까지 빈틈없이. 그러면서 상황이 상황인 만큼 관대한 처분을 내려 심한 벌은 주지 않겠다고 했다. 총지배인 아저씨 덕분에 우리는 보호시설로 가는 대신 아침 식사가 나오는 호텔에서 일주일 정도 지낼 수 있었다. 그 후 우리는 웨스턴 드라이브에 있는 새집으로 이사해 지금까지 살고 있다.

아, 참. 우리는 상도 받았다. 스코틀리 백화점의 회장님이 우리한테 편지를 보냈다. 감사의 선물을 주고 싶으니 백화점에 있는 것 중에서 기념으로 갖고 싶은 게 있으면 작은 것으로 하나 주겠다고 했다. 그래서 우리는 곰곰이 생각한 끝에 아이스크림 천국에서 돈을 내지 않고 아이스크림선디를 마음대로 먹었다고 답장을 보냈다. 다음 날 청소를 해서 값을 치를 계획이었지만 도둑 때문에 그럴 틈이 없었다는 설명도 잊지 않았다. 그래서 혹시라도 괜찮다면 그 아이스크림선디를 선물로 생각하고 싶다고 썼다. 그걸로 서로 주고받았다고 생각하면 서로 진 빚이 없는 셈이다.

회장님이 우리에게 다시 편지를 보냈다. 아이스크림선디 하나로는 충분하지 않은 것 같다는 내용이었다. 그러면서 우리가 원한다면 평생 동안 한 달에 한 번씩 아이스크림선디를 먹으러 스코틀리 백화점으로 와도 좋다고 했다. 평생 동안!

나는 아직까지도 실감이 나지 않는다. 내가 죽을 때까지 아이스크림선디를 공짜로 먹을 수 있다니! 혹시라도 꿈은 아닌지 가끔씩 내 뺨을 꼬집어보기도 한다.

새집으로 이사 온 후 엄마는 많이 달라졌다. 좀 차분해진 듯하고, 지금은 6개월 동안 같은 직장에 다니고 있다. 엄마한텐 대단한 기록이라고 할 수 있다. 그전까진 6일이 엄마의 최고 기록이었다. 물론 엄마가 오랫동안 직장에 다닐 순 없다. 스코틀리 백화점 향수 매장에서 일하기 싫은 게 아니다. 엄마는 그곳을 정말 좋아한다. 다만 엄마가 이제 곧 아기를 낳는데, 아기를 낳으면 집에서 조금 쉬어야 하기 때문이다.

남동생이 태어날지 여동생이 태어날지 굉장히 궁금하다. 만약 남동생이라면 아빠처럼 콧수염이 달려 있을까?

어쨌든 이제 그만 가봐야겠다. 엄마가 얼른 오라고 소리를 질러 대고 있다. 아무래도 기다리다 짜증이 난 모양이다. 오늘은 엄마가 쉬는 날이다. 하지만 우리는 스코틀리 백화점에 가야 한다. 아이스크림선디를 먹으러 가는 날이기 때문이다. 오늘도 초콜릿 분수를 먹을 생각이다. 바로 1년 전 오늘 시작됐던 우리의 모험을 기념하려고 말이다.

이제 그만 쓰고 가야겠다. 엄마가 계단을 올라오는 소리가 들린다. 그리고 꼬마, 아니, 이젠 많이 자란 앤젤린도 나를 부른다. 아이스크림을 먹으러 빨리 가고 싶은 모양이다.

하지만 궁금한 것이 하나 있다. 엄마에 대한 것이다. 엄마는 더는 나를 걱정시키지 않는다. 앞으로도 그러지 않을 것 같다. 요즘은 걱정거리가 너무 없어서 걱정이다. 하지만 여전히 엄마의 간질간질한 발과 집시의 영혼이 걱정된다.

집시의 영혼이 아직도 있는 걸까? 아직도 엄마의 깊숙한 곳에 머물러 있을까? 어쩌면 어딘가에서 잠들어 있을지도 모른다. 아무래도 그런 것 같다. 그렇다면 꽤 오랫동안 자고 있는 모양이다. 하지만 언젠가는, 세월이 아주 많이 흐른 뒤에는, 기지개를 켜고 하품을 길게 한 다음에 이제 떠나고 싶다고 할지도 모른다. 새로운 곳으로 가고 싶다고. 어쩌면 그럴지도 모른다.

아직 완전히 끝난 건 아니라고 생각한다. 절대 그럴 리 없다. 어떤 면에선 끝일 수 있지만 달리 생각하면 절대 아니다. 그러니 결국 끝이 아니다.

내 마음 한구석에서도 끝이 아니었으면 한다.

왜냐면 내게는 아무에게도 말하지 않은 비밀이 있기 때문이다.

아무래도 내가 엄마를 조금 닮은 것 같다. 집시의 영혼이 나를 살짝 건드리고 있는 것 같다. 나는 걱정쟁이이지만, 또 방랑자이기도 하다. 하지만 나는 언제나 집으로 돌아온다.

휴일이 되면 사람들은 언제나 새로운 곳으로 가서 새로운 것을 보고 특별한 모험을 즐긴다. 우리가 언제나 그랬던 것처럼. 엄마도 단지 그런 사람들 중 하나일 뿐이다. 모험은 언제나 엄마를 찾아온다. 다정한 고양이, 강아지, 비둘기가 먹이를 찾아오는 것처럼.

이런! 또 나를 부른다. 이번에는 정말 짜증이 난 모양이다. 이젠 정말 가야겠다. 나머지는 나중에 쓰고, 스코틀리 백화점에 가서 아이스크림선디를 먹어야지. 세상에서 가장 멋지고 신나는 백화점에서.

옮긴이의 말
행복을 주는 곳은 어디인가요?

　백화점은 상상하는 것만으로도 세상을 다 얻은 것만큼 신나는 곳이에요. 백화점 안으로 들어서면 갖가지 향수 냄새가 가장 먼저 사람들을 맞이해요. 또 화려한 조명을 받으며 반짝이는 액세서리 코너를 지나 위층으로 올라가면 누구나 한번쯤 입어보고 싶을 예쁜 옷들이 마음을 설레게 하죠. 장난감 코너는 또 어떻고요? 리비와 앤젤린에게 천국의 기쁨을 맛보게 해준 곳도 바로 장난감 코너였어요. 그토록 갖고 싶던 사랑스러운 인형들과 난생처음 보는 신기한 장난감들로 가득한 곳, 리비와 앤젤린의 쓸쓸한 마음을 달래준 곳이었어요.
　리비와 앤젤린에게 스코틀리 백화점은 늘 조마조마한 곳이기도 했지만 서글픈 현실을 잊을 수 있는 신나는 곳이기도 했어요. 캐러멜 소스를 듬뿍 얹은 수북한 아이스크림을 먹을 수 있었잖아요. 생각만 해도 행복해지는 달콤한 아이스크림을 떠올려보세요.

함박웃음을 지으며 아이스크림을 먹는 리비와 앤젤린의 모습도요. 리비와 앤젤린 못지않게 철없는 엄마도 마냥 즐거워하며 허겁지겁 아이스크림을 먹었겠죠?

이제 리비와 앤젤린은 야간 경비원 아저씨의 눈을 피해 숨어 있지 않아도 돼요. 리비는 백화점 안으로 숨어든 도둑을 잡은 용감한 아이거든요. 또 엄마의 발이 다시 간질간질해질까 봐 걱정하지 않아도 돼요. 든든한 아빠가 되어줄 콧수염 아저씨를 만났으니까요. 스코틀리 백화점만큼 크고 화려하진 않지만 엄마와 아빠, 앤젤린과 함께 살 수 있는 아늑한 집이 생겼답니다.

여러분을 가장 행복하게 만들어주는 곳은 어디인가요? 골치 아픈 일들을 한순간에 잊게 하는 곳 말이에요. 어떤 꿈을 꾸든 다 이루어질 것 같은, 세상에서 가장 멋진 곳이 있다면 얼마나 좋을까요? 하지만 사랑하는 가족과 함께 모험을 할 수 있다면 세상 어느 곳이든 행복하지 않을까요?

그러고 보니 철없는 엄마가 리비와 앤젤린을 백화점으로 데리고 간 건 그리 나쁜 생각이 아니었던 것 같아요. 리비와 앤젤린은 세상에서 가장 멋진 백화점에서 행복을 되찾았으니까요. 리비와 앤젤린과 엄마가 가슴 조마조마한 모험을 했던 세상에서 가장 멋진 백화점으로 한번 가보고 싶지 않나요? 그렇죠?